ADAMS TRAUZEUGE

DIE SPENCER-BRÜDER ILLUSTRIERTE SONDERAUSGABE
BUCH 3

ANA ASHLEY

Illustrated by

CARAVAGGIA

Übersetzt von

KARINA MICHEL

An alle meine Leserinnen und Leser, die mich durch Romane und Kurzgeschichten, fotogefüllte Rundbriefe und Streifzüge begleiten.
Danke für eure Unterstützung, eure Hingabe und dafür, dass ihr mir helft, meinen Traum zu leben.
Ja, ich spreche zu euch.
Ihr seid die Besten!
Ana

ÜBER DIESES BUCH

Trauzeuge zu sein, ist schwer. In den Bräutigam verliebt zu sein, ist viel schwieriger.

Ein Zettel unter meiner Tür zwingt mich dazu, meinem besten Freund zu sagen, dass er an seinem Hochzeitstag sitzen gelassen wurde.

Wenn es um Adam geht, gibt es nichts, was ich nicht tun würde. Ich fahre mit ihm in die Flitterwochen, lade ihn ein, bei mir zu wohnen, und vergesse, dass ich Geheimnisse habe, die unsere Freundschaft zerstören könnten.

Ich will Adam schon seit Jahren, und jetzt scheint es, dass meine Gefühle weniger einseitig sind, als ich dachte. Diese Grenze zu überschreiten, könnte mich alles kosten. Schließlich gibt es einen Grund, warum man sich nicht in seinen besten Freund verlieben sollte – vor allem, wenn er denkt, er sei hetero.

Adams Trauzeuge ist eine heiße MM-Romanze über Freunde aus der Kindheit, erzwungene Nähe, Bi-Erwachen und eine Liebe, die sich seit Jahrzehnten zusammenbraut.
Es erwarten euch Romantik, Leidenschaft, Spaß und Geheimnisse, die nicht lange verborgen bleiben werden.

Am Hochzeitstag

Ich war offiziell der schlechteste beste Freund aller Zeiten.

Meine Hände zitterten, als ich das Stück Papier hochhielt, das fein säuberlich gefaltet unter der Tür meines Hotelzimmers hindurchgeschoben worden war. Ein Zimmer, das viel zu groß und luxuriös für mich war, aber Adam hatte seinen Trauzeugen in der Nähe haben wollen, obwohl meine Hauptrolle bisher darin bestanden hatte, ihm einen Ort zu bieten, an dem er sich vor seinen Verpflichtungen als Bräutigam verstecken konnte.

Warum Victoria glaubte, ihr introvertierter Verlobter würde an seinem Hochzeitswochenende mit Leuten, die er noch nie gesehen hatte, etwas unternehmen, war mir schleierhaft.

Ich starrte hinter mir auf die geschlossene Tür meines

Zimmers und wünschte, ich könnte mich drinnen verstecken, anstatt dem Bräutigam die schlimmste Nachricht zu überbringen, die ein Trauzeuge überbringen konnte. Adams Zimmer lag direkt gegenüber von meinem. Er war nur ein paar Meter entfernt und wusste nicht, dass sich sein Leben verändern würde.

Als ich den Zettel sah, geriet ich in Panik und machte mich auf die Suche nach Verstärkung. Ich stieß auf Adams eineiigen Zwillingsbruder Lex, seinen Freund Emery und Emerys beste Freundin Ellie. Sie sahen die Panik in meinem Gesicht, bevor ich ein Wort gesagt hatte, und mit den dreien im Nacken ging ich zum Zimmer ihres älteren Bruders.

Noah war in der Nacht zuvor von seiner Hochzeitsreise zurückgekommen, und obwohl er nicht derjenige war, den ich in einer solchen Situation anrufen würde – weil er eher ein Attentat planen würde, als wirkliche Hilfe zu leisten –, war sein Ehemann es. Älter und definitiv ausgeglichener als wir alle zusammen würde Lior die Stimme der Vernunft sein. Er würde eine Lösung haben.

Oder nicht?

Nur hatten mich alle angestarrt, als ich ihnen von dem Zettel erzählt hatte.

Jemand musste es Adam sagen.

Und dieser Jemand war anscheinend ich.

Okay, gut, dafür sind beste Freunde doch da, oder? Als im Kindergarten ein Kind Adams Spielzeug gestohlen hatte, hatte ich den Übeltäter geschubst und Adam gesagt, dass wir jetzt Freunde seien. Ich bekam Hausarrest und durfte den Rest des Nachmittags nicht mehr spielen, aber ich gewann auch einen besten Freund.

Neun Jahre nach diesem Tag sollten sich meine Gefühle für Adam ändern. Nicht, dass er es je erfahren würde.

Mach dir keine Sorgen, Adam. Ich werde immer hinter dir stehen.

Aber tat ich das? Wo ich doch auch so viele Geheimnisse hatte?

Was für ein hervorragender bester Freund ich doch war.

1

———

ADAM

Drei Wochen zuvor

MEINE FINGER SCHWEBTEN über dem Sitzplan, eine Konstellation von Namen und Beziehungen breitete sich vor mir aus. Ich verschob eine Platzkarte, dann schob ich sie zurück.

Ich wagte es nicht, etwas auf Victorias Seite zu berühren. Sie hatte sich wochenlang den Kopf darüber zerbrochen, wer bei unserer Hochzeit neben wem sitzen würde, wer näher an unserem Tisch oder weiter hinten sitzen sollte. Jetzt war ich an der Reihe, nur hatte ich keine Ahnung von den Regeln.

Anscheinend war es wichtig, wo man bei einer Hochzeit saß. Man wollte Tante Virginia nicht ins Sibirien der Sitzordnung verbannen, weil man dann bei Familientreffen immer davon hören würde, und Gott bewahre, dass man die Wilson-Cousins an denselben Tisch setzte. Sie sprachen immer noch nicht miteinander, weil sie an einem Weihnachten genau denselben selbst gebackenen Kuchen zum

Nachtisch mitgebracht und den Abend damit verbracht hatten, sich gegenseitig zu beschuldigen, ihn in einer Bäckerei gekauft zu haben.

Das ist doch lächerlich.

Ich stieß mich vom Tisch ab. Da Victoria auf einer weiteren Geschäftsreise war, hatte ich versucht, mich mit Hochzeitskram abzulenken, aber vielleicht brauchte ich einfach nur eine Pause.

Mein Hochzeitsanzug hing im Schrank direkt neben Rivers Anzug. Ein klassisches mitternachtsblaues Smokingjackett mit Satinrevers, eine passende Hose mit Nadelstreifen an der Seite und ein knackiges weißes Hemd.

Rivers Smoking war eine Kopie meines Smokings, was Victoria verärgerte, die darauf bestand, dass der Bräutigam sich abheben sollte. Ich wollte nicht auffallen. Ich wollte sie einfach nur heiraten und mit ihr zusammen alt werden, aber das war nicht die richtige Antwort gewesen.

Sie ging einen Kompromiss ein, indem sie River versprechen ließ, dass er die Jacke nur bei der Zeremonie tragen und sie für die Fotos und den Empfang ausziehen würde. Ich hatte ihr nicht gesagt, dass ich die Jacke auch nicht den ganzen Tag tragen wollte.

Ich ließ meine Hände über den weichen Stoff gleiten. *Die Anzüge abholen.* Eine weitere Hochzeitsaufgabe, die ich heute erledigt hatte. Ich war dran.

Ich lächelte, als sich in meinem Kopf eine Idee formte. Wann waren wir das letzte Mal einfach so zum Spaß ausgegangen?

Ein Vor-Junggesellenabschiedsausflug. Genau das brauchte ich. Ein letztes Hurra mit meinem besten Freund, bevor der Wirbelwind der Hochzeit uns beide hinwegfegte.

Bevor ich es mir ausreden konnte, weil Victoria morgen wieder da sein würde und ein verkaterter Adam nicht gerade ihr Favorit war, schnappte ich mir meine Schlüssel und machte mich auf den Weg ins Lusitana.

Der vertraute Weg zum Restaurant meiner Eltern beruhigte meine Nerven, auch wenn in meinem Bauch ein Gemisch von Gefühlen brodelte. Irgendetwas lag in der Luft, das mich beunruhigte. Wenn ich nur genau wüsste, was es war. Wahrscheinlich nur der Bammel vor der Hochzeit.

Heiraten? Na klar. Die ganze Aufmerksamkeit auf sich ziehen? Auf keinen Fall.

Der Ansturm auf das Abendessen war in vollem Gange, als ich ankam. Ich schlich mich durch den überfüllten Speisesaal. Das kontrollierte Chaos von klappernden Pfannen und brutzelnden Grillgeräten hieß mich willkommen, der Duft von Knoblauch und Kräutern erfüllte die Luft.

Dank der endlosen Schulferien, die meine Brüder und ich hier verbracht hatten, war das Restaurant so heimisch wie das Haus unserer Kindheit. Wir hatten jeden einzelnen Job gemeistert, nur nicht den in der Küche. Als Teenager hatten wir uns verpflichtet gefühlt, aber jetzt wusste ich zu schätzen, dass das Lusitana nicht nur ein Geschäft war. Es war ein Teil der Familie, und erst wenn man sich mit allen anderen zusammen die Hände schmutzig machte, verstand man wirklich, warum.

River hatte es schon immer mehr geliebt als wir, deshalb hatte mein Vater ihn unter seine Fittiche genommen, bevor wir alle aufs College gegangen waren. Er hatte sogar einen Abschluss in Betriebswirtschaft gemacht, damit er eines Tages das Restaurant übernehmen konnte.

Im Lusitana war River in seinem Element. Er bewegte sich mit geübter Anmut, rief Bestellungen auf und kontrollierte die Teller mit einer konzentrierten Intensität, die durch und durch River war.

„Hey, Boss!", rief ich und grinste, als Rivers Kopf überrascht hochschnellte. „Hast du einen Moment Zeit?"

Seine Miene wurde weicher, ein Lächeln umspielte seine Mundwinkel. „Für dich? Immer", antwortete er und wischte sich die Hände an einem Handtuch ab, als er näher kam. „Was gibts? Solltest du nicht mit deiner Verlobten kuscheln und dir einen Film ansehen oder so?"

Ich zuckte mit den Schultern und fühlte mich plötzlich ein wenig verlegen. „Sie ist auf Geschäftsreise."

Rivers Brauen zogen sich in Falten. Ich wusste genau, was er dachte. Victoria hatte versprochen, in dem Monat vor der Hochzeit keine geschäftlichen Termine wahrzunehmen.

Ich ignorierte die Worte, die er nicht gesagt hatte, und erklärte: „Ich habe eine Idee. Was hältst du davon, wenn wir diesen Eisstand sprengen und einen Männerabend veranstalten? So wie vor dem Junggesellenabschied?"

Rivers Augenbrauen schossen in die Höhe. „Jetzt? Adam, ich bin gerade dabei, das Abendessen zu servieren. Ich kann nicht einfach …"

„Komm schon", flehte ich und schenkte ihm meinen besten Hundeblick. „Wann haben wir das letzte Mal etwas Spontanes gemacht? Ich werde in drei Wochen heiraten, Mann. Habe ich nicht eine letzte Nacht in Freiheit verdient?"

Ich beobachtete, wie sich der Konflikt auf seinem Gesicht abspielte, und wie die Verantwortung in diesem Moment einer anderen Sache wich. Er seufzte und schüttelte den Kopf mit einem reumütigen Lächeln. „Du bist unmöglich, weißt du das?"

„Deshalb liebst du mich", witzelte ich.

River wandte sich an seinen Assistenten, ratterte Anweisungen herunter und übergab die Zügel für den Abend. Ich spürte eine Welle der Wärme, weil er so leicht nachgab. Wie bereitwillig er alles für mich aufgab. So war es schon immer zwischen uns gewesen, ein müheloses Geben und Nehmen, das sich so natürlich anfühlte wie das Atmen. Deshalb war er mein bester Freund.

Als wir in die kühle Abendluft hinaustraten, spürte ich, wie mir eine Last von den Schultern fiel. Das war genau das, was ich brauchte – einen Abend mit meinem besten Freund, frei von dem Druck der Hochzeitsplanung und den zukünftigen Verpflichtungen.

„Also, wie lautet der Plan?", fragte River, der direkt neben mich trat. „Bitte sag mir, dass es nicht um Stripperinnen oder andere Klischees geht."

Ich lachte und stieß ihn gegen die Schulter. „Das kannst du mir glauben. Ich dachte, wir könnten mit Drinks bei Tanner anfangen und dann vielleicht in diesen neuen Schwulenclub gehen, der vor ein paar Monaten eröffnet hat."

Rivers Augen weiteten sich bei der Erwähnung des Schwulenclubs, aber er sagte nichts. Ein Club war ein Club, oder? Musik, Alkohol und schlechte Entscheidungen.

Außerdem wäre es ja nicht das erste Mal, dass ich in einem Schwulenclub war. Da mein bester Freund und meine beiden Brüder schwul waren, war ich in mehr Schwulenclubs gewesen als in jedem anderen. Ich war nur noch nie derjenige gewesen, der es vorschlug.

Das Stadtzentrum von Cliffborough war klein genug, dass man, sobald man einen Parkplatz gefunden hatte, überall hinlaufen konnte, und zum Glück für uns, war das Tanner's nicht weit vom Lusitana entfernt. Der Club war ein bisschen weiter weg, aber wir konnten eine Mitfahrgelegenheit bekommen, um mein Auto zu holen. Wenn wir zu betrunken wären, würden wir mit der Mitfahrgelegenheit nach Hause fahren und am nächsten Morgen mein Auto abholen. Kinderleicht.

Als wir gingen, blieb mein Blick an River hängen. Die Straßenlaternen fingen die Winkel seines Gesichts ein und milderten die Sorgenfalten, die sich bereits abzeichneten. Ich runzelte die Stirn und fragte mich, wann diese Falten entstanden waren und warum ich sie nicht bemerkt hatte.

„Geht es dir gut, River?", fragte ich. „Du hast diesen Blick."

„Welchen Blick?"

„Der, der sagt, dass du über etwas zu viel nachdenkst. Willst du darüber reden?"

„Ich möchte darüber reden, warum du heute Abend wirklich gekommen bist."

Der Wechsel des Themas war mir nicht entgangen, aber er hatte recht. Ich *war* derjenige, der ihn aufgesucht hatte. Ich zögerte nur, wie ich das Durcheinander an Gefühlen, das mich durchströmte, in Worte fassen sollte.

„Ich weiß es nicht", gab ich zu. „Ich freue mich auf die Hochzeit, wirklich. Aber da ist ein Teil von mir, der … ich weiß nicht, traurig ist? Als ob ich etwas Wichtiges verliere."

Rivers Schritte verlangsamten sich für einen Moment, sein Gesichtsausdruck war nicht lesbar. „Das ist normal, glaube ich", meinte er vorsichtig. „Zu heiraten ist eine große Veränderung. Es ist in Ordnung, wenn man sich dabei unschlüssig fühlt."

„Ja, vielleicht", stimmte ich zu. „Tut mir leid, ich wollte nicht so ernst werden. Das soll doch ein lustiger Abend werden, oder?"

Rivers Hand legte sich auf meine Schulter, warm und beruhigend. „Hey, du weißt, dass du immer mit mir über alles reden kannst, egal, ob es ein lustiger Abend ist oder nicht."

Die Aufrichtigkeit in seiner Stimme schnürte mir die Kehle zu. Ich umfasste Rivers Hand mit meiner eigenen und drückte sie dankbar. „Ich weiß. Danke, Riv. Ich weiß nicht, was ich ohne dich tun würde."

Etwas flackerte in seinen Augen auf, zu schnell, als dass ich es hätte entziffern können. Doch bevor ich es hinterfragen konnte, lächelte River wieder und zog mich in Richtung des einladenden Scheins vom Tanner's. „Komm, wir holen dir einen Drink. Ich habe das Gefühl, dass du ihn brauchst."

In der Bar herrschte freitagabends reges Treiben, aber es gelang uns, zwei Hocker am anderen Ende der Theke zu ergattern. Ich bestellte das Übliche, ließ mich nieder und spürte, wie die letzte Anspannung von mir abfiel.

„Also", sagte River und nippte an seinem Bier, „ich will nicht auf ein totes Pferd schlagen, aber wie geht es mit den Hochzeitsplänen voran? Läuft alles nach Plan?"

Ich stöhnte auf und fuhr mir mit der Hand durchs Haar. „Ich will gar nicht erst anfangen. Ich wusste gar nicht, dass es so viele Details zu beachten gibt. Wer hätte gedacht, dass die Farbe der Servietten ein solches Streitthema sein könnte? Ich habe heute Stunden damit verbracht, den Sitzplan durchzugehen. Ich bin mir nicht einmal sicher, ob ich die Hälfte dieser Leute kenne."

River schmunzelte. „Lass mich raten, Victoria hat eine starke Meinung zur Tischdecke?"

„Du hast ja keine Ahnung."

„Na, wenn das nicht mein Lieblingspaar ist", sagte Tanner, der aus dem Nichts auftauchte. Ich hätte schwören können, dass er nicht hinter der Bar gestanden hatte, als wir uns setzten.

River verdrehte die Augen und fragte: „Was ist mit dir los? Arbeitet dein Mann heute Abend, und du bist hier draußen und belästigst deine besten Kunden?"

„Nö. Er ist an meinen Schreibtisch im Büro gefesselt." Er schaute auf seine Uhr. „Ich gebe ihm eine Stunde Zeit, bevor ich zurückkomme, um zu beenden, was ich angefangen habe."

„Tut mir leid, dass ich gefragt habe", sagte River zur gleichen Zeit wie ich. „Scheiße, ist das heiß."

Rivers Kopf schwenkte in meine Richtung.

„Was? Willst du etwa sagen, dass es das nicht ist?"

Victoria und ich trieben es nicht oft spontan miteinander, aber einmal wurden wir beim morgendlichen Sex durch einen Anruf von der Arbeit unterbrochen und tauschten den ganzen Tag über sexy Nachrichten aus. Wir kamen erst später in der Nacht zum Abschluss. Der verdammt beste Orgasmus aller Zeiten. Ich dachte, mein Kopf würde explodieren.

„Können wir … Können wir über etwas anderes reden? Bitte?"

Ich lachte. „Gib uns noch zwei Biere, Tanner. Mein Freund hier muss sich abkühlen."

„Erinnere mich noch einmal daran, warum es so eine gute Idee war, meinen Job aufzugeben, um mit dir abzuhängen?", fragte River.

„Du liebst mich und hast mich vermisst."

„Klar habe ich das." Er trank den Rest seines Biers aus und stellte die leere Flasche auf den Tresen, als Tanner sie durch eine neue ersetzte.

Ich lehnte mich an River. „Lasst uns austrinken. Wir müssen noch in einen Club gehen. Zeigen wir all den Schwulen, wie man es richtig macht."

„Großer Gott. Du hast wirklich keine Ahnung, oder?"

„Wovon?"

Er zog eine Braue hoch und seine Lippen verzogen sich zu einem Lächeln. „Ohne deine Brüder, die sich einmischen, wirst du da drin bei lebendigem Leibe aufgefressen werden, und ich werde es genießen, dabei zuzusehen."

2

RIVER

ALS WIR DEN schwach beleuchteten Club betraten, hallte der pulsierende Bass in meiner Brust wider. Neonlichter durchschnitten die Dunkelheit, und der Duft von Schweiß und Eau de Cologne lag in der Luft, einer berauschenden Mischung, die mir den Kopf verdrehte.

„Dieser Ort ist wild!", rief Adam über die Musik hinweg, seine blauen Augen funkelten vor Aufregung. „Komm schon, lass uns tanzen!"

Ich ließ mich auf die überfüllte Tanzfläche ziehen und war mir seiner warmen Hand, die sich um mein Handgelenk legte, sehr bewusst. Als wir einen Platz in der Menge der Tänzer fanden, wurde mein Blick von einem Paar in der Nähe angezogen – zwei Männer, die sich in perfektem Gleichschritt bewegten und sich in den Augen des anderen verloren. Ein vertrauter Schmerz blühte in meiner Brust auf.

Wie würde es sein, Adam so zu halten? Mit den Fingern durch das weiche blonde Haar zu fahren, diese vollen Lippen zu schmecken …

Ich schüttelte den Kopf und schob die nutzlosen Gedanken beiseite. Ich hatte aufgehört zu zählen, wie oft ich mich gefragt hatte, ob in der Art, wie Adam mich ansah, noch mehr steckte, nur um dann wieder in die kalte, harte Realität zurückgeworfen zu werden, als er mir wieder und wieder eine andere Freundin vorstellte.

„Geht es dir gut?" Adams besorgte Stimme durchbrach meine Gedankenspirale. „Du scheinst abgelenkt zu sein."

Ich zwang mich zu einem Lächeln. „Ich genieße nur die Atmosphäre", log ich, weil ich nicht zugeben konnte, dass er mich in meinen schlimmsten Albtraum geschleppt hatte.

Als er sich zum pochenden Rhythmus bewegte, wanderten meine Augen über seinen Körper. Die Art, wie seine Hüften wippten, wie sich sein T-Shirt an seine straffe Brust schmiegte … es war berauschend. Und quälend.

Meine Bewegungen fühlten sich im Vergleich dazu steif und unbeholfen an. Ich war nie ein guter Tänzer gewesen, immer zu sehr in meinem eigenen Kopf gefangen. Aber bei Adam sah es so mühelos, so natürlich aus. Wie alles andere in seinem bezaubernden Leben.

Ein Pärchen rempelte mich von hinten an, was mich aus meinen Grübeleien aufschreckte. Ich stolperte vorwärts und wäre beinahe mit Adam zusammengestoßen. Starke Hände hielten mich aufrecht.

„Wow", lachte er, sein Atem war warm an meinem Ohr. „Vielleicht waren die Biere, die wir bei Tanner getrunken haben, nicht genug. Lass uns noch eins trinken, damit du ein bisschen lockerer wirst."

Meine Haut kribbelte dort, wo er sie berührt hatte. Ich schluckte schwer und versuchte, mein rasendes Herz zu beruhigen. „Ja", brachte ich hervor. „Ein Drink klingt gut."

Als wir uns auf den Weg zur Bar machten, wirbelten meine Gedanken vor widersprüchlichen Gefühlen. Verlangen und Frustration. Sehnsucht und Resignation. Wie lange konnte ich noch so tun, als würde ich Adam nur als besten

Freund lieben? Wie lange noch, bevor mich diese Gefühle auseinanderrissen?

Hoffentlich nicht mehr lange. Nur noch drei Wochen …

Ich war nicht so naiv zu glauben, dass diese Gefühle in dem Moment verschwinden würden, in dem Adam in die Flitterwochen aufbrach, bereit, sein neues Leben zu beginnen. Ein Leben, zu dem auch eine Frau gehören würde. Aber ich hatte einen Plan. Ich konnte nur hoffen, dass er funktionieren würde.

Als ich mich an die Bar lehnte, um zu Atem zu kommen, durchbrach eine vertraute Stimme den Lärm des Clubs.

„River? Bist du das?"

Ich drehte mich um und sah Mia, eine Stammkundin im Lusitana, die mich anstrahlte. Ihr lockiges Haar wippte, als sie mich in eine schnelle Umarmung zog.

„Mia! Was machst du denn hier?", fragte ich, aufrichtig erfreut, ein freundliches Gesicht zu sehen.

„Ich gehe mit meiner Freundin aus." Sie zwinkerte mir zu. „Aber was noch wichtiger ist: Was machst du hier? Ich dachte, Clubs sind nicht dein Ding."

Ich lachte und rieb mir den Nacken. „Das sind sie normalerweise nicht. Ich bin mit Adam hier." Ich gestikulierte in Richtung meines besten Freundes, der sich mit dem Barkeeper unterhielt.

Mias Augen leuchteten verständnisvoll auf. „Ah, ich verstehe. Und, wie läuft das Restaurant? Ich habe große Lust auf deine Schokoladenmousse. Die Arbeit hat mich in letzter Zeit fertig gemacht. Ich vermisse meine wöchentliche Portion von Lusitanas fantastischem portugiesischem Essen."

„Es läuft gut." Ich lächelte. „Wir planen gerade ein neues saisonales Menü. Du solltest nächste Woche vorbeikommen. Ich hebe dir eine Portion von der Mousse au Chocolat auf."

Während wir plauderten, kam Adam mit zwei Getränken in der Hand zurück. „Bitte sehr, Riv. Oh, hey, Mia!"

„Adam! Lange nicht mehr gesehen." Mia grinste. „Ich habe River gerade erzählt, wie sehr ich das Restaurant vermisse. Habe deine Eltern schon ewig nicht mehr gesehen."

Adams Gesicht erhellte sich vor Stolz. „Du solltest mal vorbeikommen. Ich bin sicher, Mom und Dad würden sich freuen, dich zu sehen."

„Das werde ich tun. Außerdem hat River mir Mousse au Chocolat versprochen. Nun, ich sollte zurück zu meinem Mädchen gehen", sagte Mia. „Es war schön, euch beide zu sehen!"

Als sie in der Menge verschwand, drehte sich Adam mit einem verschmitzten Glitzern in den Augen zu mir um. „Bist du bereit, mit deinen Moves anzugeben, Boss?"

Ich lachte und schüttelte den Kopf. „Du weißt, dass ich zwei linke Füße habe, Adam."

„Trink aus", sagte er und wartete geduldig, bis wir ausgetrunken hatten, bevor er meine Hand ergriff und mich wieder auf die Tanzfläche zog. „Ich werde es dir beibringen."

„Dafür bin ich nicht betrunken genug", stöhnte ich. „Kann ich noch ein Bier bekommen?"

„Nö."

Als wir einen Platz in dem Meer von Körpern gefunden hatten, legte Adam seine Hände auf meine Hüften und führte mich im Rhythmus mit. Bei dieser Nähe blieb mir der Atem im Hals stecken.

„Spüre einfach den Takt", sagte er und seine blauen Augen funkelten. „Lass los."

Langsam begann ich mich zu entspannen und ließ mich von ihm führen. Unsere Körper bewegten sich synchron, und die jahrelange Freundschaft übertrug sich in einen leichten, natürlichen Fluss.

„Siehst du? Du hast es geschafft." Er grinste und wirbelte mich spielerisch herum.

Ich lachte, weil ich mich zum ersten Mal seit einer Weile wieder richtig amüsierte. „Ich habe es nicht verstanden, aber ich sehe, dass es gar nicht so schlimm ist, wenn man erst einmal dabei ist", antwortete ich.

Während wir tanzten, erlaubte ich mir, den Moment zu genießen. Im Moment konnte ich einfach hier mit meinem besten Freund sein, mich zur Musik bewegen und so tun, als ob es genug wäre. Dass ich nicht kurz davor stand, eine lebensverändernde Entscheidung zu treffen, die alles zwischen mir und Adam verändern könnte.

Die pulsierenden Lichter des Clubs veränderten sich und warfen einen warmen Schimmer auf sein Gesicht. Mein Atem stockte, als unsere Blicke sich trafen und die Welt um uns herum verblasste. Eine Welle des Verlangens durchströmte mich, elektrisch und überwältigend. Adams Hände lagen immer noch auf meinen Hüften, unsere Körper wiegten sich gemeinsam, und ich hatte das Gefühl, als würde ich vor lauter Sehnsucht explodieren.

„Geht es dir gut?", fragte Adam, seine Worte waren wegen der Musik kaum zu hören.

Ich nickte, ohne meiner Stimme zu trauen. Ich nahm jeden Kontakt zwischen uns wahr, seinen Duft, der sich mit der schweren Luft des Clubs vermischte.

„Ich hole mir noch einen Drink. Willst du auch einen?", fragte ich.

„Scheiße, ja."

In den nächsten Stunden tranken wir, tanzten und vergaßen die Zeit, so wie wir es im College getan hatten. Wir waren definitiv mehr als nur angeheitert. Zum Glück waren wir gelaufen, denn wir waren auf keinen Fall in der Lage, irgendwohin zu fahren.

Plötzlich tauchte ein auffallend großer Mann mit einem markanten Kinn und langem Haar, das ihm über die breiten Schultern fiel, neben uns auf, seine stechenden haselnussbraunen Augen auf Adam gerichtet. „Hallo, mein Hübscher", säuselte er und legte eine Hand auf Adams Arm. „Willst du tanzen?"

Ich spürte, wie sich mein Magen zusammenzog und sich ein vertrauter Schmerz in meiner Brust ausbreitete. Das war mein erster Instinkt, denn ich wurde immer zurückgelassen. Aber selbst in meinem Alkoholrausch wurde mir klar, dass es sich um einen Typen handelte, der Adam anmachte, und das würde ihm vielleicht nicht gefallen.

„Danke, aber ich bin hier zufrieden", meinte Adam und schenkte dem Mann ein höfliches Lächeln, bevor er seine Aufmerksamkeit wieder auf mich richtete.

Der Gesichtsausdruck des Mannes verschlechterte sich. „Komm schon, du tanzt doch sicher lieber mit mir als mit deinem Freund?"

Ich spannte mich an, um mich auf die Reaktion des Mannes vorzubereiten. Aber Adam schüttelte nur den Kopf, wobei seine blauen Augen mein Gesicht nicht verließen.

„Tut mir leid, aber ich bin genau da, wo ich sein will", erklärte er entschlossen.

Als der Kerl schnaubend davonlief, überkam mich eine Mischung aus Erleichterung und Verwirrung. „Du hast das wirklich gut gemacht", sagte ich leise.

Adams Stirn runzelte sich. „Was gut gemacht?"

„Ihm einen Korb zu geben. Ein Typ wie er ist es wahrscheinlich nicht gewohnt, zurückgewiesen zu werden."

Sein Gesichtsausdruck wurde weicher. „Meh. Er war bestenfalls eine Sechs. Außerdem bin ich hier mit dir. Das ist das Einzige, was zählt. Ich lasse doch nicht meinen besten Freund zurück, um mit einem x-beliebigen Kerl zu tanzen."

Seine Antwort schockierte mich und ließ mich verstummen. Vielleicht hatte der Alkohol bei Adam aber auch die gegenteilige Wirkung als bei mir, denn seine Lippen schienen viel lockerer zu sein als sonst.

Der pulsierende Beat der Musik verblasste, als wir uns in eine abgelegene Ecke des Clubs begaben. Ich hatte meine Arbeitskleidung noch nicht ausgezogen, weshalb mein Hemd, selbst mit hochgekrempelten Ärmeln, viel zu viel Stoff für einen Club hatte.

Wir ließen uns in eine plüschige Lederkabine sinken, das kühle Material verschaffte uns vorübergehend Erleichterung.

Adam rutschte neben mich, unsere Oberschenkel berührten sich kaum. „Das war eine tolle Idee. Danke, dass ich dich von der Arbeit wegzerren durfte."

Ich würde alles für dich tun. Ich lächelte, weil ich nicht sagen konnte, was ich eigentlich wollte.

„Weißt du", meinte er leise, die Augen halb geschlossen, als er die Worte fast verschluckte, „ich habe immer bewundert, wie sehr du dich um andere kümmerst. Du bist bei allem so … zielstrebig."

Mein Atem blieb mir im Hals stecken. „Ja?"

Er nickte, ein kleines Lächeln umspielte seine Lippen. „Auf jeden Fall. Du machst dir so viele Gedanken über jede Beziehung, jede Interaktion. Selbst Kunden aus dem Restaurant behandeln dich wie einen Freund. Das ist … schön, wirklich."

Das Wort schön hing in der Luft zwischen uns. Das war das Wort, mit dem ich alles an meinem besten Freund beschreiben würde, von seinem Aussehen über die Liebe zu seiner Familie bis hin zu der Art und Weise, wie er Worte für die PR-Kampagnen formulierte, an denen er mit seinen Brüdern arbeitete. Meine Finger zuckten, ich wollte sein Gesicht berühren, die Kurve seines Kiefers nachzeichnen.

„Ich wünschte nur …", begann ich und zögerte dann. Ich konnte nicht …

„Was ist es?" Er lehnte sich näher heran, sein Knie berührte meines unter dem Tisch.

Mein Herz klopfte so laut, dass ich sicher war, er könnte

es hören. Ich öffnete den Mund, die Worte *Heirate Victoria nicht, denn ich liebe dich, und ich weiß, dass ich dich glücklicher machen kann*, lagen mir auf der Zunge. Aber die Angst ergriff mich und drückte auf meine Brust.

„Ich wünschte nur, es wäre manchmal einfacher", sagte ich stattdessen. „Mit Menschen in Kontakt zu kommen, weißt du?"

Adams Gesichtsausdruck erweichte sich vor Mitleid. „Das kann ich mir vorstellen. Aber hey, du hast doch mich, oder? Immer."

Ich zwang mich zu einem Lächeln, obwohl sich mein Herz verkrampfte. „Ja, ich habe dich."

3

———

RIVER

Am Hochzeitstag

DIE TÜR ÖFFNETE SICH, und ich sprang auf.

„Was machst du hier draußen und murmelst vor dich hin? Ich bin derjenige, der nervös sein sollte. Verdammt! Ich werde heute heiraten. Kannst du das glauben?"

Ich starrte Adam an. Sein marineblauer Anzug saß perfekt, aber sein Haar war zu ordentlich gestylt. Seine Socken passten nicht zusammen. Eine war weiß und die andere grau. Hatte er es bemerkt?

„River?", rief er erneut.

„Ja. Entschuldigung … darf ich reinkommen?"

Er zog mich an der Hand hinein und schloss die Tür hinter uns.

„Warum bist du noch nicht angezogen?" Er ging zu dem raumhohen Spiegel in seinem Zimmer und fing an, mit seiner Krawatte zu spielen und den bereits perfekten Knoten neu zu binden.

„Adam, ich …“ Verdammt, ich konnte das nicht tun. Victorias feiger Brief brannte in meinen Händen und erinnerte mich an meinen Job. Ich musste Adams Herz an ihrer Stelle brechen.

Mein Herz war mir nicht so wichtig. Es war dauerhaft beschädigt. Das hatte ich schon vor langer Zeit akzeptiert. Aber das von Adam? Seines war kostbar.

Ich musste daran denken, dass ich nur der Überbringer war. Das war nicht meine Schuld.

„Was ist los?“, fragte er und drehte sich zu mir um.

Ein Klopfen an der Tür ließ uns beide aufschrecken.

„Adam, Schatz? Kann ich mit dir reden?“, rief seine Mutter von der anderen Seite der Tür.

Er machte ein paar Schritte zur Tür, und sobald er sie öffnete, rannte seine Mutter in seine Arme.

„Oh, mein Baby. Du siehst so hübsch aus.“

„Danke, Mom. Alles in Ordnung?“, fragte er.

„Ja, natürlich. Ich wollte dich nur sehen, bevor alles ein bisschen verrückt wird. Dein Dad und deine Grandma wollten vorbeikommen, aber ich wollte dich nicht so unter Druck setzen. Wenn du so bist wie dein Dad, wirst du schon nervös genug sein. An unserem Hochzeitstag hat er …“, begann sie, schüttelte aber den Kopf, bevor sie ihren Gedanken zu Ende führen konnte. „Das sind Erinnerungen für einen anderen Tag. Heute geht es nur um dich und Victoria.“

Sie richtete seine bereits straffe Krawatte. Aus ihrem liebevollen Blick, mit dem sie die Wangen ihres Sohnes streichelte, sprach nichts als reine Liebe und Stolz.

Carla war eine erstaunliche Frau und eine noch bessere Mutter. Ich sollte es wissen. Schließlich hatte ich praktisch im Haushalt der Spencers gelebt, seit ich fünf Jahre alt gewesen war, und jetzt, als Manager des Restaurants, verbrachte ich genug Zeit mit ihr und Adams Vater.

Nicht, dass das Leben zu Hause schlecht gewesen wäre, aber da meine Mutter so viele Stunden als Krankenschwester im Krankenhaus arbeitete, hatte ich, während ich aufwuchs, manchmal das Gefühl, dass Adams Familie meine eigentliche Familie war.

Sie drehte sich zu mir um. „River Charles Hartley, warum trägst du *keinen* Anzug? Und ich will keine Ausreden wegen der Arbeit hören. Wir haben das Restaurant geschlossen, damit du die Hochzeit genießen kannst und dich nicht sorgen musst. Muss ich mal mit Jack reden?"

Ich lächelte. „Ich brauche nicht lange, um mich fertig zu machen, Carla. Ich verspreche, dass ich heute nicht arbeiten werde."

Sie hatte recht, sich Sorgen zu machen. In den letzten achtzehn Monaten hatte ich die Arbeit als Krücke benutzt, und mein Plan, damit aufzuhören, beinhaltete … nichts, worüber ich mir im Moment Gedanken machen konnte.

„Ich lasse euch jetzt allein, damit ihr euch fertig machen könnt", meinte sie. „Adam, Schatz, soll ich dir etwas zu essen hochschicken?"

„Danke, Mom. Ich hatte vorhin Zimmerservice."

„Okay, wenn das so ist …" Sie gab uns beiden einen Kuss auf die Wange und ging.

Das Klicken der Tür, die sich schloss, klang wie eine Schrotflinte in meinem Magen.

Du schaffst das.

Adam ließ sich auf die Couch in der Suite fallen. „Scheiße, ich brauche einen Kaffee. Wahrscheinlich nicht gerade das Beste, wenn ich schon so nervös bin."

Ich setzte mich neben ihn und versuchte den Mut zu finden, den ich nicht hatte.

„Was ist das?", fragte er und deutete auf das Papier in meiner Hand. „Nein, sag es mir nicht. Du hast mein

Gelübde geschrieben, weil man mir, der ich *beruflich mit Worten zu tun habe*, nicht zutraute, es selbst zu schreiben."

„Wahrscheinlich, weil du es bis vor zwei Tagen noch umgeschrieben hast", erwiderte ich. „Nicht, dass du es jetzt brauchen würdest."

„Was meinst du?"

Ich hielt ihm das Papier vor die Nase. Er nahm es, seine Augen voller Interesse.

Ich konnte ihn nicht ansehen, während er den Brief las, aber ich hörte das Einatmen bei jedem Wort. Das Aufatmen. Die Fragen. Bis es nur noch Stille war.

Lieber Adam

ich weiß, dass du mich dafür hassen wirst, und du hast jedes Recht, dich so zu fühlen. Aber du sollst wissen, dass ich dich liebe, und deshalb muss ich das tun.

Ich kann dich heute nicht heiraten.

Von all den schrecklichen Dingen, die ich in meinem Leben getan habe, ist dies bei weitem das Schlimmste. Das weiß ich doch.

Es tut mir so leid, dass ich dich mit den Folgen allein lasse. Du hast es nicht verdient, aber ich bin egoistisch und ich weiß, dass ich nicht da sein und die Enttäuschung verarbeiten kann.

Du hast alle um dich herum. Sie werden dir helfen.

Ich werde dich nicht um Vergebung bitten, aber ich hoffe, du kannst eines Tages verstehen, warum ich diese Entscheidung getroffen habe.

In Liebe,

Victoria.

Langsam und widerstrebend hob ich meinen Blick. Adams Hände zitterten, als er das Papier umklammerte, bis seine Finger weiß waren.

„Es tut mir leid", sagte ich, kaum flüsternd, und wollte meine Arme um ihn legen.

Ich hatte meinen besten Freund noch nie so … verloren, zerstört, verraten gesehen.

„Sie ist weg", stammelte Adam, und der Satz war wie eine Klinge, die den letzten Faden der Hoffnung durchtrennte. Das Papier zerknitterte in seinem fester werdenden Griff.

„Hey, hey, sieh mich an", drängte ich sanft und streckte die Hand aus, um seine zitternden Schultern zu beruhigen. „Wir werden das durchstehen. Ich bin für dich da, okay?"

„Woher hast du das?", fragte er.

„Es lag heute Morgen unter meiner Tür. Ich vermute, dass es dort hingelegt wurde, bevor ich aufgewacht bin."

„Weiß sonst noch jemand davon?"

Ich erschauderte. „Deine Brüder, Emery, Lior und Ellie. Das tut mir leid. Ich wusste nicht, was ich tun sollte."

Er stand auf und ging im Zimmer umher.

„Ich muss …" Er fuhr sich mit den Händen durch sein ordentliches Haar, brachte es durcheinander und ließ es viel mehr wie meinen Adam aussehen. Ich wollte darüber lächeln, hielt mich aber zurück. Dies war nicht der richtige Zeitpunkt, um meine Gefühle in den Vordergrund zu stellen. Meine Gefühle spielten in dieser Gleichung überhaupt keine Rolle.

Ich stand auf und streckte die Hand nach ihm aus. Ich legte meine Hände auf seine Schultern und sagte: „Was brauchst du von mir, Adam? Was kann ich für dich tun?"

„Bring mich nach Hause. Ich muss … Sie könnte in der Wohnung sein." Mit jedem Wort wurde seine Entschlossenheit stärker. Ich verstand es. Er brauchte Antworten. Er konnte nicht in der Schwebe bleiben, auf halbem Weg zwischen verheiratet und ledig, ohne zu wissen warum.

„Bist du sicher?"

Er warf einen Blick auf die Digitaluhr auf dem Beistelltisch und begegnete meinem Blick mit Entschlossenheit. „Wir haben Zeit. Ich muss es versuchen, River. Ich kann das nicht einfach so geschehen lassen. Ich weiß nicht, ob sie heute nicht heiraten will … oder überhaupt nicht. Warum das? Warum gerade jetzt? Ich kann nicht …"

Ich legte meine Hände auf seine Wangen und zwang ihn, mir ins Gesicht zu sehen, damit es keinen Zweifel an meiner Rolle in all dem gab. „Wir werden alles tun, was du brauchst, okay?"

Er nickte, seine Augen wurden rot und feucht.

„Ich werde nicht weinen, okay?"

„Ich weiß, Kumpel. Es sind die Allergien. Bringen wir dich nach Hause."

4

ADAM

MEINE HÄNDE ZITTERTEN, während ich nach den Autoschlüsseln suchte, bevor mir einfiel, dass Victoria sie behalten hatte, als sie in die Hochzeitssuite gezogen war. Ich schaute aus dem Fenster auf den Parkplatz. Der schnittige Mietwagen, der gestern noch prächtig auf dem Parkplatz gestanden hatte, war jetzt verschwunden.

Victoria hatte ihn ebenfalls mitgenommen.

„Komm schon, ich fahre", sagte River.

Als ich auf den Beifahrersitz rutschte, pochte mein Puls in meinen Ohren. Ich lehnte mich einen Moment gegen den Sitz und gönnte mir einen tiefen, erschütternden Atemzug.

Ich hielt meinen Kopf gesenkt, während River uns aus dem Weinberg herausfuhr.

Victoria hatte diesen Ort ausgesucht, das Datum, die Blumen, das Essen, einfach alles. Ich war an der Hochzeits-planung beteiligt gewesen, aber Victoria hatte sehr genau gewusst, was sie wollte.

Ich hatte mir von meiner Familie vorwerfen lassen, dass ich Victoria *nicht geholfen hatte*, obwohl ich in ihren Augen nur sehr wenig richtig machen konnte.

27

Und jetzt …

„Bist du sicher, dass du das tun willst?", fragte River zum hundertsten Mal.

Ich atmete tief durch. „Was würdest du an meiner Stelle tun?"

„Ich weiß es nicht."

Er schaute auf die Straße, aber seine Anwesenheit allein reichte aus, um mich zu beruhigen.

Es war scheiße, dass meine Brüder und ihre Partner vor mir vom Scheitern meiner Beinahe-Ehe erfahren hatten, aber ich glaube nicht, dass ich es von irgendjemandem außer River hätte erfahren können. Ich konnte es River auch nicht verübeln, dass er meine Brüder um Hilfe gebeten hat. Victoria hatte ihn in eine unmögliche Lage gebracht.

Er war mein bester Freund, der Typ, der mir den Rücken freihielt. Immer. Er verstand es, in mich hineinzuhören, als hätte er den Text meines Buches selbst geschrieben.

Die Leute machten sich ständig über uns lustig, sagten, er sei mein und Lex' Drilling, aber das war er nicht. Lex und ich waren Zwillinge. Uns verband etwas, das ich niemanden so beschreiben konnte, dass er es verstehen würde. Was River und ich hatten, war eine tiefe Freundschaft. Die Art von Freundschaft, die alles überstehen und für immer halten würde. Es war fast dasselbe und doch anders.

Die Fahrt zurück nach Cliffborough war ein einziges Durcheinander – die kurvenreichen Straßen, die einst eine malerische Reise waren, fühlten sich jetzt wie eine Endlos-schleife aus Verwirrung und Spekulation an. Was war falsch gelaufen? Gab es Zeichen, die ich übersehen hatte, unausge-sprochene Worte, ignorierte Gefühle? Ich wühlte mich durch meine Erinnerungen und versuchte, einen Auslöser zu finden, irgendetwas, das mir eine Antwort geben könnte.

Verdammt, vor weniger als vierundzwanzig Stunden hatte sie keine Anzeichen dafür gegeben, dass etwas anderes als unsere perfekte Hochzeit stattfinden würde. Oder hatte ich etwas übersehen?

Wir hatten uns zwischen den zahlreichen Veranstaltungen, die Victoria an diesem Wochenende organisiert hatte, kaum gesehen. Wenn sie abends ins Zimmer zurückgekehrt war, hatte ich bereits geschlafen. Die Ausrede am Morgen war, dass sie mit ihren Brautjungfern noch lange auf gewesen sei.

Bevor sie in die Hochzeitssuite gegangen war, hatte sie mich geküsst. Hatte der Kuss irgendwelche Anhaltspunkte gegeben? War er länger oder kürzer als sonst gewesen? Ich konnte mich nicht erinnern.

Als wir bei uns zu Hause ankamen, bot die vertraute Umgebung keine Antworten. Die Wohnung, in der wir unsere gemeinsame Zukunft geplant hatten, in der wir gelacht und manchmal geweint hatten, fühlte sich jetzt, nach ihrer Abwesenheit, leer an.

„Victoria?" Meine Stimme klang fremd in dem stillen Flur, als ich die Haustür öffnete, und der Klang meines Rufs prallte von den Wänden ab, ohne dass ich ihn beantwortete. Ich schaute mich hektisch im Flur um und durchsuchte danach jedes Zimmer mit zunehmender Verzweiflung sorgfältig ab. Ihre Habseligkeiten schienen unberührt zu sein, und die Stille in der Wohnung verstärkte meine rasenden Gedanken.

Als ich ins Wohnzimmer trat, stand ich vor meinen Flitterwochenkoffern. Wo früher vier Koffer standen, waren es jetzt nur noch zwei. Und ein Zettel.

Adam, das ist meine Schuld. Bitte fühle dich nicht unter Druck gesetzt, auszuziehen.

Ich werde für eine Weile weggehen, um neu anzufangen.

Wir können reden, wenn ich zurück bin. Vielleicht habe ich dann den Mut zu erklären, was ich getan habe.

Meine Knie gaben nach, und ich fiel zu Boden, das Stück Papier zerbröselte in meinen Händen.

„Adam, was ist los?", fragte River, der neben mir auf dem Boden kniete.

„Es ist passiert. Es ist wahr."

„Was?"

„Sie ist wirklich weg." Meine Stimme versagte, als ein Schluchzen aus mir hervorbrach. Tränen liefen mir über die Wangen und trübten meine Sicht, als ich den zerknitterten Zettel in meinen zitternden Händen betrachtete.

Rivers Arme legten sich um mich, sein fester Griff verankerte mich. Wir blieben in dieser Position, bis meine Füße vom Sitzen taub wurden.

Ich drehte mich so, dass ich an der Wand lehnte und zog meine Knie an die Brust. Ich bewegte meine Füße, um das Kribbeln zu vertreiben. River setzte sich neben mich.

„Ich weiß nicht, was ich als Nächstes tun soll, River. Vielleicht ist das der letzte Beweis, der zeigt, wie verzweifelt und leichtgläubig ich bin. Ich dachte wirklich, sie würde hier sein. Dass ich ein paar Antworten oder einen Abschluss bekommen würde. Ich weiß es nicht."

„Du bist nichts von alledem, Adam. Du bist ein erstaunlicher Kerl. Jeder würde sich glücklich schätzen, mit dir zusammen zu sein."

„Victoria scheint nicht so zu denken."

Rivers Schweigen war lauter als alle Worte, die er hätte sagen können. Zwischen Victoria und River hatte es immer eine unausgesprochene Spannung gegeben. Ich hatte den Verdacht, dass sie von beiden ausging, aber bei Victoria war sie deutlicher zu erkennen. Sie ging sogar so weit, mir zu sagen, ich solle nicht mehr mit meinem besten Freund rumhängen, weil er einen schlechten Einfluss hätte.

Das hätte eigentlich ein Warnsignal sein müssen. Ein weiterer Beweis dafür, dass ich noch ahnungsloser war als ich dachte.

„Ich weiß nicht, was ich jetzt sagen soll, Adam. Nichts von dem, was ich denke, ist ehrlich gesagt etwas Nettes. Ich möchte deinen Stress und deine Trauer nicht noch verstärken, also werde ich einfach fragen, was ich für dich tun kann. Was brauchst du im Moment?"

„Ich muss hier raus."

River stand auf, reichte mir seine Hand und zog mich auf die Beine. Er schnappte sich die Koffer und schleppte sie zu seinem Auto.

Ich schloss die Tür hinter mir ab, weil ich den Anblick des Ortes nicht ertragen konnte, der im letzten Jahr mein Zuhause gewesen war, während Victoria und ich unser Traumleben aufgebaut hatten. Was ich dachte, war unser Traumleben. Nur um jetzt nichts als Täuschung zu sehen. Ich würde meine Sachen abholen müssen, aber das musste nicht an meinem Hochzeitstag sein.

„Wo willst du denn hin?", fragte River.

„An den letzten Ort, an dem ich sein möchte. Bring uns zurück zum Weingut."

Er legte eine beruhigende Hand auf mein Bein. „Adam, deine Familie kann sich um alles kümmern. Deine Brüder würden alles für dich tun …"

„Ich weiß, aber ich bin nicht Victoria. Ich werde nicht weglaufen."

„Okay." Das war alles, was er sagte, bevor er aus der Einfahrt fuhr und zurück zum Veranstaltungsort ging. Ich zog mein Handy heraus und schickte Lex eine Nachricht.

ADAM

Ich brauche deine Hilfe.

LEX

Ist das eine CODE RED Situation?

ADAM

Nein. Sie wird mir CODE RED nicht ruinieren. Kannst du es Mom, Dad und Grandma sagen?

LEX

Das kann ich. Wo bist du? Wir waren in deinem Zimmer und du warst nicht da. Es war schwer, Mom zu beruhigen. Sie denkt, du hast kalte Füße bekommen.

Das war jetzt lustig.

ADAM

Keine kalten Füße, ich habe nur den Boden unter den Füßen verloren.

LEX

Oh, Adam. Das hier tut mir wirklich leid.

ADAM

Ja, mir auch. Ich kann nicht behaupten, dass ich das auf meiner Bingo-Karte für heute hatte. Können du und Noah alle Gäste in der Empfangshalle versammeln? Ich bin schon auf dem Weg dorthin.

LEX

Überlass das uns.

Alle in dem großen, wunderschön für den Empfang geschmückten Raum zu sehen, war ein Schlag in die Magengrube. Es war wirklich passiert. Oder eben *nicht*.

Als meine Mutter mich sah, kam sie sofort zu mir. Verwirrung und Sorge zeichneten sich auf ihrem Gesicht ab.

„Adam, Schatz. Was ist denn los?"

„Ich wünschte, ich wüsste es, Mom. Ich muss etwas ankündigen, okay?"

Sie umarmte mich fest und ging dann zurück, wo der Rest meiner Familie zusammen saß. Die Blicke, die meine Brüder Victorias Seite der Familie zuwarfen, brachten mich ein wenig zum Lächeln. Victorias Schwester Ellie schickte mir einen beruhigenden Blick.

Ellie war Emerys beste Freundin, und ich wusste, dass sie und Victoria nicht das beste Verhältnis hatten. Nur ein weiteres Zeichen, das ich ignoriert hatte.

„Ich bin mir da nicht sicher", meinte River mit leiser Stimme. „Noah sieht aus, als wäre er bereit, jemanden zu ermorden."

„Lior wird ihn an der Leine halten. Mach dir keine Sorgen." Ich schnappte mir einen Stuhl, stellte mich darauf und räusperte mich.

Hunderte von Gesichtern drehten sich in meine Richtung. Es gab ein Lächeln, gefolgt von Verwirrung, als ihnen dämmerte, dass dies keine gute Art der Ankündigung war.

„Hallo, alle zusammen. Ihr fragt euch vielleicht, warum ihr in diesen Raum gebeten wurdet, anstatt nach draußen in den Garten zu gehen, wo die Zeremonie stattfinden sollte. Ich werde es nicht beschönigen. Die Wahrheit ist, dass Victoria heute Morgen beschlossen hat, dass sie die Hochzeit nicht mehr durchführen möchte."

Das kollektive Aufatmen gab mir ein seltsames Gefühl der Beruhigung. Da Victoria mich nicht in ihre Entscheidung einbezogen hatte, konnte ich auf keinen Fall die Schuld dafür übernehmen. Es war ihre Entscheidung, und allein ihre.

Ich hob meine Hand, bevor die Leute anfingen, Fragen zu stellen.

„Ich verstehe, dass ihr Fragen habt. Ehrlich gesagt war ich in meinem Zimmer und bereitete mich darauf vor, die Frau, die ich liebe, zu heiraten, als ich durch ein Stück Papier erfuhr, dass sie nicht mehr dasselbe will. Ich habe nicht mit ihr gesprochen, weil ich sie nicht gesehen habe. Keine Worte können genau beschreiben, wie ich mich jetzt fühle. Ich hoffe, dass ihr es schafft, nicht der Neugierde nachzugeben, die ihr vielleicht verspürt, oder die Gerüchteküche zu füttern, die sicher schon in vollem Gange ist. Was auch immer Victorias Gründe dafür sind, es sind ihre Gründe, und es liegt an ihr, ihre Geschichte zu erzählen, wann und falls sie es möchte. Soweit es mich betrifft, ist unsere Beziehung vorbei, denn das sagt mir das …", ich hielt die beiden Zettel mit Victorias Nachrichten hoch, „alles. Alles andere ist für euch genauso ein Geheimnis wie für mich."

„Im Moment möchte ich allein sein, um zu verarbeiten, was heute geschehen ist. Ich entschuldige mich aus tiefstem Herzen für das, was passiert ist. Die Hochzeit findet zwar nicht mehr statt, aber es macht keinen Sinn, eine gute Party zu vergeuden. Bitte genießt das Catering und die Einrichtungen. Das Team des Weinguts war großartig, und ich bin sicher, dass es auch weiterhin sein Bestes tun wird, um euch entgegenzukommen. Bitte verzeiht mir, dass ich nicht dabei sein werde."

5

———

RIVER

Ich ging hinter Adam her, meine Augen waren auf seine starren Schultern gerichtet. Die übliche sorglose Wärme in seinem Auftreten war verschwunden und durch eine beunruhigende Distanziertheit ersetzt worden, die mir einen Schauer über den Rücken jagte.

„Adam, warte!", rief ich leise und beschleunigte mein Tempo, um ihn einzuholen. „Geht es dir gut?"

Adam hielt an seiner Zimmertür inne, die Schlüsselkarte über dem Schloss schwebend. Er drehte sich um, sein Blick war untypisch distanziert. „Mir geht es gut", antwortete er mit flacher Stimme. „Ich brauche nur eine Minute."

Ich zögerte, als er die Tür aufschwang, hin- und hergerissen zwischen dem Wunsch, ihm Raum zu geben, und meinem Instinkt, ihn zu trösten. Bevor ich mich entscheiden konnte, deutete Adam an, dass ich eintreten sollte.

„Bitte lass mich nicht allein, wenn ich dem Erschießungskommando gegenüberstehe. Selbst wenn sie in meinem Namen und nicht auf mich schießen wollen."

Wie konnte Adam nach dem, was gerade passiert war, so ruhig sein? Das sah ihm überhaupt nicht ähnlich. Ich beob-

35

achtete, wie er methodisch seine Anzugjacke auszog und seine Krawatte lockerte, die Bewegungen präzise und kontrolliert.

„Adam, du musst dich bei mir nicht verstellen", sagte ich sanft und lehnte mich gegen die Wand. „Es ist in Ordnung, wütend zu sein."

Sein Blick begegnete meinem, und endlich brach ein Aufflackern von Gefühlen durch. „Ich weiß nicht, was ich im Moment bin, Riv. Es ist, als ob ich außen stehe und zusehe, wie alles mit jemand anderem passiert."

Die Verletzlichkeit in Adams Stimme ließ mein Herz schmerzen. So oft in meinem Leben hatte ich mir gewünscht, ich könnte ihn einfach küssen und mich um ihn kümmern. Damit all der Schmerz verschwindet. Aber wenn dieser kleine Wunsch in Erfüllung gegangen wäre, würde er auf keinen Fall so verletzt sein. Nicht an seinem Hochzeitstag. Niemals.

Ich trat vor, streckte die Hand aus, als ein Klopfen an der Tür den Moment unterbrach.

„Adam? Schatz, hier sind Mom und Dad. Dürfen wir reinkommen?"

Wie Adam vorausgesagt hatte, traten seine Eltern ein, dicht gefolgt von Lex, Emery, Noah und Lior. Der Raum fühlte sich plötzlich überfüllt an, mit besorgten Gesichtern und gedämpften Stimmen.

„O Schatz", sagte Adams Mutter und umarmte ihren Sohn. „Es tut uns so leid, dass das passiert ist. Ist alles in Ordnung mit dir?"

Er erwiderte die Umarmung mechanisch, seine Augen trafen meine über die Schulter seiner Mutter hinweg. „Mir gehts gut, Mom. Wirklich."

Lex trat einen Schritt vor und legte eine Hand auf Adams Arm. „Wir sind alle für dich da, Bruder. Was immer du brauchst."

„Danke", erwiderte er mit sanfter Stimme. „Ich weiß das zu schätzen, ihr alle."

Während sich die Familie um Adam scharte und ihm Worte des Trostes und der Unterstützung zusprach, zog ich mich in die Ecke des Raumes zurück und beobachtete die Szene, wobei ich mich sowohl als Teil der Familie als auch getrennt von ihr fühlte.

Immer wenn sein Blick zu mir wanderte, lächelte ich ihn beruhigend an, auch wenn meine eigenen Gefühle unter der Oberfläche aufgewühlt waren.

Ich hätte mich eigentlich freuen sollen, dass die Hochzeit abgeblasen wurde, aber mein unmittelbares schlechtes Gewissen wegen dieses egoistischen Gedankens ließ mich wie den schlechtesten Freund der Welt erscheinen. Der heutige Tag fühlte sich bereits wie eine Woche an, dieser Morgen war nur noch eine ferne Erinnerung. Eine, die sich nicht so schnell aus meinem Gedächtnis löschen lassen würde.

Noahs Stimme durchbrach das Gespräch, scharf und wütend. „Wir sollten sie dafür bezahlen lassen. Ich kenne einen Typen, der …"

„Noah!", warf Adams Vater ein, sein Tonfall war streng. „Das ist nicht die Lösung. Wir werden das auf die richtige Weise regeln."

„Ich bin nicht jemand, der Noahs verrückte Ideen zulässt, aber Victoria war wirklich gemein zu Emery, als wir wieder zusammenkamen, also …", meinte Lex und legte seinen Arm um Emerys Taille.

Emery schüttelte den Kopf. „Das ist schon eine Weile her, und es spielt keine Rolle."

„Baby, sie hat zwei der Menschen verletzt, die ich am meisten auf der Welt liebe. Damit darf sie nicht davonkommen."

„Lass mich ausreden", sagte Noah.

„Jetzt gehts los", warf Lior ein. „Ich entschuldige mich

im Voraus, und wenn du willst, dass ich ihn für eine Weile irgendwo festbinde, damit er nicht in Schwierigkeiten gerät, lässt sich das sicher einrichten."

„Oh, pervers, aber, Babe, nicht vor meiner Familie. Die wissen schon viel zu viel über unser Sexleben."

Lior schloss die Augen und holte tief Luft. Sie zusammen zu sehen, machte so viel Sinn. Der ältere, kontrolliertere Mann war der perfekte Ausgleich zu Noahs wilder Seite.

„Wie ich schon sagte", fuhr Noah fort, „kenne ich einen Kerl, der für ein kleines Honorar ein paar Sachen macht. Nichts Illegales. Du hast doch noch deinen Wohnungsschlüssel, oder Adam?"

Adam nickte.

„Der Typ geht also rein und tauscht das ganze Shampoo in den Seifenflaschen gegen Glitzer aus. Er versteckt alle übrig gebliebenen Schuhe, abgesehen von den stinkenden, schmutzigen Turnschuhen. Er tauscht das Besteck gegen Löffel aus und kann deinen Fernseher überprüfen und alle gespeicherten Sendungen löschen. Wenn du wirklich kleinlich sein willst, kannst du Victoria für alle möglichen Zeitschriften- und E-Mail-Abonnements anmelden und ihre Telefonnummer bei Craig's List als Ratgeberkolumnistin für seltsame Körperprobleme auflisten."

„Hmm, ich muss zugeben, dass das keine schlechten Ideen sind", sagte Emery.

Ich beobachtete, wie Adam ruhig blieb, fast distanziert, während sich hinter seinen blauen Augen ein Sturm zusammenbraute.

„Sag einfach Bescheid, kleiner Bruder, und ich kümmere mich darum", meinte Noah.

Lior zog Noah an sich. „Ich mache mir manchmal Sorgen um dich."

„Ist schon gut, Schatz. Ich weiß, dass du nie etwas tun

würdest, was meinen Enthusiasmus für die weniger befahrene Straße auslösen könnte."

„Noah, ich war auf einer Arbeitsreise und kam mit einem Hund nach Hause."

Noah grinste. „Ja, aber das war der süße Noah."

„Es gibt nichts zu regeln", sagte Adam plötzlich, und seine Stimme war erstaunlich ruhig. „Die Hochzeit ist abgesagt. Victoria hat ihre Entscheidung getroffen, obwohl es viel weniger peinlich gewesen wäre, wenn sie es vor heute Morgen getan hätte. Es bringt nichts, sich darüber den Kopf zu zerbrechen. Ich brauche eine Pause von all dem, also werde ich meine Flitterwochen machen, schließlich habe ich sie ja bezahlt. Wenn ich zurück bin, kümmere ich mich um den Rest."

Ein Schweigen legte sich über den Raum. Mein Atem stockte, überrascht von Adams Erklärung.

Seine Mutter trat vor, die Stirn vor Sorge gerunzelt. „Schatz, bist du sicher, dass das eine gute Idee ist? Nach allem, was passiert ist …"

Adams Blick traf den meinen, und für einen Moment sah ich ein Aufflackern der Entschlossenheit, die ich so gut kannte. „Ich bin mir sicher, Mom. Ich werde nicht zulassen, dass Victoria mir das auch noch wegnimmt."

Ich nickte, und eine Welle von Stolz und Zuneigung durchströmte mich. Das war der Adam, den ich kannte – widerstandsfähig, stur, nicht unterzukriegen.

„Aber du solltest nicht allein fahren", mischte sich Lex ein, dem die Sorge ins Gesicht geschrieben stand.

Adams Lippen verzogen sich zu einem kleinen Lächeln, dem ersten, das ich seit der Hochzeitskatastrophe gesehen hatte. „Wer sagt, dass ich das muss?"

Seine Augen trafen wieder auf meine, und ich spürte, wie

mich ein Stromstoß durchfuhr. Was hatte er vor? Und warum zog sich mein Bauch bei diesem Blick zusammen?

Adams Lächeln wurde breiter und ein schelmisches Glitzern erschien in seinen Augen. „Wisst ihr was? River, Lex, Emery, Noah, Lior, ihr solltet alle mit mir kommen."

Ich blinzelte, überrascht von seinem plötzlichen Stimmungsumschwung. Die anderen schienen ebenso erstaunt und tauschten verwirrte Blicke aus.

„Ist das dein Ernst?", fragte Noah, die Augenbrauen hochgezogen.

Adam zuckte mit den Schultern, sein Auftreten war unerwartet locker. „Warum nicht? Es ist doch schon bezahlt. Da kann man doch gleich einen Familienurlaub daraus machen, oder?"

Ich konnte nicht anders, als mich über seine Unverwüstlichkeit zu wundern. Hier war er, Stunden, nachdem er sitzen gelassen worden war, und schlug vor, dass wir alle in seine Flitterwochen fahren sollten. Es war so absurd, so absolut Adam, dass mir ganz warm in der Brust wurde.

„Zur Hölle, ja!", rief Noah aus, und ein Grinsen breitete sich auf seinem Gesicht aus, bevor er sich an seinen Mann wandte. „Wir sind dabei. Was sagst du, Mr. Van Spencer? Lust auf weitere Flitterwochen?"

Lior lachte. „Mit dir? Jederzeit. Lass mich ein paar Anrufe tätigen." Lior gab seinem Mann einen Kuss auf die Schläfe, holte sein Handy heraus und ging auf den Balkon.

Als die anderen aufgeregt zu plaudern begannen, fiel mein Blick auf Adam. Er beobachtete mich, sein Blick war eine Mischung aus Hoffnung und etwas, das ich nicht recht einordnen konnte. Mein Herz stotterte, und ich fragte mich, wie es wohl sein würde, eine Woche mit ihm im Paradies zu verbringen.

„Was meinst du, River?", fragte er leise, und seine Stimme war in dem Tumult kaum zu hören. „Bist du dabei?"

Ich schluckte schwer, hin- und hergerissen zwischen der Sehnsucht, für meinen besten Freund da zu sein, und der nagenden Angst, dass ich dadurch meine Pläne, an denen ich in den letzten Monaten gearbeitet hatte, überdenken müsste. Aber als ich Adam ansah, seine flehenden Augen, wusste ich, dass es nur eine Antwort geben konnte.

Ich atmete tief durch, um mich zu beruhigen. „Natürlich bin ich dabei", erklärte ich. „Jemand muss ja dafür sorgen, dass du deine Sorgen nicht in zu vielen Mai Tais ertränkst."

Sein Gesicht erhellte sich mit einem Grinsen, und ich spürte, wie mein Herz einen Schlag aussetzte. „Du bist der Beste, River", sagte er und drückte meine Schulter. Die Wärme seiner Hand blieb auch dann noch bestehen, als er sich zurückzog.

Während die anderen weiter Pläne schmiedeten, war ich in Gedanken versunken. Worauf hatte ich mich da bloß eingelassen? Eine Woche im Paradies mit Adam, umgeben von Paaren in den Flitterwochen …? Es fühlte sich an wie ein Rezept für Liebeskummer. Aber ich konnte mich nicht dazu durchringen, meine Entscheidung zu bereuen, nicht wenn mein bester Freund mich brauchte.

Eine Stunde verging mit Anrufen und aufgeregtem Geplapper wie im Flug. Schließlich legte Lior den Hörer auf und wandte sich an die Gruppe. „In Ordnung, alles ist bereit", verkündete er. „Wir haben einen Privatjet, der morgen früh abfliegt, und da Adam bereits die Flitterwochensuite hat, habe ich zwei weitere Suiten gebucht."

Ich nickte und war erleichtert, dass alles klappte. Aber dann fuhr Lior fort: „Das einzige Problem ist, dass es keine zusätzlichen Zimmer gibt. River, unsere Suite hat eine ausziehbare Couch, und sie ist groß genug, dass wir nicht übereinander liegen müssen. Du bist herzlich eingeladen, dort zu wohnen."

Mir wurde flau im Magen. Der Gedanke, Adam so nahe

zu sein und trotzdem getrennt zu sein, kam mir wie ein grausamer Scherz vor. Doch bevor ich etwas erwidern konnte, meldete sich Adam zu Wort.

„Auf keinen Fall“, sagte er entschieden. „River schläft nicht auf irgendeiner unbequemen Couch. Er kann bei mir in meiner Suite bleiben. Wir haben uns im College ein Zimmer geteilt. Es wird wie in alten Zeiten sein.“

Ich erstarrte, meine Gedanken überschlugen sich. Genau wie in alten Zeiten?

Wenn Adam nur wüsste, wie anders unsere Erfahrung, ein Zimmer zu teilen, für mich gewesen war. Aber als ich seinem ernsten Blick begegnete, musste ich nicken. „Ja“, schaffte ich es zu sagen, meine Stimme war leicht heiser. „Genau wie in alten Zeiten.“

6

ADAM

Ein Sonnenstrahl durchdrang das Halbdunkel des Zimmers. Einen Moment lang lag ich still und lauschte auf die Welt da draußen. Das ferne Zwitschern der Vögel und das gelegentliche Quaken der Enten.

Ich drückte eine Hand auf meine Brust und spürte ein dumpfes Pochen, während die Erinnerung an die gestrigen Ereignisse immer wieder in meinem Kopf auftauchte – der Schmerz, das Mitleid in den Blicken meiner Familie, als ich unseren Gästen die Absage der Hochzeit verkündete.

Es ist Zeit, weiterzumachen.

Ich schwang meine Beine aus dem Bett, meine Füße trafen auf den kühlen Boden. Ich stand auf, streckte die Arme über den Kopf und atmete tief und entschlossen ein.

Heute würde es nicht darum gehen, was wäre wenn oder was hätte sein können. Heute ging es darum, vorwärtszukommen, die Geschichte meines eigenen Lebens zurückzuerobern. Ich würde nach Maui in die Flitterwochen fahren, und verdammt noch mal, ich würde eine haben – Victoria oder nicht Victoria.

Mein Handy vibrierte auf dem Nachttisch und das Display leuchtete mit einer Nachricht von River auf.

RIVER

Ich lasse das Frühstück auf dem Weingut ausfallen. Treffen wir uns in der Lobby?

Ich atmete ein stummes Dankeschön aus und war dankbar für die Ausrede, den mitleidigen Blicken und dem leisen Geflüster zu entgehen.

ADAM

Hört sich gut an.

Als ich in der Lobby ankam, war River bereits dort, lehnte lässig an der Wand und ließ seine grünen Augen den Raum abtasten, bis sie auf mir landeten. Vielleicht verströmte ich bereits meine Aura der Bereitschaft zur Veränderung, denn seine Mundwinkel hoben sich zu einem kleinen Lächeln.

„Wo sind die anderen?", fragte ich.

„Noah und Lior sind draußen. Lex und Emery sind auf dem Weg nach unten."

„Toll. Ich gehe mal nachsehen."

„Nicht nötig. Wirf deine Zimmerschlüssel in den Kasten an der Rezeption. Deine Eltern haben sich um den Rest gekümmert. Ich habe sie auf dem Weg zum Frühstück erwischt. Sie sagten, ich solle mich amüsieren und um Himmels Willen nicht zulassen, dass Noah jemanden umbringt. Oder heiraten, aber ich glaube, das hat Lior schon erledigt."

Ich lachte. „Keine Morde. Keine Hochzeiten. Spaß. Verstanden."

Mein Leben verlief nicht gerade nach Plan, aber ich hatte die beste Familie der Welt. Als Victoria in ihrem Brief geschrieben hatte, dass ich alle um mich herum haben würde, hatte sie recht gehabt.

Als wir draußen zu unseren Autos gingen – meine Brüder zu ihren und ich zu Rivers – empfand ich nur noch Mitleid für Victoria. Sie hätte all das haben können, aber stattdessen hatte sie sich entschieden, wegzulaufen.

Vielleicht würde ich eines Tages Antworten haben, aber im Moment, mit meiner Familie um mich herum, ging es mir gut. Mehr als gut. Ich war auf dem Weg nach Hawaii, um dort einen bezahlten Urlaub zu verbringen.

Danke, Vergangenheits-Adam!

Eine weitere großartige Entscheidung von Vergangenheits-Adam war es, meine Brüder dazu zu bringen, mit mir nach Hawaii zu fliegen, denn das Fliegen in einem Privatjet war eine ganz neue Erfahrung. Noah hatte schon jedem, der es hören wollte, davon vorgeschwärmt, aber ich hatte den Reiz erst erkannt, als wir alle in einen Jet stiegen.

„Ich bin mir nicht sicher, ob ich dafür angemessen gekleidet bin", meinte River und stieß mit seiner Schulter gegen meine, als wir uns auf unseren Sitzen niederließen.

Ich streckte meine Beine aus. „Ich glaube, das ist der Sinn der Sache. Wenn man genug Geld hat, um so zu fliegen, kann man alles tragen, was man will."

„Vergessen wir nicht, deinem Bruder dafür zu danken, dass er jemanden mit so viel Geld geheiratet hat."

„Wow, so weit wollen wir nicht gehen. Der arme Lior muss sich mit Noah herumschlagen, also müssen wir ihm danken."

„Stimmt." River hob seine geschlossene Faust, und ich stieß sie an.

Aufregung machte sich in meinem Bauch breit, als einer der Flugbegleiter die Flugzeugtür schloss. Der andere kam mit einem Tablett mit Getränken zu uns herüber.

„Guten Morgen, meine Herren. Möchten Sie ein Getränk? Wir haben Champagner, Orangensaft, oder ich kann Ihnen etwas von der Bar holen. Vielleicht einen Cocktail?"

„Orangensaft für mich, bitte. Niemand muss mich betrunken sehen, bevor ich gefrühstückt habe", sagte ich.

„Verstanden, Sir. Das Frühstück wird serviert, sobald wir die Reiseflughöhe erreicht haben." Er gab mir ein Glas Orangensaft, bevor er sich an River wandte. „Und Sie, Sir? Wenn Sie möchten, kann ich Ihnen unsere Getränkekarte bringen", meinte er, wobei sein Tonfall einen Hauch von Flirt enthielt, der selbst mir als Hetero nicht entgangen war.

„Äh, für mich nichts, danke", stammelte River und wandte den Blick ab.

„Oh, da hat jemand einen neuen Fan", mischte sich Noah vom anderen Ende des Ganges ein, in seiner Stimme lag ein Hauch von Schalk. „Der Typ ist eindeutig in dich verknallt."

Lex, der normalerweise nicht der Anstifter war, aber offensichtlich sehr verliebt, drehte sich vom Sitz vor uns um und stupste River spielerisch an. „Es kommt nicht jeden Tag vor, dass man in dreißigtausend Fuß Höhe angemacht wird."

„So hoch sind wir noch nicht." River warf ihnen einen schüchternen Blick zu, aber in seinen Augen flackerte etwas auf – ein Funken Mut oder vielleicht auch nur der Nervenkitzel des Augenblicks. Er wandte sich wieder dem Steward zu und schenkte ihm ein zögerndes, aber aufrichtiges Lächeln. „Eigentlich wäre ein Kaffee ganz nett. Danke sehr."

„Kommt sofort", antwortete der Steward und ging grinsend den Gang entlang.

Ich beobachtete den Austausch mit Interesse. Es war selten, dass River angemacht wurde. Besonders bei Tageslicht. In einem Club? Ja, das war schon ein paar Mal passiert, aber ich hatte es nur aus der Ferne beobachtet und konnte nicht erkennen, was eigentlich gesagt wurde.

Ich fummelte an der Ecke des Bordmagazins herum und ließ in Gedanken das letzte Mal Revue passieren, als wir zusammen ausgegangen waren. Wir hatten gelacht, getrunken und den Abend durchgetanzt und die Freiheit geteilt, die wir beide nicht oft erlebt hatten.

In einer Beziehung zu sein, hatte den meisten meiner Partys ein Ende gesetzt. Nicht, dass ich viel davongemacht hätte. Meine Brüder, River und ich hatten die Tradition, freitagabends zu Tanner zu gehen, aber im letzten Jahr war das nur noch selten der Fall gewesen.

Seit meiner Verlobung, seit Lex Emery gefunden hatte, nachdem er nach einem Autounfall, bei dem er sein Gedächtnis verloren hatte, verschwunden war, und seit Noah heimlich Lior geheiratet hatte, passten unsere Zeitpläne nicht mehr zusammen, obwohl wir zusammenarbeiteten.

Und dann war da noch River, der sich mit Leib und Seele in das Restaurant meiner Eltern einbrachte, sodass es ein Kunststück war, ihn von dort wegzulocken.

„Erinnerst du dich an den Abend im Haven?", fragte ich, und die Worte rutschten mir heraus, bevor ich sie stoppen konnte. „Ich war so eine Art Magnet für Kerle."

Rivers Kichern war leise. „Das bist du immer. Die Leute werden einfach von dir angezogen."

„Ich schätze, meine Anziehungskraft wirkt nicht auf Flugbegleiter." Ich stieß ihn mit dem Ellbogen an und ließ den Scherz zwischen uns hängen.

Ich beobachtete, wie Rivers Blick zurück zum Gang wanderte. Das Lächeln des Stewards verweilte länger auf ihm und zauberte eine Röte auf seine Wangen, die vorher nicht da gewesen war.

Etwas in mir krampfte sich zusammen.

„Hey, glaubst du, wir müssen lange auf das Frühstück warten? Ich fühle mich komisch."

„Bist du sicher, dass es dir gut geht?" Rivers Stimme war

von echter Sorge durchzogen. Ich wollte ihn nicht beunruhigen, aber wie sollte ich ihm erklären, dass mir die Art und Weise, wie der Steward mit ihm flirtete, nicht gefiel. Wahrscheinlich fühlte ich mich nur besonders bedürftig, nach allem, was in den letzten vierundzwanzig Stunden passiert war.

„Ja, ich habe nur ein komisches Gefühl im Bauch."

Einen Moment später kam der Steward mit einem Tablett und einer Tasse frisch gebrühtem Kaffee, Sahne und Zucker vorbei. River nahm die Tasse entgegen und bedankte sich beim Steward.

„Sie trinken ihn schwarz", sagte er. „Ich werde es mir merken."

„Der ist nicht für mich", antwortete River und stellte den Kaffee auf das Tablett vor mir.

Ich sah River an und dann den Steward, dessen Wangen sich plötzlich röteten.

„Verzeihen Sie, Sir. Möchten Sie, dass ich Ihnen auch einen Kaffee bringe?"

„Ich warte auf das Frühstück. Ich danke Ihnen."

Der Steward nickte und ging dann den Gang entlang in Richtung Kombüse.

„Du hättest mir deinen Kaffee nicht geben müssen", sagte ich.

„Ich möchte nicht, dass dir schlecht wird, wenn wir mehrere Stunden in einem Flugzeug festsitzen. Außerdem weiß ich, wie ein unterkoffeinierter Adam aussieht. Nicht schön." Er grinste. Ich hätte ihm ans Bein getreten, aber verdammt, seine Geste und der Geruch des Kaffees beanspruchten meine volle Aufmerksamkeit.

7

RIVER

ALS WIR IM HOTEL EINCHECKTEN, war ich mehr als bereit für eine Dusche, ein Nickerchen und einen Drink, und unbedingt in dieser Reihenfolge.

„Wie wäre es, wenn wir unsere Sachen abgeben und uns in einer halben Stunde in der Bar treffen?", rief Lex über die Schulter, der bereits auf die Aufzüge zusteuerte und Emerys Hand hielt.

„Sagen wir fünfundvierzig Minuten", erwiderte Noah und zwinkerte seinem Mann zu.

„Großartig. Ich schätze, wir beide sind übrig, Kumpel, denn die vier werden die Woche in ihren Suiten verbringen", murmelte Adam, als wir zum Aufzug gingen.

„Das ist eine merkwürdige Vorstellung."

Er spottete. „In ihren getrennten Suiten. Bah, du weißt, was ich meine."

Ich lachte. „Ja, aber du bist niedlich, wenn du so zickig bist." Ich ahmte seine Stimme in einem übertrieben tiefen Ton nach. „Ich bin Adam, und ich bin sauer, weil meine Brüder mit ihren Partnern abhauen wollen und mich ganz allein lassen …"

Er schubste mich so heftig, dass ich vor Lachen fast über seinen Koffer stolperte.

Wir lachten immer noch und alberten herum, als er die Tür zu seiner Flitterwochensuite öffnete, und mir dämmerte, dass es *die* Flitterwochensuite war.

Das Kingsize-Bett war mit Blumenblättern übersät. Auf dem Couchtisch standen ein Eiskübel mit einer Flasche Champagner und ein Tablett mit Käse, Crackern und schokoladenüberzogenen Früchten.

Adam stand wie eine Statue neben dem Bett, umklammerte den Griff seines Koffers und starrte auf das Arrangement.

„Ich habe vergessen, dem Hotel Bescheid zu sagen", meinte er mit fester Stimme, während er sich mit der Hand über die Brust fuhr und sie rieb.

Ich ließ meinen Koffer fallen, ging zum Bett hinüber und hob jede Ecke der Bettdecke auf, bevor ich sie zusammenknüllte und das Ganze auf den Balkon schleppte.

Ich ließ ein Meer von Blütenblättern auf die Gäste los, die sich auf den Liegestühlen neben dem Gebäude sonnten.

Entschuldigung für das Chaos.

Ohne mit der Wimper zu zucken, trug ich die Bettdecke zurück ins Zimmer, faltete sie ordentlich am Fußende des Bettes zusammen und wandte mich an Adam. „Wie wärs, wenn wir uns vom Flug frisch machen und duschen gehen, bevor wir die anderen treffen?"

„Klar."

Adam ging zuerst ins Bad, und während er aus dem Zimmer ging, sah ich mich um und vergewisserte mich, dass es keine anderen „Geschenke" des Hotels für ein Flitterwochenpaar gab.

Als wir an die Bar kamen, saßen Noah und Lior bereits dort und machten es sich bequem. Noah lehnte sich mit einem schelmischen Grinsen an seinen Mann, und Lior hatte seinen Arm um Noahs Schultern gelegt.

„Adam, kleiner Bruder!", sagte Noah und hob sein Glas zum Gruß. „Um es mit den Worten des großen Königs Jaffe Joffer zu sagen, wirst du diese Woche deinen königlichen Hafer säen? Immerhin sind es deine Flitterwochen, und schöne Frauen gibt es hier genug."

„Er teilt sich ein Zimmer, schon vergessen?", mischte sich Lex ein, der mit einem Grinsen auf den Lippen und Emery unter dem Arm hinter uns auftauchte.

„Aber wer sagt denn, dass der Spaß nur den Damen vorbehalten sein muss?" Noahs Augen funkelten schelmisch. „Ich meine, niemand sagt, dass Adam und River nicht auch ihren Spaß haben könnten."

Mir wurde heiß, als ich das Wort Spaß hörte, und ich fing Noahs Blick auf. Die Sticheleien von Adams Brüdern über die wahre Natur meiner Freundschaft mit Adam hatten mich noch nie berührt. Meistens ignorierte ich ihre Sticheleien, denn es waren alles nur Scherze.

Die Tatsache, dass ich mir aus tiefstem Herzen wünschte, es wäre wahr, spielte keine Rolle, denn diese Gefühle würden immer nur einseitig sein.

Das Problem war, dass es mit Adams bevorstehender Hochzeit schwieriger geworden war, ihm nahe zu sein, selbst als Freund. Vielleicht hatte er es nicht bemerkt, aber sein Licht war ein wenig schwächer geworden, seit er eine Beziehung mit Victoria begonnen hatte.

Es war schwer für mich, das mit anzusehen und nichts dagegen tun zu können.

Jetzt wusste ich gar nichts mehr. Die Entscheidungen, die ich vor der Hochzeit getroffen hatte, lagen wieder auf dem Reißbrett, denn jetzt musste ich der beste Freund meines besten Freundes sein, und dazu gehörte auch, dafür zu sorgen, dass er die beste Zeit seines Lebens hatte.

„Holen wir uns die Drinks“, sagte ich und deutete auf den Barkeeper.

„Gute Idee“, stimmte Adam zu. „Ich bin in der Stimmung für etwas Alkoholisches mit Schirmchen.

Der Barkeeper, ein sonnengebräunter Mann, dessen Hemd sich wie eine zweite Haut an seine straffe Brust schmiegte, beugte sich mit einem geübten Lächeln vor, als ich an die Theke trat. „Was führt Sie ins Paradies?“

„Der Realität entfliehen zu wollen“, antwortete ich kichernd.

„Da sind Sie hier genau richtig“, meinte der Barkeeper. „Wie kann ich Ihnen bei Ihrer Flucht helfen?“

Adam räusperte sich. „Wir nehmen zwei Ananas-Lychee-Tinis“, warf er ein und beanspruchte den Platz zwischen dem Barkeeper und mir mit einer dezenten Anlehnung.

Ich warf Adam einen Blick zu, aber er zuckte nur mit den Schultern, was von lässiger Gleichgültigkeit überdeckt wurde.

Beunruhigte ihn die Aufmerksamkeit, die mir zuteilwurde? Und warum? Er war noch nie der besitzergreifende Typ gewesen, schon gar nicht, wenn es um beliebige Menschen ging, selbst wenn wir uns so nahe standen wie Brüder.

„Kommt sofort“, sagte der Barkeeper, unbeeindruckt von Adams Unterbrechung, und sein Lächeln hielt an, während er unsere Drinks mit einem Schwung zubereitete.

Ich beobachtete die geübten Bewegungen des Mannes mit Interesse. Schließlich war ich in der gleichen Branche tätig und immer daran interessiert, anderen Leuten bei der Arbeit zuzusehen, aber als ich einen Blick auf Adam warf, war sein Gesichtsausdruck etwas angespannt. Als ob er sich über etwas ärgern würde.

„Alles okay?“, murmelte ich in seine Richtung.

„Ja.“

Der Barkeeper stellte die Gläser vor uns ab und brauchte

ein wenig länger, um die Garnierungen in mein Glas zu geben. Okay, sogar ich konnte akzeptieren, dass es seltsam war, am selben Tag die Aufmerksamkeit von zwei verschiedenen Typen zu bekommen.

„Danke", murmelte ich, als wir unsere Gläser in die Hand nahmen. Der Barkeeper zwinkerte mir kurz zu, bevor er sich wieder Adam zuwandte.

„Suchen wir uns einen Tisch", sagte er und lenkte uns mit einer Hand auf meinem Rücken weg. Ich wollte nicht darüber nachdenken, was das bedeutete.

„Wie wäre es, wenn wir uns draußen einen Tisch suchen? Die Sonne wird bald untergehen", schlug ich vor, und alle folgten uns nach draußen.

Als wir uns mit Blick auf das Meer hinsetzten, atmete ich tief ein, atmete den salzigen Duft der Gischt ein und lauschte dem Geräusch der Wellen, die gegen das Ufer schlugen.

Wann hatte ich das letzte Mal einen richtigen Urlaub gemacht? Ich konnte mich nicht einmal daran erinnern.

Ich warf einen Blick auf Adam. Er starrte auf das Meer vor uns, aber im Gegensatz zu den anderen Jungs, die liebevoll lächelten, hatte er die Augenbrauen fest zusammengezogen.

„Ich hasse es, wie eine kaputte Schallplatte zu klingen …", begann ich und lehnte mich näher heran, um zu vermeiden, dass seine Brüder zuhörten und sich einmischten.

„Mir geht' gut. Ich … denke nur nach", gab er zu und fuhr mit den Fingern über den Rand seines Glases, sodass einige Tropfen Kondenswasser herunterliefen.

„Über Victoria?", drängte ich sanft.

Er schüttelte den Kopf. „Über uns. Ich meine, dass wir hier sind, zusammen." Er versuchte eilig, das zu erklären.

Ich legte meine Hand auf seinen Arm und drückte sie sanft. „Es ist seltsam, nicht wahr? Wie das Leben einem diese Bälle zuwirft."

„Eher wie Granaten", murmelte er.

Wir saßen einen Moment lang in angenehmem Schweigen, die untergehende Sonne warf ein warmes Licht auf unsere Gesichter. Adam schloss die Augen und gab mir die Gelegenheit, seinen Anblick in goldenem Licht zu genießen.

„River?" Adams Stimme war leise, zögernd.

„Hm?"

„Danke, dass du hier bist", sagte er aufrichtig und streckte seine Hand über den Tisch, um sie in die Nähe meiner zu legen. „Für alles."

„Ich werde immer für dich da sein, Adam. Immer."

Es war die feige Antwort, weil sie eine Lüge war. Wenn Victoria nicht weggelaufen wäre, hätte ich mein Versprechen gebrochen.

Das Klirren von Gläsern und das leise Summen von Gesprächen hüllten uns ein, während wir über die Hochglanzbroschüren nachdachten, die Noah an der Rezeption abgeholt hatte und die alle ein anderes Paradies versprachen. Adams Finger berührten meine, als er mir eine Broschüre über eine Schnorcheltour reichte.

„Schwimmen mit Schildkröten, Erkundung von Korallenriffen, Hochseefischen … hier gibt es wirklich viel zu tun."

Adam lächelte, während seine Brüder vor lauter Aufregung schon Pläne schmiedeten.

„Kannst du dir vorstellen, wie das sein wird?", fragte Lex und lehnte sich mit einem nachdenklichen Blick in seinem Stuhl zurück. „Wir, da draußen im großen Blau, frei von allem."

Ich blickte wieder zu Adam und beobachtete ihn, als er Noah zuhörte, wie er eine Geschichte von seiner letzten Hochzeitsreise nach Australien erzählte. Ich bewunderte die Art und Weise, wie sich seine Augen in den Winkeln kräuselten, wenn er lachte.

„Hey, River!", rief Noah und holte mich in die Realität zurück. „Bist du beim Tauchen dabei? Wir wollen uns nicht die Chance entgehen lassen, Haie aus der Nähe zu sehen."

„Haie?" Das Wort schnürte mir die Kehle zu. „Auf jeden Fall. Das würde ich um nichts in der Welt verpassen wollen."

Adam schnaubte und hustete dann „Lügner" in meine Richtung.

„Guter Mann!" Noah hob sein Glas.

„Auf die Erinnerungen", erklärte Lex, dessen Augen verschmitzt funkelten, bevor er seinen Freund zu einem schnellen Kuss zog.

„Erinnerungen", wiederholte ich leise, während mein Blick erneut auf Adam verweilte.

„Prost" erfüllte die Luft, als wir beide einen Schluck nahmen.

„In Ordnung", sagte Adam, stellte sein Glas ab und begegnete meinem Blick mit einer ernsten Intensität. „Lasst uns das zu einer Zeit machen, die wir nie vergessen werden."

„Einverstanden", antwortete ich und mein Herz klopfte mit einer Mischung aus Aufregung und Angst. „Was machen wir denn?"

„Was ihr macht, könnt ihr morgen entscheiden, denn wir sind weg", meinte Lior und starrte Noah eindringlich an.

„Verdammt, ja, wir sind weg." Er stand eilig auf und zog seinen Mann weg. „Wir sehen uns beim Frühstück."

„Diese beiden", sagte Lex. „Ich schwöre, die ficken mehr als Kaninchen."

Emery kicherte, sein Gesicht lief rot an.

„Ähm ... ich glaube, wir sollten uns auch auf den Weg machen. Müssen auspacken und –"

„Den ganzen Sex haben. Ja, ja", unterbrach Adam Emery.

„Wir werden nicht ..."

Jetzt war ich an der Reihe zu lachen. „Doch, das werdet ihr."

Emerys Gesicht war noch röter als die wilden Locken auf seinem Kopf, aber er sah mir in die Augen und nickte.

Da Adams Brüder und ihre Partner nicht mehr da waren, waren wir auf uns allein gestellt und mussten entscheiden, was wir den Rest des Abends machen wollten.

„Was hältst du davon, die anderen Bars in diesem Ort zu besuchen, Mitbewohner?", fragte Adam.

Ich stand auf und hob meine Faust zum Anstoßen. „Lasset die schlechten Entscheidungen beginnen."

8

ADAM

Ich stand am Rande des hölzernen Stegs und betrachtete die Sonne, die langsam am Horizont auftauchte.

„Wessen Idee war das?", fragte Lex und gähnte.

„Ich glaube, es war eine gemeinsame", fügte Noah hinzu.

„Niemals. Ich würde niemals zustimmen, gefoltert zu werden. Ich dachte, wir machen hier Urlaub", meinte Lex, zog Emery näher an sich heran, verbarg sein Gesicht im Nacken seines Freundes und tat so, als würde er schnarchen.

„Ob es uns gefällt oder nicht, wir sind hier", sagte Lior. „Ich für meinen Teil freue mich darauf, herauszufinden, ob mein Mann für mich sorgen kann, wenn das Ende der Welt kommt und wir nichts mehr haben als unsere natürlichen Ressourcen."

„Baby, ich könnte jedem Fischer den Fisch aus der Nase ziehen, aber wenn du darauf hoffst, dass ich im Notfall für dich sorge, könntest du verhungern."

Lior schlang seine Arme um Noahs Taille und hob ihn hoch. „Ich schätze, ich werde stattdessen einfach dich essen müssen."

Ich wandte den Blick ab. Der Anblick meiner beiden

Brüder, die so perfekt verliebt waren, machte mich ebenso glücklich wie traurig. Ich würde sie zwar nie bitten, ihre Zuneigung vor mir zu zügeln, aber ich war auch … eifersüchtig.

Das sollte ich jetzt auch tun. Ein gemütliches Frühstück im Bett, das Auftragen von Sonnencreme, das sich in eine weitere Runde heißen Sex verwandelte, Gespräche über die Zukunft mit einem Margarita in der Hand.

Ich verdrängte diese Gedanken und schaute River an, der direkt neben mir stand, sein Blick spiegelte die orangefarbenen Töne der aufgehenden Sonne wider, und in seinem Lächeln lag eine subtile Aufregung.

„Bist du bereit dafür?", fragte ich, halb scherzhaft, halb ernst.

„Ja. Mal sehen, ob sich einer von uns verbessert hat, seit wir das letzte Mal mit deinem Vater fischen waren", antwortete er lachend.

Der Guide, ein erfahrener Seemann mit einem wettergegerbten Aussehen, kam aus dem Boot heraus.

„Guten Morgen, meine Herren. Ich bin Kianu, und ich werde Ihr Captain, Führer und, wenn Sie Glück haben, auch Ihr Koch sein. Ich hoffe, Sie sind bereit für einen guten Tag beim Fischen. Die Vorhersage sagt ruhiges Wasser voraus, also gibt es heute keine Ausreden. Das Abendessen meiner Kinder hängt von Ihrem Erfolg ab."

Wir sahen uns alle an, und in den Augen aller stand Panik.

Kianu lachte. „War nur ein Scherz. Ich habe keine Kinder, und meine Frau ist Vegetarierin, aber was immer Sie fangen, wird Ihr Mittagessen sein, also hoffe ich, Sie sind entweder sehr gut oder haben Snacks dabei."

Emery hob den Arm und hielt einen Rucksack in der Hand. „Snacks."

„Ein Typ nach meinem Geschmack", sagte Kianu. „Alle

einsteigen. Wir müssen eine Kanne Kaffee trinken, während wir zu unserem Ziel segeln.“

Wir halfen uns gegenseitig auf das Charterboot, bereit für die Sicherheitseinweisung vor dem Start unseres Abenteuers und definitiv bereit für eine gute Tasse Kaffee.

Während das Boot über den Pazifik segelte, nahm ich das Licht der aufgehenden Sonne am Ufer der Insel wahr. Es war wirklich ein schöner Anblick.

Kianu löste sein Versprechen ein. Der Kaffee war gut, und er legte sogar noch eine Ladung Ananaskekse dazu, die seine Frau gebacken hatte.

Als wir an unserem Ziel ankamen, stand die Sonne schon hoch am Himmel und wir konnten kein Land mehr sehen.

River saß mir gegenüber und bereitete seine Angel vor, wie Kianu es ihm erklärt hatte. Die Rollen waren größer und schwerer als die, mit denen wir mit meinem Vater am See in Stillwater geangelt hatten.

Während ich mich abmühte, meine zu montieren, schien River das seit Jahren zu tun. Mein Blick ruhte auf seinen geschickten Händen und der Art, wie sich die Muskeln in seinen Unterarmen bewegten. Er hatte Muskeln, die bis zu den Stellen reichten, an denen seine Tattoos unter den Ärmeln seines T-Shirts verschwanden.

„Adam? Alles klar bei dir?“ Lex’ Stimme riss mich aus meinen Gedanken.

„Ja, nur … ich glaube nicht, dass das eine Tätigkeit ist, in der ich mich auszeichnen werde.“

„Hier. Ich bereite deine für dich vor“, meinte River, legte seine Rute neben sich und nahm meine.

Das Boot schaukelte sanft auf den Wellen, und ich ertappte mich dabei, wie ich wieder auf Rivers Hände starrte, während er arbeitete. Als ich zu seinem Gesicht aufblickte, lächelte er vor sich hin. Seine Zunge lugte ein wenig zwischen seinen Lippen hervor. Das brachte mich zum

Lächeln, denn es erinnerte mich an die Zeit, als wir als Kinder gespielt oder versucht hatten, die Regeln eines Spiels herauszufinden, und River dasselbe getan hatte.

Als unsere beiden Rollen bereit waren, warfen wir unsere Angeln ins Wasser.

Meine Finger umschlossen die Angelrute mit falscher Sicherheit. Vor allem hoffte ich, dass kein Fisch anbeißen würde, denn dieser würde mich wahrscheinlich aus dem Boot ins Meer ziehen und mich bei lebendigem Leib auffressen.

„Also gut, Leute", verkündete Noah, „lasst uns sehen, wer den größten Fisch fangen kann! Der Verlierer zahlt heute Abend die Getränke beim Karaoke!"

Lex jubelte, sein Konkurrenzdenken war sofort entflammt, und Lior grinste mich an, während er schützend den Arm um Noah legte. Wahrscheinlich für den Fall, dass er beschloss, einen Hai mit bloßen Händen zu fangen.

„Möge der beste Angler gewinnen", meinte River.

Der Ozean erstreckte sich vor uns, ein großes Unbekanntes voller Möglichkeiten und verborgener Strömungen. „Abgemacht!", erwiderte ich. Man sollte so tun, als ob man es schafft, oder? „Ich werde diesen Titel für mich beanspruchen. Macht euch bereit für die Geschichten über meinen legendären Fang!"

„Legendär?" Lex' Stimme durchbrach das Geräusch der Wellen, die gegen den Schiffsrumpf schlugen. „Bitte, Adam! Erinnerst du dich an den Angelausflug mit Dad, als wir fünfzehn waren? Du bist wegen dieses winzigen Fisches fast aus dem Boot gefallen!"

Ich schlug River auf den Arm, der vor Lachen fast vom Sitz gefallen wäre, bevor ich mich wieder auf meine Angel konzentrierte und darauf hoffte, dass sie mir einen guten Fisch bringen würde.

Eine Zeit lang hörte ich nur das Rauschen der Wellen

und ein oder zwei Möwen in der Ferne. Ich verlor mich in Gedanken, aber ausnahmsweise war es nicht meine gescheiterte Beziehung, die Peinlichkeit, kurz vor der Hochzeit sitzen gelassen worden zu sein, oder die Rechnung, die ich hatte bezahlen müssen.

Als meine Hände die Angel umklammerten, blickte ich zu meiner Familie, und alles, was ich fühlte, war Frieden. Die Sonne wärmte mein Gesicht, also schloss ich die Augen und sah das helle Orange durch meine Augenlider.

Wir waren noch ganz am Anfang des Urlaubs, aber ich wusste bereits, dass es eine gute Idee gewesen war, alle mitzunehmen. Auf ihre eigene Art und Weise halfen sie mir alle, mich ein wenig mehr wie ich selbst zu fühlen. Und obwohl ich immer noch sehr verletzt war von dem, was vor ein paar Tagen passiert war, begann ich auch zu erkennen, wo ich mich in meiner Beziehung zu Victoria ein wenig verloren hatte.

Etwas zog an meiner Rute. „Könnt ihr das spüren?", fragte ich, mehr zu mir selbst als zu den anderen, als ich das subtile Ziehen unter der Oberfläche spürte. „Leute, ich glaube, ich habe einen!" Der Schrei verließ meine Lippen, bevor ich das Kribbeln der Erregung verarbeiten konnte, das durch die in die Höhe schießende Rute ausgelöst wurde.

Mein Herz klopfte unregelmäßig, während ich versuchte, das, was sich an der Schnur verfangen hatte, einzuholen. „Es muss riesig sein", erklärte ich, mehr aus Hoffnung als aus Gewissheit, und umklammerte die Rute mit all meiner Kraft.

„Komm schon, Adam", ermutigte mich River. „Du schaffst das schon."

Meine Arme schmerzten, als ich einen letzten Ruck vollführte, und mit einem Platschen, das mir kalte Tropfen ins Gesicht spritzte, landete ein kleiner Fisch auf dem Deck. Er plumpste jämmerlich, seine Schuppen fingen das Sonnenlicht ein.

„Seht euch diese Schönheit an!" Erfüllt von Stolz hielt ich ihn in die Höhe.

Der Moment des Jubels ging in einen Lachanfall über.

„Das Essen ist fertig", sagte Noah.

„Wir werden ein großes Feuer dafür brauchen", fügte Lex hinzu.

„Hey, ich sehe eure großen Fänge auch nicht", sagte River, um mich zu verteidigen. Das war nicht nötig, weil ich die Sticheleien meiner Brüder nicht ernst nahm, aber ich fand es gut, dass er es tat.

Kianu tauchte mit einer Kamera aus der Kabine auf.

„Okay, Leute. Zeit zum Posieren. Du kommst an meine Wand."

Alle versammelten sich um mich und den Fisch, und auf Kianus Signal hin riefen alle „Fischie!", als er das Foto machte.

„Was wirst du damit machen?", fragte River.

„Ich muss ihn freilassen. Ich könnte es nicht ertragen, ihn zu essen. Sieh dir sein Gesicht an." Ich drehte den Kopf des Fisches zu River hin, und sein Gesicht wurde ein wenig grün.

„Ja. Einverstanden."

„Gut, dass ich ein Festmahl für Sie habe und es ein Scherz war, als ich sagte, Sie würden essen, was Sie gefangen haben. Holen Sie alles ein, und lassen Sie uns unseren Fang und die Freilassung gebührend feiern", bat Kianu.

Während wir unsere Angeln einholten, brachte Kianu ein Tablett mit belegten Brötchen. Dann kehrte er die Treppe hinunter und kam mit einem Sechserpack Bier wieder hoch.

„Ich fürchte, das ist alles, was ich auf dem Boot erlaube", sagte er, „aber eine Feier ist angebracht."

Ich lachte. „Was macht man, wenn jemand einen wirklich großen Fisch fängt? Ein Feuerwerk veranstalten?"

Er drehte den Deckel einer Dose Limonade um und nahm einen Schluck. „Sie wären überrascht, wie wenig bei diesen Ausflügen tatsächlich geangelt wird. Die meisten Leute wollen nur ins offene Wasser und vielleicht ein bisschen schwimmen."

„Sie meinen, wir können hier draußen schwimmen?", fragte River.

„Klar."

Bevor Kianu geendet hatte, hatte River sein T-Shirt über den Kopf gezogen. Er rannte zum hinteren Teil des Bootes und stürzte sich ins Wasser.

Ich folgte ihm, um zu sehen, wie er wieder auftauchte.

„Leute, das Wasser ist phänomenal. Springt rein, bevor ihr etwas esst."

Ich blickte zurück zu den Jungs, die sich bereits ihre Shirts ausgezogen hatten. Kianu saß auf der gepolsterten Bank und klappte seine Mütze nach hinten, bevor er sich zurücklehnte und ganz entspannt aussah.

„Ich schätze, das macht mich zum Gewinner, denn wenn ihr alle herumspritzt, erschreckt ihr die Fische", sagte ich, warf mein T-Shirt auf den Haufen und sprang nach allen ins Wasser.

„Das war die beste Idee aller Zeiten", sagte Lex.

„Ich glaube, deine genauen Worte waren –", begann Emery, wurde aber von Lex unterbrochen, der ihn küsste.

Ein kurzer Blick auf Noah und Lior verriet, dass auch sie sich zwischen süßen Küssen etwas zuflüsterten.

Ich wandte den Blick ab und fühlte mich wie ein Eindringling in ihren Momenten.

„Du kannst etwas sagen, weißt du?"

Ich drehte mich zu River um. „Was meinst du?"

„Wenn es dir schwerfällt, sie so verliebt zu sehen, kannst du sie bitten, es etwas ruhiger anzugehen. Sie würden es sofort tun."

„Ich weiß, aber das will ich ihnen nicht antun. Sie sind so verliebt. Es ist schön, das zu sehen. Auch wenn es bei mir nicht eingetreten ist, finde ich es gut, dass sie es geschafft haben. Sie haben es verdient, wirklich glücklich zu sein."

River starrte mich an, seine grünen Augen umrahmt von langen Wimpern, in denen Wassertropfen glitzerten. Er kam näher, bis ich spürte, wie seine Hand meine unter Wasser nahm.

„Es wird auch für dich passieren, Adam."

Ein Kloß bildete sich in meinem Hals, aber ich wollte mich nicht Gedanken hingeben, die an einem glücklichen Tag nichts zu suchen hatten.

„Natürlich wird es das", grinste ich. „Ich bin jetzt schon der beste Angler. Von jetzt an kann es nur noch besser werden."

9

———

RIVER

Das Frisbee flog durch die feuchte Luft. Ich beobachtete Adams schlanke Gestalt, als er über den Sand hüpfte, um es zu fangen. Adam hatte zerzaustes Haar, definierte Muskeln und ein Lächeln, das tagelang anhielt.

Seine Arme spannten sich an, als er das Frisbee in meine Richtung zurückwarf.

Ich sprang, um es zu fangen, und spürte, wie sich die Sandkörner unter meinen Füßen bewegten.

„Hey, sieh dich an!", neckte ich ihn und stupste ihn spielerisch an, als er wieder an meine Seite kam. „Du hast dich an das Urlaubsleben gewöhnt wie ein Fisch ans Wasser. Du weißt schon, wie der Glücksfisch, den du gestern gefangen hast."

Adam lachte. „Was soll ich sagen? Vielleicht liegt es an der Gesellschaft." Er zwinkerte mir zu und warf sich auf sein Strandtuch.

Ich folgte ihm und ließ die Plastikscheibe in den Sand fallen.

„Es ist eine Freude, mit mir zusammen zu sein", scherzte ich.

Adam legte sich auf die Seite und stützte seinen Kopf auf seine Hand. „Ich habe das vermisst, weißt du. Nichts zu tun, mit dir zusammen zu sein und Musik zu hören." Er seufzte und griff in seine Tasche, um seinen iPod zu schnappen.

„Du weißt schon, dass Handys das heutzutage können, oder?", stichelte ich.

„Ich weiß. Aber sie sind auch Aufmerksamkeitshuren, und wenn ich mit unseren Playlists chillen will, will ich nicht, dass die Welt mich unterbricht."

Ich lächelte, als er mir einen der Ohrstöpsel reichte. Solange ich mich erinnern konnte, hatten wir uns gegenseitig Playlists zusammengestellt. Ich hatte damit angefangen, als wir uns in einem bestimmten Sommer gelangweilt hatten, und als er zum Geburtstag einen iPod geschenkt bekommen hatte, hatten wir es auf eine neue Ebene gebracht. Wir hatten eine Wiedergabeliste für jede Stimmung, und ich liebte das.

Eine Zeit lang lagen wir in der späten Nachmittagssonne und hörten eine Sommerplaylist aus den Neunzigern.

Mein Bauch knurrte, also drehte ich mich zu ihm um. „Willst du etwas essen?"

„Auf jeden Fall. Ich hatte recht, als ich sagte, dass wir die glücklichen Paare für den Rest des Tages nicht mehr sehen würden", meinte er und holte sein Handy aus der Tasche. „Ich schätze, wir sind beim Abendessen auf uns allein gestellt."

„Sie haben gesagt, dass Pärchenmassagen sie immer in Stimmung bringen."

„Als ob die jemals ein Problem damit hätten."

Ich schnaubte. Das war nicht zu bestreiten.

Wir nahmen unsere Sachen und gingen nebeneinander in Richtung des Strandrestaurants, während der Sand unter unseren Füßen nachgab.

„Sieh dir das an", murmelte Adam und nickte in Richtung des Horizonts, wo der Sonnenuntergang den Himmel mit wunderschönen Gold- und Bernsteintönen färbte. „Möchte man da nicht am liebsten … für immer hierbleiben?“

„Manchmal“, gestand ich. „Aber das Leben wartet zu Hause auf uns, nicht wahr?“

„Wirklich?“, überlegte er laut. „Oder haben wir nur Angst davor, herauszufinden, was sein könnte, wenn wir den Sprung wagen?“

Ich blickte ihn an, sah die Ernsthaftigkeit in seinen Zügen, und das Gewicht meines Geheimnisses drückte mit neuer Kraft auf mich. Was würde geschehen, wenn ich diesen Sprung wagte? Wenn ich es wagen würde, meine Wahrheit auszusprechen?

„Vielleicht“, sagte ich, wobei das Wort zwischen uns hing.

Im Restaurant herrschte reges Treiben, das Abendpublikum war eine Mischung aus Touristen und Einheimischen. Wir fanden draußen auf der Terrasse einen gemütlichen Tisch mit Blick auf das Meer und setzten uns.

Der Kellner brauchte nicht lange, um uns die Speisekarte zu bringen und unsere Getränkebestellung aufzunehmen.

„Ich bin beeindruckt von der Bedienung hier. Wenn das Essen auch so gut ist, habe ich wohl mein Lieblingsrestaurant auf dieser Insel gefunden“, sagte ich.

Ein Mädchen an einem Nachbartisch drehte sich mit ihrem Stuhl zu uns um und schaute Adam mit einem Eifer an, der mir den Magen zuschnürte. „Hallo, du! Ich habe mich gefragt, ob du weißt, was man hier gut essen kann“, fragte sie, aber ihre Körpersprache verriet mir, dass sie nicht ans Essen dachte.

Ich spürte, wie sich mein Kiefer zusammenbog und eine Welle des Unbehagens in mir aufstieg. Ich wollte Adam von ihr abschirmen und seine Aufmerksamkeit für mich allein beanspruchen. Aber ich hielt mich zurück. Das war nicht mein Platz.

„Es ist das erste Mal, dass wir hier sind“, antwortete Adam freundlich, ohne ins Flirten überzugehen, und richtete seinen Blick wieder auf mich.

„Es ist auch mein erstes Mal hier. Auf Maui, meine ich. Eigentlich sollte es ein Mädelsurlaub werden, aber meine Freundin ist krank geworden, und ich wollte nicht, dass all unsere Pläne über den Haufen geworfen werden.“

„Ähm … das mit deiner Freundin tut mir wirklich leid“, sagte Adam. „Ich bin sicher, dass es nicht so lustig ist, allein zu reisen.“

Das Mädchen zuckte mit den Schultern. „Wie man so schön sagt: Ein Fremder ist ein Freund, den man noch nicht kennengelernt hat.“ Sie lehnte sich näher heran. „Es gibt hier einige Fremde, die ich gern besser kennenlernen würde.“

„Solange sie keine Serienmörder sind.“ Sein Blick flackerte wieder zu mir, und ich klammerte mich an die Tatsache, dass er nicht im Geringsten an dem Mädchen interessiert zu sein schien.

Das Mädchen kicherte, ein Geräusch, das auf einer Frequenz zu schwingen schien, die dazu bestimmt war, Aufmerksamkeit zu erregen. Ihr Haar, eine Kaskade aus sonnengebräunten Wellen, wogte mit kalkulierter Sorglosigkeit hin und her. „Du siehst nicht wie ein Serienmörder aus.“

Jetzt war Adam an der Reihe, mit den Schultern zu zucken. „Urlaubsgarderobe.“

„Ich weiß nicht, ob du das ernst meinst oder scherzt“, sagte sie.

In diesem Moment kam die Bedienung zurück, um unsere Bestellung aufzunehmen, und während sie die Tagesangebote aufzählte, machte sich das Mädchen auf den Weg ins Innere des Restaurants.

„Sie war sehr interessiert“, meinte ich, nachdem die

Bedienung uns verlassen hatte. „Was hat Noah denn gesagt? Du könntest *dir* vor dem Hauptgang *die Hörner abstoßen*."

Er lachte. „Abgesehen davon, dass ich mit meinem besten Freund hier bin, den ich nicht für irgendein Mädchen sitzen lassen würde, bin ich auch nicht an Affären oder Urlaubsflirts interessiert."

„Es ist noch zu früh. Ich verstehe schon."

Er starrte auf den Strand vor uns. „Es ist mehr als das. Ich bin mir nicht sicher, ob ich jemals wieder vertrauen kann, und es geht nicht nur darum, jemand anderem zu vertrauen. Es geht darum, mir selbst zu vertrauen."

Ich drückte seine Schulter. So sehr ich ihm auch sagen wollte, dass es da draußen die richtige Person gibt und all das, ich wollte seine Gefühle nicht herunterspielen. Er hatte ein Recht darauf, nie wieder einen anderen Menschen berühren zu wollen. Er hatte ein Recht darauf, bitter, traurig und wütend zu sein. Das war alles Teil des Heilungsprozesses.

Ja, damit kennst du dich aus, nicht wahr, River?

Das Essen war sogar noch besser als der Service, und nachdem wir uns mit der Bedienung unterhalten hatten, bekamen wir eine kurze Führung durch die Küche. Wir lernten die Küchenchefin kennen, eine Frau aus dem Ort, die das Kochen von ihrer Großmutter gelernt hatte und die eine Küche mit allen Wassern gewaschen hat. Sie war ein echter Brüller und nahm uns das Versprechen ab, mit Adams Brüdern und ihren Partnern wiederzukommen.

Als die Nacht über uns hereinbrach, zogen wir uns in unser Hotelzimmer zurück. Unsere Unterhaltung verlief problemlos, und obwohl unsere Haut vom Meersalz juckte, holten wir uns Getränke aus der Minibar und setzten uns auf den Balkon.

„River, weißt du, heute ... war es gut. Wirklich gut", sagte Adam.

„Für gute Tage sind wir doch hier, oder?" Er hob seine Dose Limonade an, und ich tat das Gleiche mit meiner.

Als wir unsere Getränke ausgetrunken hatten, wechselten wir uns unter der Dusche ab und legten uns ins Bett. Der sanfte Schein der Nachttischlampe warf ein gedämpftes Licht in den Raum und erhellte ihn gerade so weit, dass ich Adams Silhouette ausmachen konnte.

„Weißt du noch, als du deinen Eltern die Schlüssel für Lusitana gestohlen hast, damit ich die Küche benutzen konnte?", fragte ich.

Adam lachte, der Klang war voller Nostalgie. „Wie könnte ich das vergessen? Für diese Aktion habe ich einen Monat Hausarrest bekommen."

„Aber der Schweinebraten war zum Sterben gut."

„Das war es absolut wert. Ich weiß immer noch nicht, warum du nicht Chefkoch geworden bist."

Ich lächelte vor mich hin und erinnerte mich an die Welle des Triumphs, gefolgt vom Blaulicht der Polizei, die in die Küche kam, weil ein Nachbar dachte, in das Restaurant wurde eingebrochen. „Ich liebe es zu kochen, aber ich denke, dass es mir keinen Spaß mehr machen würde, wenn ich damit meinen Lebensunterhalt bestreiten müsste. Die Leitung des Restaurants erlaubt es mir, Spaß in der Küche zu haben, wenn sie mich brauchen, aber ich kann auch andere Dinge tun, wie an der Kundenerfahrung arbeiten und Beziehungen zu langjährigen Kunden aufbauen."

„Und dafür sorgen, dass das Lusitana auch in dreißig Jahren noch an seinem Platz ist."

Ich lachte. „Und das."

Als sich die Nacht vertiefte und unsere Anekdoten zu einem Gemurmel verblassten, kehrte zwischen uns Stille ein.

„Ich weiß, dass ich es schon gesagt habe, aber danke, dass du hier bist, River", flüsterte Adam durch das Halbdunkel, seine Stimme war eine zärtliche Liebkosung in der Stille des Raums.

Ich drehte meinen Kopf, um seinem Blick zu begegnen, und fand seine blauen Augen ernst und offen, ein Universum aus Dankbarkeit und Vertrauen in ihnen.

„Ich würde nirgendwo anders sein wollen", flüsterte ich zurück, auch wenn der Teufel auf meiner Schulter mich als Lügnerin bezeichnete.

Irgendwann holte mich die Erschöpfung des Tages ein. Während ich am Rande des Schlafs schwankte, beschwor mein Geist Bilder von unserem gemeinsamen Tag herauf. Nur Adam und River.

Obwohl sich mein Herz nach mehr sehnte, war ich dankbar, dass ich diese Zeit mit ihm verbracht hatte.

Mit einem letzten Blick auf seine Silhouette, die im Mondlicht, das durch die Jalousien fiel, kaum zu erkennen war, ließ ich mich vom Schlaf einholen.

10

ADAM

ALS ICH WIEDER ZU Bewusstsein kam, öffnete ich langsam die Augen und versuchte zu entscheiden, ob ich mich auf den Tag freuen oder so tun sollte, als ob ich die nächste Woche schlafen würde.

Das vertraute Gewicht eines anderen Körpers neben mir zerrte an den Rändern meines schläfrigen Geistes. Ich drehte meinen Kopf zu der schläfrigen Gestalt und lächelte.

Rivers Brust hob und senkte sich im ruhigen Rhythmus des ungestörten Schlafs und erlaubte mir, seine friedliche Gestalt einen Moment lang zu betrachten.

Ich verfolgte mit meinem Blick die Linie seiner Wirbelsäule, von den breiten Schultern abwärts bis zu der unerwarteten Fülle seines Hinterns unter dem Laken.

Eine subtile Hitze kribbelte auf meiner Haut.

Sicher, ich hatte ihn schon oft fast nackt gesehen. Abgesehen von all den Urlauben, die wir zusammen verbracht hatten, einschließlich dieses einen, hatten wir uns im College ein Zimmer geteilt, bevor wir in eine Wohnung mit meinen Brüdern gezogen waren.

Es war an der Tagesordnung, dass River morgens im Halbschlaf in die Küche kam und direkt zur Kaffeemaschine ging. Ich hatte ihn so oft dabei erwischt, dass ich aufgehört hatte, ihn wegen seiner Morgenlatte, die durch seine Boxershorts zu sehen war, zu ärgern, und hatte mich einfach an den täglichen Gruß gewöhnt.

Das Sonnenlicht tauchte River in Wärme und brachte seine Tätowierungen wie ein Kunstwerk zur Geltung.

Molekulare Strukturen zogen sich spiralförmig über seine Arme und über seinen Rücken. Ich erkannte das Kaffeemolekül. Sein erstes Tattoo, von dem er sagte, es stehe für seine erste wahre Liebe.

Im Laufe der Jahre hatte er sich weitere Tattoos stechen lassen. An einige erinnerte ich mich vage an die Bedeutung. Andere waren neu. Ich fragte mich, wann er sie sich hatte machen lassen.

Auf seiner Wade, zwischen den wissenschaftlichen Darstellungen, blühten essbare Blumen, die seine Leidenschaft für Essen, Service und Schönheit verdeutlichten.

In diesem ruhigen Moment schwoll mein Herz mit etwas an, das ich nicht benennen konnte.

Hätte mir vor einer Woche jemand gesagt, dass ich einmal das Bett mit River teilen würde, hätte ich gelacht. Wäre Victoria anwesend gewesen, wäre sie rausgestampft.

Ich kannte River schon so lange, dass er automatisch ein Teil meines Lebens war. Eine Konstante, wie das Atmen. Es war mir nie peinlich gewesen, wenn er sich vor mir auszog, und ich hatte auch kein Problem damit, mich vor ihm auszuziehen. Es war mir egal, dass er schwul war, und es kam mir nie in den Sinn, dass ich als Mann die Art von Mann sein könnte, zu der er sich hingezogen fühlte.

Wenn ich es wäre, würde er es sich nie anmerken lassen.

Meine eindringlichen Gedanken wurden unterbrochen,

als ein leiser Seufzer Rivers Lippen entkam. Ich hielt den Atem an, weil ich Angst hatte, ihn zu stören.

Oder Angst, erwischt zu werden.

River bewegte sich, ein leises Einatmen gefolgt von einem weniger leisen Ausatmen. Mein Herz raste, und ich kniff die Augen zu, um so zu tun, als ob ich noch schlief.

Als ich sicher war, dass er noch nicht aufgewacht war, schlüpfte ich aus dem warmen Laken und machte mich auf den Weg ins Bad, wo ich die Tür hinter mir abschloss.

Ich lehnte mich gegen die Holztür und brauchte einen Moment, um mich zu sammeln.

Warum starrte ich den fast nackten Körper meines Freundes an? Noch verwirrender war, dass ich nicht einfach nur einen morgendlichen Ständer hatte. Es war ein „Ich muss sofort kommen"-Ständer.

Ich entledigte mich meiner Kleidung und stieg unter die Dusche, ohne zu warten, bis das Wasser aufgewärmt war. Der kalte Wasserstrahl, der im krassen Gegensatz zu der Hitze in meinem Bauch stand, verschaffte mir nur vorübergehend Erleichterung.

Ich drückte meine Stirn gegen die kühlen Kacheln. Das Wasser plätscherte über mich hinweg, konnte aber die Bilder, die sich in meinem Kopf eingebrannt hatten, nicht wegspülen. Die Kurven von Rivers Körper im Morgenlicht, die Tätowierungen, die seine Geschichte in seine Haut geätzt hatten, der Frieden, der von ihm ausging, als er schlief, ohne etwas von meinen turbulenten Gedanken mitzubekommen.

Was war das für eine Anziehungskraft, die ich plötzlich zu meinem besten Freund verspürte? War es der Schock über Victorias Abreise, der mich nach etwas Vertrautem greifen ließ, nach der Zeit, die wir gestern zusammen verbracht hatten, oder war es etwas, das schon immer unter meiner Haut da gewesen war, und darauf gewartet hatte, freigesetzt zu werden?

Ich drückte meinen Oberkörper stärker gegen die kühlen Fliesen und suchte Halt für meine zitternden Beine. Meine Hand bahnte sich ihren Weg über meine Brust und wanderte tiefer, getrieben von einem Drang, den ich nicht kontrollieren konnte.

Jeder Strich auf meinem Schwanz wurde von dem unerklärlichen Bedürfnis angetrieben, zu kommen. Ich hatte seit Wochen keinen Sex mehr gehabt, und durch den Stress der Hochzeit war ich zu müde gewesen, um mir einen runterzuholen.

Das war es. Ich brauchte nur zu kommen, und alles würde wieder normal werden.

Mit geschlossenen Augen gab ich mich der Fantasie hin. Rivers Lachen, warm und echt, klang in meinen Ohren und vermischte sich mit dem Geräusch des fallenden Wassers. Ich konnte fast spüren, wie sich sein Körper an meinen presste, fest und real.

„River …", stöhnte ich, und sein Name kam mir über die Lippen, während sich mein Tempo beschleunigte und ich einer Erlösung nachjagte, die direkt unter meiner Haut kratzte.

Jeder Atemzug kam schärfer als der letzte, unterbrochen von dem Rhythmus, den ich auf meiner Haut erzeugte, wobei ich mir verzweifelt vorstellte, dass es mein bester Freund war, der mich an den Rand des Abgrunds führte.

In der dampfgefüllten Dusche, wo die Welt jenseits der Glastüren zu existieren aufhörte, erlaubte ich mir diese Übertretung. Eine, die ich weder benennen noch begreifen konnte, die sich aber so verdammt gut anfühlte, dass ich mich nicht überwinden konnte, zu widerstehen.

Das sich aufbauende Vergnügen kam immer näher, unerbittlich und verzehrend, während mir der Atem in der Kehle stockte. Meine Hand bewegte sich immer schneller, bis sich das Kribbeln in meinen Eiern bis zu meiner Wirbelsäule ausbreitete. Die schwer fassbare Glückseligkeit, die eben noch nicht greifbar gewesen war, war jetzt definitiv greifbar.

Meine Gedanken kreisten um das Bild von River, sein Lächeln, diese fast durchscheinenden Augen, in denen sich die Leidenschaft für all die Dinge spiegelte, die er liebte.

Mit den Gedanken an meinen besten Freund im Kopf kam ich so heftig, dass ich meine Knie festhalten musste, um nicht abzurutschen.

„Adam?" Rivers Stimme drang durch den Dampfschleier und zerriss den Moment. Meine Hand erstarrte, meine Augen flogen auf die klinischen weißen Badezimmerfliesen, als ich sah, wie meine Erlösung den Abfluss hinunterlief. Alle Beweise wurden weggespült. Ich stand da, das Wasser lief mir noch immer in Kaskaden den Rücken hinunter, und mein Herz schlug mir gegen die Rippen.

„J… ja?", krächzte ich, wobei das Wort kaum über das Geräusch der Dusche zu hören war.

„Alles in Ordnung?"

„Ja, mir ist nur … die Seife runtergefallen." Die Lüge war unbeholfen. Hätte ich ihm gesagt, dass ich mir einen runtergeholt habe, hätte er sich nichts dabei gedacht, aber als mir klar wurde, was ich getan hatte, brachte ich es nicht über mich, einen Witz darüber zu machen.

Mit zitternden Händen drehte ich das Wasser ab, und die plötzliche Stille ließ Raum für meine abschweifenden Gedanken. Warum River? Warum gerade jetzt? Die Fragen pochten in meinem Gewissen, jede einzelne erinnerte mich an die Grenze, die ich unwissentlich überschritten hatte.

„Lex hat gefragt, ob wir uns mit ihnen zum Frühstück treffen wollen. Sie wollen an den Strand, bevor es zu heiß wird."

Ich stieg aus der Dusche und vermied es, mein Spiegelbild anzuschauen.

„Klar. Ich bin gleich da."

„Kannst du dich beeilen? Ich muss pinkeln", meinte River, ohne zu wissen, dass ich unsere Freundschaft verraten hatte.

Ich schnappte mir ein Handtuch vom Regal und wickelte es fest um meine Taille, wobei sich der Stoff an die Feuchtigkeit meiner Haut anschmiegte.

Beim Betreten des Schlafzimmers stieß ich fast mit River zusammen, der mich praktisch aus dem Weg schob, um ins Bad zu gelangen. Wenigstens verschaffte mir das ein paar wertvolle Minuten, um einen klaren Kopf zu bekommen.

„Was hast du hier drin gemacht, dass du so lange gebraucht hast? Hast du dir einen runtergeholt?", fragte er hinter der Tür.

„Was denkst du denn? Immerhin sind es meine Flitterwochen."

Meine Bemerkung wurde mit Schweigen quittiert, bis ich das Geräusch der laufenden Dusche hörte.

Ich zog mir meine Badehose und ein T-Shirt an und ging auf den Balkon. Vielleicht war es die frische Meeresluft, die ich brauchte, um mich zu erholen.

Eine große Gruppe von Leuten nahm eine Reihe von Liegestühlen am Pool in Beschlag. Ich versuchte, mich abzulenken, indem ich die Leute beobachtete, aber dann blieb mein Blick an einem der Paare in der Gruppe hängen. Zwei Männer saßen sich auf einer Liege gegenüber.

Sie lächelten und unterhielten sich, und gelegentlich berührten sie die Hände des anderen. Ich konnte nicht sagen, ob sie Freunde waren oder mehr.

Als ihnen jemand ihre Getränke brachte, stießen sie an und gaben sich einen kurzen Kuss.

Ich konnte nicht wegsehen, obwohl ich das Gefühl hatte, ihren Moment zu stören.

„Du musst dich zusammenreißen, Adam", murmelte ich

vor mich hin, als ich mich auf einen Stuhl setzte und mich von der Gruppe abwandte.

„Hey“, sagte River, der sich nach einer Weile zu mir gesellte. Seine Stimme war hell und fröhlich, als wäre er bereit, sich dem Tag zu stellen und Spaß zu haben.

Spaß.

Den hatte ich schon gehabt.

„Bist du bereit, runterzugehen?“, fragte er.

„Hm.“

„Zum Frühstück. Ist alles in Ordnung mit dir? Du siehst fertig aus.“ Er drückte eine Hand gegen meine Stirn, aber ich schob sie weg.

„Es geht mir gut. Es ist schon zu heiß draußen, das ist alles. Lass uns gehen.“

Ich konnte nicht sagen, ob er mein Unbehagen spürte, aber ich war mir des Raums, in dem unsere Freundschaft endete und dieses neue, verwirrende Gebiet begann, sehr bewusst. Eine Grenze war überschritten worden, wenn auch nur in meinen Gedanken, und nun stand ich auf unbekanntem Boden.

„Ladys, Gentlemen und Enbies, lasst uns unsere neuen Bräutigame willkommen heißen!“, stichelte Noah, als wir uns an den Frühstückstisch setzten.

„Du bist nicht einmal halb so witzig, wie du glaubst“, erwiderte ich und griff nach der Kanne Kaffee, die in der Mitte des Tisches stand.

„Willst du damit sagen, dass du dich nicht an das Flitterwochen-Ritual hältst, die ganze Nacht zu knutschen?“, fügte Lex hinzu. „Selbst, nachdem wir euch gestern den ganzen Tag allein gelassen haben?“

„Nicht du auch noch“, sagte ich und rollte mit den Augen. Ich nahm die Speisekarte in die Hand und überflog die Omelett-Varianten.

„Guten Morgen, meine Herren. Ich bin Morgan und nehme Ihre Frühstücksbestellungen entgegen, falls Sie etwas von der Speisekarte wünschen."

Ich blickte auf und starrte den Barkeeper von unserem ersten Abend im Resort an.

„Sie sind der Barkeeper", sagte River und lächelte den Mann an.

Mein Magen kribbelte und ich verlor den Appetit. „Ich gehe einfach zum Buffet." Ich stieß mich vom Tisch ab und machte mich auf die Suche nach Kohlenhydraten. Ich stopfte Eier, Schinken, Croissants und Schokoladenaufstrich in mich hinein und kehrte erst an den Tisch zurück, als der Typ weg war.

„Er ist wirklich nett", meinte Emery.

„Das kannst du laut sagen, Baby. Er hat zugestimmt, dir Pfannkuchen mit Eis zum Frühstück zu servieren", fügte Lex hinzu.

„Aber im Ernst, der Typ ist heiß, und er scheint eine Schwäche für River zu haben", sagte Noah.

„Das glaube ich nicht", sagte River, und das Ziehen in meinem Bauch ließ ein wenig nach.

„Was ist der Plan für heute? Strand und was dann? Schwimmen wir mit den Haien oder mit den Schildkröten?", fragte ich, schnappte mir ein Croissant und stopfte es mir in den Mund.

Essen, Kaffee und irgendeine Art von körperlicher Betätigung. Genau das brauchte ich.

„Das mit den Haien war nur ein Scherz", sagte Noah. „Es gibt nur ein Gebiss, das ich auf meiner Haut haben möchte, und das sitzt an diesem Tisch."

Lior fuhr sich mit der Hand über das Gesicht, ein klares Zeichen der Resignation, aber seine Lippenwinkel hoben sich ein wenig, als er meinen Bruder ansah.

Verdammt, wie würde es sich anfühlen, diese Art von

Liebe zu haben? Die, bei der man völlig verrückt sein konnte wie mein Bruder, und statt dafür niedergemacht zu werden, fand dich dein Partner amüsant und liebenswert.

Ich warf einen Blick auf River, der von Noah zu mir sah und mit den Augenbrauen wackelte.

11

RIVER

„Du wirst untergehen." Ich sah zu, wie Adam eine Handvoll Wasser auf Lex schleuderte und seine passenden blauen Augen funkelten, als er seinen Zwillingsbruder unter Wasser tauchte.

„Komm schon, River! Rette mich vor diesem Wahnsinnigen!", rief Lex zwischen zwei Atemzügen und rannte hinter mir her, als ob ich ihn vor Adams spielerischem Zorn schützen könnte, wenn er sich mit Emery zusammentat.

Adams Lachen schallte warm und ansteckend durch die Luft. Ich konnte nicht anders, als mitzumachen, schöpfte Wasser in meine Handflächen und schüttete es über Lex' Kopf, sehr zu seiner spöttischen Entrüstung.

„Verräter!"

„Hey, ich schütze nur meine eigenen Interessen."

Wir spielten im Wasser herum, bis meine Finger runzlig waren. Das erinnerte mich an die Zeit, als Adams Eltern eine Hütte am See in Stillwater gemietet und mich in ihren Familienurlaub mitgenommen hatten. Ich und die Jungs verbrachten praktisch die ganze Zeit im Wasser und kamen nur dann wieder heraus, wenn ihre Mutter uns mit Versprechungen über ihr tolles Essen hereinrief.

Bei einem dieser Urlaube hatte ich Jack gefragt, ob ich im Restaurant arbeiten könnte. Ich war schon immer fasziniert von der Art und Weise, wie Jack das Restaurant führte und wie sehr es Teil des Gefüges der Familie Spencer war. Als Einzelkind eines alleinerziehenden Elternteils hatte ich mich danach gesehnt, Teil von etwas Ähnlichem zu sein. Etwas Größeres, das auch ein Teil der Gemeinschaft war.

Apropos, ein Anruf bei meiner Mutter war fällig. Vor ein paar Jahren hatte sie ihren Job als Krankenschwester aufgegeben, um im Ausland zu arbeiten, weil sie jetzt, da ich erwachsen war, mehr reisen wollte.

Wir hatten eine tolle Beziehung, aber ich würde nicht sagen, dass wir uns besonders nahestanden. Als alleinerziehende Mutter hatte sie so viele Stunden im Krankenhaus gearbeitet, wie sie bekommen konnte, was bedeutet, dass ich meine Zeit mit Adam und seiner Familie oder allein zu Hause verbracht hatte.

Ich liebte meine Mutter, aber ich konnte nicht behaupten, dass unsere Beziehung so eng war wie die der Spencer-Eltern und ihrer Söhne.

Trotzdem vermisste ich sie, und es war schon eine Weile her, seit ich eine Postkarte von ihr erhalten hatte, also sollte ich mal nachsehen, wie es ihr in Südfrankreich erging.

„River, kommst du?", rief Lex. Er war bereits auf dem Weg zurück zum Strand, um sich Noah und Lior anzuschließen, die schon früher zurückgegangen waren.

„Ich bin gleich da", antwortete ich und sah zu Adam hinüber. Er starrte zum Horizont hinaus. Ich konnte es ihm nicht verübeln, dass er nachdenklicher war als sonst, aber ich wusste, dass ein Teil von mir die Dinge immer für ihn in Ordnung bringen wollte.

„Wettrennen mit dir", sagte Adam und spritzte Wasser in meine Richtung.

„Los, mach schon", schoss ich zurück. Ich war ein echter Kämpfer. Hey, ich arbeitete in der Restaurantbranche. Konkurrenzdenken war mein zweiter Vorname. Außerdem hatte er bereits den Titel des besten Anglers gewonnen.

Wir gesellten uns gerade zu den anderen, als Noah aus der strohgedeckten Bar des Resorts kam, und ein Tablett mit farbenfrohen Cocktails gekonnt in der Hand hielt. Ich beobachtete, wie er sich wie ein Profi durch die Trauben von Strandbesuchern schlängelte.

„Hier kommt der flüssige Sonnenschein!", verkündete Noah.

„Wurde auch Zeit, Kumpel", stichelte Lex und griff nach einem Glas, das mit einer Ananasscheibe und einem kleinen Schirmchen garniert war.

„Prost auf einen weiteren Tag im Paradies", sagte Noah und hob seinen Cocktail hoch, bevor er einen großen Schluck nahm.

„In der Tat das Paradies", antwortete Adam.

„Apropos Paradies", fuhr Noah fort, ließ sich auf der Liege nieder, die bereits von Lior besetzt war, und lehnte sich zurück. Lior schlang seine Arme um Noah und küsste seine Schulter. „Ich habe nachgedacht. Wir sollten eine Sache daraus machen."

„Aus was?", fragte Lex.

„Nur wir. Chillen und abhängen. Unser ganz eigener jährlicher Bro-Urlaub."

„Alter, wir sehen uns doch schon jeden Tag", meinte Adam, und Noah warf seinem Bruder den kleinen Schirm aus seinem Getränk zu.

Lex lehnte sich auf seiner Liege nach vorn und stützte die Ellbogen auf seine Knie. „Noah hat nicht ganz Unrecht. Spencer Brothers PR ist mehr als nur ein Geschäft. Es geht um mehr als das nächste große Projekt oder darum, uns einen Namen zu machen.“

„Stimmt“, überlegte Adam und nippte an seinem Strohhalm. „Es geht um die Familie. Es geht darum, diese Verbindung aufrechtzuerhalten, egal, wie beschäftigt wir sind.“

„Genau“, stimmte Noah zu. „Deshalb haben wir dieses ganze Unterfangen gestartet. Um etwas Eigenes aufzubauen, etwas so Großes wie Lusitana, das nur uns gehört.“

„Außerdem geben uns diese Ausflüge die Möglichkeit, uns zu entspannen und das zu genießen, was wir uns durch unsere harte Arbeit leisten können“, fügte Lex hinzu und lehnte sich mit einem zufriedenen Seufzer neben Emery.

„Auf die Traditionen“, stieß ich an und hob mein Glas auf die Brüder, die alle so unterschiedlich waren und doch alle durch und durch Spencer.

„Auf die Traditionen“, antworteten sie.

Das Lachen und die Gespräche flossen so ungehindert wie die Getränke, und ich konnte nicht anders, als eine Welle der Wertschätzung für diese Momente zu spüren.

„Apropos Erfolg“, begann Noah und wandte sich mir mit einem entspannten Grinsen zu, wobei das schwindende Licht das Glitzern in seinen Augen einfing. „Wie läuft es im Lusitana? Das Letzte, was ich gehört habe, war, dass ihr seit Monaten ausgebucht seid.“

„Eigentlich war es noch nie so gut“, antwortete ich, und meine Brust schwoll mit einem stillen Stolz an, den ich mir nur selten eingestehen konnte. „Wir experimentieren mit neuen Geschmacksrichtungen, verbinden traditionelle Gerichte mit modernen Richtungen und bleiben dabei den portugiesischen Wurzeln ihrer Familie treu. Die Leute scheinen es zu lieben.“

„Und ihr habt auch dieses Farm-to-Table-Ding am Laufen, richtig?“, mischte sich Lex ein. „Umweltfreundlich und Gourmet – das ist der Jackpot.“

„So in etwa." Ein Lächeln schlich sich auf meine Lippen, als ich an das Restaurant dachte, meinen Zufluchtsort. Die Leidenschaft in die Küche zu stecken, Fremden dabei zuzusehen, wie sie sich über ein von mir mitgestaltetes Esserlebnis freuen – das war mehr als nur Arbeit. Es war ein Stück von mir selbst, ein Akt des Dienens, der mich mit dieser Familie, mit Adam, verband.

„Weißt du, was du brauchst, River?", fragte Lex mit einem verschmitzten Augenzwinkern. „Eine gute Nummer, um deine Erfolge zu feiern. Wie wäre es mit diesem Barkeeper Morgan? Er wirft jedes Mal ein Auge auf dich, wenn wir auf einen Drink vorbeikommen."

Adams Lachen schloss sich Lex' Neckerei an, aber ich konnte einen Unterton in seinem Tonfall spüren. „Ja, Morgan sieht nicht schlecht aus. Was sagst du, Riv?"

Nicht das schon wieder.

„Leute, kommt schon", versuchte ich zu lachen, obwohl ich Adams Blick nicht ganz standhalten konnte. „Ich bin ziemlich zufrieden damit, wie es im Moment läuft."

„Sicher, sicher", murmelte Lex, nicht überzeugt, aber er ließ es auf sich beruhen und drehte sich um, um seinen Cocktail mit einem zufriedenen Schlürfen zu beenden.

Adams Augen verweilten noch eine Sekunde länger auf mir, suchend, bevor auch er seine Aufmerksamkeit auf den Horizont richtete.

„Ich werde einen kurzen Spaziergang machen, bevor ich mich fürs Abendessen fertig mache. Mein Hintern ist taub vom vielen Sitzen hier", erklärte ich.

Sand klebte an meinen Füßen, als ich ging, und die Wellen küssten meine Füße jedes Mal, wenn sie ans Ufer kamen.

Erleichterung überkam mich beim Gehen, doch eine Last lastete auf meiner Brust. Eine Last, die ich schon viel zu lange trug. Meine Gefühle für Adam waren wie die Molekularstrukturen, die auf meine Arme tätowiert waren – kompliziert, komplex und durch unsichtbare Kräfte verbunden.

An manchen Tagen fühlten sich die Geheimnisse, die ich mit mir herumtrug, wie eine zu schwere Last an. Als ich jetzt auf die Wasserfläche neben mir blickte, fragte ich mich, ob ich wenigstens eines dieser Geheimnisse teilen könnte. Ich hatte immer zu viel Angst davor gehabt, dass Adam Vermutungen anstellen könnte, die viel zu nahe an der Wahrheit lagen, aber das bedeutete auch, dass ich mich gegenüber der einen Person, die mehr über mich wusste als alle anderen, nicht authentisch verhalten konnte.

„River. Warte.“

„Adam“, antwortete ich. „Was tust du hier?“

„Ich wollte mich für Lex und Noah vorhin entschuldigen“, begann er, sein Tonfall war aufrichtig. „Sie wissen manchmal nicht, wann sie aufhören sollen.“

„Es gibt nichts, wofür du dich entschuldigen müsstest“, brachte ich hervor. „Es ist nur … ihr Timing war nicht gut.“

„Timing?“, wiederholte er und trat näher, wobei sein Blick meinen nicht verließ.

„Vergiss es“, sagte ich und sah auf meine Füße hinunter, wobei ich plötzlich die Muster im Sand faszinierend fand.

„River“, meinte er leise, stellte sich neben mich und sah den Wellen zu. „Du bist immer für mich da, für alle anderen. Lass mich rein. Manchmal fühlt es sich so an, als wäre da eine Barriere zwischen uns. Ich kann sie nicht sehen, aber ich kann sie fühlen.“

„Manchmal ist es besser, wenn die Fragen nicht gestellt werden.“

„Vielleicht“, wiederholte Adam, dieses Mal leiser. „Oder vielleicht haben wir nur Angst vor den Antworten.“

Ich blickte zu ihm auf und war überrascht von der Intensität seines Blickes, von der unverblümten Ehrlichkeit, die ich sah.

„Komm schon", sagte er nach einem Moment. „Lass uns zurückgehen, bevor Lex das ganze gute Zeug trinkt."

„Genau. Das können wir nicht zulassen."

Wir gingen gemeinsam zurück, die Stille zwischen uns dehnte sich aus wie der unendliche Ozean vor uns.

„River", begann er, „warum verabredest du dich nicht oft? Ich meine, du bist ein toller Kerl, und es ist nicht so, dass es dir an Angeboten mangelt."

Ich würde es ihm gönnen. Sein Timing war perfekt, denn so sehr ich mich auch an die Schichten der Selbsterhaltung klammern wollte, gab es auch einen Teil von mir, der wissen musste, wie Adam reagieren würde.

„Es ist kompliziert."

„Inwiefern kompliziert?" Da war wieder dieses sanfte, mit echter Besorgnis durchsetzte Abtasten, und ich wusste, dass ich der Wahrheit nicht mehr ausweichen konnte.

Ich nahm einen tiefen Atemzug und ließ die Worte herauspurzeln. „Ich bin demisexuell. Ich … ich kann mich nicht zu jemandem hingezogen fühlen, wenn es nicht zuerst eine emotionale Bindung gibt. Eine echte Verbindung."

Mein Geständnis hing in der Luft. Einen Moment lang sagte er nichts, und dieses Schweigen war lauter als jede Reaktion, mit der ich gerechnet hatte. Dann nickte er langsam, als würde er diesen Teil meiner Identität verarbeiten, den ich ihm gerade offenbart hatte.

„Demisexuell", wiederholte er und testete das Wort. „Also, all die Male, die die Leute mit dir geflirtet haben …"

„Das hat nichts bedeutet", beendete ich für ihn. „Es waren nur Gesichter, Adam. Ganz gleich, wie attraktiv oder interessiert sie waren, ohne diese Verbindung ist es, als würde man versuchen, eine Aussicht bei geschlossenen Vorhängen zu bewundern."

„River", murmelte Adam, und in seiner Stimme lag ein Hauch von Ehrfurcht, vermischt mit etwas anderem – etwas

Tieferem. „Das ist … ehrlich, das ist wirklich mutig von dir, es zu teilen.“

Meine Schultern, von denen ich nicht bemerkt hatte, dass sie angespannt waren, entspannten sich leicht. Die Angst, missverstanden oder gar verurteilt zu werden, schwand mit der Flut.

„Ist das der Grund …?“ Er brach ab, Unsicherheit flackerte in seinem Blick.

„Ist das der Grund wofür?“, fragte ich, obwohl ich befürchtete, dass er meine größte Angst aussprechen würde, weil ich mich ihm gegenüber geoutet hatte.

„Nichts“, sagte er schnell und schüttelte den Kopf. Aber die Neugierde blieb bestehen, gefüllt mit unausgesprochenen Fragen.

„Adam“, begann ich, „es gibt eine Menge, was du nicht über mich weißt. Dinge, von denen ich nie gedacht hätte, dass ich sie jemandem erzählen könnte, besonders dir.“

„Besonders mir?“ In seiner Stimme lag ein Zittern, ein Hauch von Verletzlichkeit, der zu dem meinen passte.

„Weil du mir mehr bedeutest als jeder andere“, gab ich zu, und meine Stimme brach. „Das hast du immer.“

Unter dem sich verdunkelnden Himmel trafen sich unsere Blicke wieder, und ich fragte mich, ob er die Wahrheit sehen konnte, die ich so lange verborgen gehalten hatte.

„Ändert das etwas?“, fragte ich und machte mich auf die Wirkung seiner Antwort gefasst, so erschreckend sie auch war.

„Nein“, sagte er ernsthaft. „Es ändert nichts daran, wie ich dich sehe. Wenn überhaupt, dann respektiere ich dich dadurch … mehr.“ Sein Blick hielt meinen fest, unerschrocken und aufrichtig.

„Respektieren?“

„Natürlich. Du bist dir selbst treu, auch wenn es schwerfällt. Das erfordert Mut.“

Genau dort, an einem Strand, Tausende von Meilen von unserer Realität entfernt, sah ich, wie sich etwas in Adams blauen Augen veränderte, als ob er mich zum ersten Mal richtig sehen würde.

„Erzähl mir mehr", sagte er und zeigte seinen üblichen Wissensdurst.

Ich zögerte, denn ich war mir der Tragweite dieses Augenblicks bewusst. „Da gibt es nicht viel zu erzählen", gestand ich. „Ich habe lange gebraucht, um herauszufinden, warum ich jemanden attraktiv oder interessant finde, aber kein Verlangen habe, mit ihm intim zu sein. Ich dachte, ich wäre kaputt oder …" Einfach unwiderruflich in meinen besten Freund verliebt, seit dem Kuss, als wir vierzehn gewesen waren. Ein Kuss, den Adam seitdem nie wieder erwähnt hatte.

Ich hatte heute Abend schon eine Wahrheit gestanden. Ich war nicht bereit, eine weitere zuzugeben.

Diese würde definitiv das Ende meiner Freundschaft mit Adam bedeuten.

12

ADAM

ZURÜCK IN DER Kühle des Zimmers, ging River direkt unter die Dusche. Ich konnte es ihm nicht verübeln, dass er einen Moment für sich allein wollte, nachdem ich ihm sein Geheimnis praktisch entlockt hatte.

Ich war mir noch nicht sicher, wie ich mich dabei fühlte. Ein Teil von mir fragte sich, ob ich verletzt sein sollte, dass mein bester Freund einen Teil von sich selbst so lange vor mir versteckt hatte. Aber wenn man bedachte, dass ich auch mein eigenes Geheimnis hütete, verstand ich, dass es manchmal keine Option war, die Wahrheit zu sagen, weil wir mehr zu verlieren als zu gewinnen hatten.

Was hätte ich davon, River zu sagen, dass ich anfing, ihn auf eine Art und Weise faszinierend zu finden, die ich vorher nie in Betracht gezogen hatte, und dass ich mir nicht sicher war, dass es nicht nur eine Art traumabedingte Sache war?

Als ich meinen Koffer nach einem Hemd für das Abendessen durchwühlte, fand ich mein leeres Sonnenbrillenetui. Ich hob meine Hand zu meinem Kopf, aber ich hatte keine Hand frei. Natürlich hatte ich die neue Sonnenbrille, die ich für die Flitterwochen gekauft hatte, verloren, nachdem

Victoria sich beschwert hatte, dass meine alte Sonnenbrille aussah, als wäre sie mit mir zur Highschool gegangen.

Sie hatte recht gehabt, aber wenn etwas nicht kaputt war, warum sollte man es reparieren? Ich gab nach und kaufte eine neue, die ich für die nächsten dreißig Jahre behalten wollte.

„Hey, ich habe meine Sonnenbrille am Strand vergessen!", rief ich River zu. „Ich schau mal, ob ich sie finden kann."

„Okay!", rief er zurück.

Ich warf einen Blick in Richtung Badezimmer und wünschte mir, dass mein Gehirn mir eine Pause von all den Gedanken gönnte, die ich nicht haben sollte. Eigentlich sollte ich über das Ende meiner Beinahe-Ehe weinen. Mich selbst bemitleiden, weil ich sitzen gelassen worden war. Und mich nicht über einen nackten River wundern, der nur ein paar Meter entfernt war.

Als ich um die Ecke des Flurs vor meinem Zimmer bog, stieß ich fast mit meinem Bruder zusammen.

„Hey, ich wollte gerade zu dir", sagte Lex. „Hast du zufällig nach der hier gesucht?" Er hielt meine Sonnenbrille hoch.

„Scheiße, ja. Ich dachte, ich hätte sie verloren."

„Du hast sie zurückgelassen, als du zu River gerannt bist, als hätte er dir all dein Spielzeug weggenommen und wäre abgehauen."

„Ja, ich war ..." Ich brach ab und vermied es, Lex' forschendem Blick zu begegnen.

„Hey. Sprich mit mir. Weißt du noch, was du getan hast, als Emery verschwunden ist?"

„Ich bin zu dir gegangen und habe seine sozialen Medien gestalkt, um Antworten zu finden, wo er ist?"

Der Schmerz in Lex' Augen berührte mich immer, wenn er über das Jahr sprach, in dem er dachte, Emery verloren zu haben, obwohl er in Wirklichkeit einen Unfall gehabt und sein Gedächtnis verloren hatte. Seine Mutter hatte ihn dazu gebracht, nach Hause zurückzukehren, indem sie ihm sein altes Leben verheimlichte, und erst als Lex und Emery versehentlich von Emerys Freundin Ellie verkuppelt wurden, fanden sie wieder zueinander und verliebten sich von Neuem.

„Nein, Adam. Du bist zu mir nach Hause gekommen und hast bei mir übernachtet. Du hast mir Gesellschaft geleistet, und ja, du hast versucht, herauszufinden, was mit Emery passiert war, aber für mich war das Wichtigste, dass du für mich da warst. Ich hätte niemand anderen gewollt. Ich weiß, dass du River hast, aber ich hoffe, du weißt, dass ich für dich da bin, oder?"

Ich atmete aus. „Ich weiß, Lex. Du hast keine Ahnung, wie sehr ich es schätze, dass alle hier bei mir sind. Es ist ... Ich habe das Gefühl, dass ich meinen Gefühlen nicht mehr trauen kann", gestand ich, und die Worte sprudelten nur so heraus. „Seit Victoria steht alles auf dem Kopf und jetzt ...“ Ich verschluckte mich am Rest, die Wahrheit war zu roh, zu neu.

Lex' Gesichtsausdruck veränderte sich. „Ist sonst noch etwas passiert? Hat Victoria sich gemeldet oder ... Scheiße, lässt sie dich die ganze Rechnung für eine Hochzeit bezahlen, die nicht stattgefunden hat?"

Ich spielte mit den Bügeln meiner Sonnenbrille. „Es hat nichts mit Victoria zu tun. Ich meine, ich glaube nicht, dass es das tut, aber ich weiß es nicht. Ich ... etwas hat sich verändert, und ich weiß nicht, ob es schon immer da war oder von ihr ausgelöst wurde. Ich vertraue mir selbst nicht mehr."

„Adam, was auch immer du fühlst, es ist in Ordnung. Du darfst verwirrt sein."

„Ach ja?", fragte ich und machte mir keine Mühe, meine Skepsis zu verbergen. Aber Lex' Worte waren beruhigend.

Irgendetwas in mir sehnte sich vielleicht nach etwas, nach jemandem, was es nicht sollte, und vielleicht verstand ich es nicht, aber ich konnte mir Zeit nehmen, um es herauszufinden. „Danke, Lex."

„Jederzeit, großer Bruder", sagte Lex und zog mich in eine feste Umarmung. Wenn ich meinem Zwillingsbruder so nahe war, fühlte ich mich immer geborgen, als gäbe es in meinem Leben nichts, was richtiger wäre.

„Ich glaube, ich sollte zurück in mein Zimmer gehen." Ich nickte in Richtung des anderen Endes des Flurs. „River ist wahrscheinlich mit seiner Dusche fertig, also werde ich schnell reinspringen, damit wir rechtzeitig zum Abendessen da sind. Ich habe Lust auf ein gutes Steak und ein bodenloses Bier."

„Das ist doch mal eine Idee", stimmte Lex zu. „Ich treffe euch dann gleich im Restaurant."

Die Zimmertür fiel hinter mir zu, und es herrschte Stille, bis ein leises, rhythmisches Stöhnen die Stille durchbrach. Es kam aus dem Badezimmer, gedämpft durch den Wasserstrahl, aber unüberhörbar. Hitze durchströmte meinen Körper, und meine Hand erstarrte an der Rückseite der Tür.

River.

Mein Herz pochte, und ich schluckte schwer, meine Zunge war zu groß in meinem Mund. Ich sollte wieder nach draußen gehen, ihm noch ein paar Minuten geben und dann wieder reinkommen und so tun, als wüsste ich nicht, was hinter der geschlossenen Tür unseres gemeinsamen Badezimmers geschah.

Das sollte ich. Aber meine Füße klebten an der Stelle auf dem kalten Marmorboden fest.

River war immer so gelassen, so sanft in seinen Zügen. Ihn so zu hören, unbewacht und keuchend, war, als würde sich ein neues Fenster zu meinem besten Freund öffnen.

„Ah …" Rivers Stimme überschlug sich leicht mit einem Hauch von Vergnügen.

Ich drückte mich mit dem Rücken gegen die Tür und schloss die Augen, als die Geräusche mich weiter in ein Labyrinth des Verlangens lockten, das ich noch nie erforscht hatte. Das war River – mein bester Freund, der Junge, der so viel Zeit bei mir verbrachte, dass die Hälfte meines Kleiderschranks mit seinen Sachen gefüllt war. Der Freund, der mir jedes Mal zugehört hatte, wenn mir das Herz gebrochen worden war. Der Mann, dem gegenüber ich mich plötzlich im Zwiespalt befand.

Die Neugier vermischte sich mit Erregung und entfachte ein Feuer in meinen Adern. Neugierde darauf, wie River in diesem Moment der Hingabe aussehen würde, auf die Fantasien und Bilder in seinem Kopf, während er sich selbst berührte.

Und Neugierde auf mich selbst, auf die flackernde Flamme in mir, die mit jedem unterdrückten Stöhnen, das durch die Ritzen schlüpfte, heller zu werden schien.

Ich bewegte mich, und die Bewegung brachte die Luft um mich herum in Wallung. Mein Körper reagierte und verriet mich mit einem Zelt in meiner Badehose.

„Scheiße." Ein weiteres Stöhnen drang durch die Badezimmertür.

„River", flüsterte ich, den Namen zum zweiten Mal heute als Gebet auf den Lippen.

Was bedeutete es, diesen Sog zu spüren, diese Sehnsucht nach jemandem, der immer eine konstante, platonische Präsenz in meinem Leben gewesen war?

Warum jetzt? Warum ein Mann? Warum River?

Ich lehnte mich zurück und ließ mich auf den Boden gleiten, die Knie angezogen, den Kopf gegen die Tür gelehnt.

Das Stöhnen wurde leiser und verstummte, sodass ich

mit dem Pochen meines Pulses und den Fragen, die in meinem Kopf herumschwirrten, allein war.

Dann durchbrach Rivers Stimme die Stille, sein Höhepunkt kam mit meinem Namen, den er über seine Lippen brachte. „Adam!"

Mein Herz hämmerte gegen meinen Brustkorb. Mein Name klang anders, wenn er von der Welle von Rivers Erlösung getragen wurde.

Der Raum schien plötzlich kleiner zu sein, die Luft war von der Elektrizität aufgeladen.

„Verdammt", fluchte ich leise vor mich hin. Ich stemmte mich vom Boden hoch. Meine unsicheren Beine machten es mir schwerer, mich zu bewegen, aber das Bedürfnis, der Enge des Raumes zu entkommen, trieb mich vorwärts. Ich griff nach dem Türgriff und meine Hand zitterte, als ich ihn drehte.

Der Flur draußen bot keine Erleichterung. Ich schritt zwischen den beiden Wänden umher, die sich nun anfühlten, als würden sie sich mir nähern. Ich drückte mir die Handballen auf die Augen und versuchte, die Intensität dessen, was ich gehört und gefühlt hatte, körperlich zu verdrängen.

Ich wollte mich anschreien, dass ich mich zusammenreißen sollte, aber wie sollte ich das tun, wenn meine Welt gerade um die eigene Achse gedreht worden war?

Mit jedem Einatmen versuchte ich, meinen Herzschlag zu beruhigen und die Röte, die sich auf meinen Wangen ausgebreitet hatte, zu kühlen.

Ich brauchte Raum und Zeit, um zu verstehen, warum es sich so anfühlte, als wäre mein Name von Rivers Lippen gefallen, wie ein Ruf nach etwas Tieferem, etwas Realem. Und Beängstigendem.

Warum hatte er meinen Namen gerufen? Bedeutete es, dass er eine Verbindung zu mir spürte? Als er mir erklärte, dass er demisexuell sei, hatte er gesagt, er müsse eine Verbindung spüren.

Der Aufzug am Ende des Flurs klingelte und eine kleine Gruppe von Frauen kam heraus, die lachend und plaudernd in meine Richtung liefen.

Ich musste eine Entscheidung treffen. An den Frauen vorbei zu den Aufzügen gehen oder ins Zimmer zurückkehren und mich meinem besten Freund stellen. Nach dem, was in den letzten Tagen geschehen war, war ich plötzlich wie gelähmt und unfähig, eine Entscheidung zu treffen.

„Hey, alles in Ordnung?", fragte eine der Frauen. „Habt ihr euch ausgesperrt? Das ist uns vor ein paar Tagen auch passiert. Man sollte meinen, dass fünf knallharte Frauen es gemeinsam besser machen würden, oder? Nö. Urlaub vom Leben bedeutet offenbar auch Urlaub vom Hirn." Die anderen Frauen lachten alle mit ihr.

Sie sah gut aus in ihrem gelb-rosa gestreiften Sommerkleid, kaum geschminkt und in Sandalen. Ihre Augen waren warm und mitfühlend, als sie auf meine Antwort wartete. In einer anderen Welt wäre sie die Art von Frau gewesen, auf die ich abfahren würde, aber im Moment konnte ich mir nichts vorstellen, was ich weniger wollte.

„Ähm, nein, ich habe mich nicht ausgesperrt."

Ihre Augenbrauen trafen sich in der Mitte, und sie schaute zu den anderen Frauen, bevor sie sich wieder zu mir umdrehte. „Bist du sicher, dass es dir gut geht? Ich kann die Rezeption anrufen und um Hilfe bitten. Ich bin zwar keine Ärztin, aber du siehst ein bisschen mitgenommen aus."

Ich lächelte. „Mir geht es gut. Ehrlich. Genießt euren Abend."

Sie lächelte zurück und schloss sich der Gruppe an, die den Flur hinunterging.

Fliehen war keine Option mehr. River war wahrscheinlich bereit und wartete auf mich, also musste ich mich aufraffen und zurück ins Zimmer gehen, um mich fürs Abendessen fertig zu machen.

Hoffentlich war ich ein so guter Schauspieler, dass River nicht mitbekam, dass ich einen so intimen Moment belauscht hatte. Nicht nur das, es hatte mir gefallen, und wenn ich die Wahl gehabt hätte, hätte ich zusehen und vielleicht sogar mitmachen wollen.

Wie bescheuert war das denn?

13

RIVER

„Ich kann nicht glauben, dass wir morgen nach Hause fahren", sagte Emery und stach mit seiner Gabel in das saftige Kālua-Schwein und führte es zum Mund.

„Ja, wir haben geblinzelt, und schon ist es vorbei", meinte Noah und streckte sich neben Lior auf einer Decke aus. „Australien war toll, und ich bin auch froh, dass wir das hier gemacht haben, aber es hat schon was, im eigenen Bett zu liegen, weißt du?"

„Auf jeden Fall", stimmte Lex zu und drehte seinen Nacken, bevor er die Gabel mit dem Essen nahm, die Emery ihm reichte.

Adam schwieg, legte sich zurück, verschränkte die Arme hinter dem Kopf und starrte in den Himmel.

Ich hatte die ganze Woche damit verbracht, mich zu zwingen, mich zu entspannen, während ich mir Adams ständiger Präsenz an meiner Seite bewusst war. Ich hatte gewusst, dass es so sein würde. Die Paare fielen sich in die Arme, sodass nur noch wir übrig waren.

Wir waren beste Freunde. Seit Jahren hatten wir uns fast jeden Tag gesehen. Aber vor einer Woche war ich bereit gewesen, meine Kündigung im Restaurant abzugeben und zu gehen. Eine Pause von dem Schmerz in meinem Herzen über jemanden, von dem ich wusste, dass ich ihn nie haben würde.

Jetzt, da der Duft von gebratenem Fleisch und Ananas durch die Luft wehte und sich mit dem salzigen Geschmack der Meeresbrise vermischte, wusste ich gar nichts mehr.

„Ich werde das hawaiianische Essen sicher vermissen", meinte ich, als mir der Kokosnussgeschmack der Haupia auf der Zunge zerging.

Um uns herum ertönte Gelächter zum rhythmischen Schlag der Ukulele, die, wie ich in diesem Urlaub gelernt hatte, von portugiesischen Einwanderern importiert wurde, als sie um 1800 von Madeira auf die Insel kamen.

Als die Sonne tiefer stand und lange Schatten auf den Strand warf, stürmte Noah in die Mitte der Menge mit der ansteckenden Energie von jemandem, der sich weigerte, etwas anderes zu sein als das Leben der Party. „Komm schon, Schatz. Lass uns tanzen." Er packte Lior am Handgelenk und zerrte ihn vom Rand der Decke, wo er neben Lex und Emery saß.

Lex muss die Panik in Emerys Augen bemerkt haben, denn er wandte sich an seinen Verlobten und sagte: „Bist du bereit für den Nachtisch? Ich habe ein paar Leute mit Eis gesehen."

„Gekauft", antwortete Emery und stand schnell auf.

Adam lachte. Mit von der Meeresbrise zerzaustem Haar und blauen Augen, in denen sich die Dämmerung spiegelte, stand er auf und ging zu seinem älteren Bruder. Seine Bewegungen waren nicht die geübten Schritte der Hula-Tänzer, die vorhin aufgetreten waren. Adams Hüften bewegten sich in einem ganz eigenen Rhythmus.

Ich verharrte an Ort und Stelle und betete, dass er mich nicht holen würde, denn dies war einer der seltenen

Momente, in denen ich ihn einfach nur anstarren und meinen Schutz fallen lassen konnte. Ich liebte ihn aus der Ferne, und ohne dass mich jemand ansah, musste ich mich nicht verstellen. Nur für einen Moment.

Während ich ihn beobachtete, war ich mir des Koffers, der im Hotelzimmer wartete, sehr wohl bewusst. Am Morgen würde sich alles wieder ändern, und ich hatte noch immer keine Entscheidung getroffen.

Als sich das Lied dem Ende näherte und das Tempo nachließ, trafen sich unsere Blicke in der Ferne. Sein Lächeln erreichte mich, warm und offen, es winkte mich näher heran – eine Einladung oder vielleicht eine Herausforderung.

Als ich den Kopf schüttelte, schwankte sein Lächeln ein wenig, aber es war bald wieder auf seinen Lippen, als er sich umdrehte, um mit Noah und Lior zu tanzen.

Das Luau endete, und die Feuertänzer löschten ihre Flammen mit einem Schwung, der den letzten Applaus hervorrief, während sich alle im schwindenden Licht der letzten flackernden Tiki-Fackeln niederließen.

Ich hatte erwartet, dass Adam sich neben mich auf meine Decke setzen würde, aber er ging an mir vorbei in Richtung des Strands.

Ich drehte mich um und beobachtete ihn. Ich überlegte, wie er sich wohl fühlen musste.

Jetzt, wo Noah von seiner Hochzeitsreise zurück war, würden die drei Brüder wieder im Büro sitzen und zusammenarbeiten, wie sie es seit der Gründung der Spencer Brothers PR Agency getan hatten. Aber wo blieb Adam, wenn Lex und Noah in häuslicher Glückseligkeit lebten?

Er war der Erste, der sich verlobt hatte. Aber seither hatten seine beiden Brüder nicht nur ihre eigenen Partner gefunden, sondern auch ihre Seelenverwandten. Die Art von Verbindung, von der ich immer nur in den Hunderten von

Liebesromanen in meinem Bücherregal zu Hause gelesen hatte.

Ich stand auf, um mich zu Adam zu gesellen.

„Hast du gute Sterne gefunden?", fragte ich, in der Hoffnung, ihn von der Sorge abzulenken, die seine Stirn in Falten legte.

„Ich versuche es", antwortete er mit einem halben Lächeln, das seine Augen nicht ganz erreichte. „Aber ich glaube, sie verstecken sich heute Nacht alle.

„Oder vielleicht warten sie nur auf den richtigen Moment, um zu glänzen."

„Vielleicht."

Er bewegte sich unruhig im Sand. Unser Gespräch war in eine angenehme Stille übergegangen, aber es war klar, dass die Stille nur die Gedanken verbarg, die in seinem Kopf tobten.

„Hast du etwas auf dem Herzen?", wagte ich zu fragen.

Er stieß einen Seufzer aus. „Es ist nur … Victoria könnte zurückkommen, weißt du? Und selbst wenn sie es nicht tut …" Er hielt inne und schluckte schwer. „Ich kann nicht bei Lex oder Noah pennen. Sie haben ihr eigenes Leben, und … ich bin wirklich froh, dass sie Emery und Lior haben. Das bin ich wirklich …"

„Aber es ist nicht einfach, in der Nähe von zwei verliebten Paaren zu sein."

„Ja."

Der Gedanke, dass Victoria in Adams Leben zurückkehren könnte, und sei es auch nur kurz, beunruhigte mich. Sie hatte keine Sekunde seiner Zeit verdient, aber ich wusste, dass er sie ihr schenken würde, denn so war er nun einmal.

Er brauchte Antworten, und er verdiente sie. Ich konnte sie ihm nicht geben, aber ich konnte ihm einen Zufluchtsort geben, einen Ort, den er sein Zuhause nennen konnte, wenn auch nur vorübergehend.

„Hey, Adam“, begann ich und formte die Worte mit einer nervösen Klarheit. „Du weißt, dass du bei mir immer einen Platz hast, oder? Wenn du eine Bleibe suchst …“

Seine Augen trafen meine, weit mit einer Mischung aus Überraschung und Nachdenklichkeit. Ein Moment verweilte zwischen uns, aufgeladen mit etwas, das ich nicht benennen konnte, und zum ersten Mal, seit ich Adam kennengelernt hatte, war es nicht meine Einbildung, die etwas heraufbeschwor, was nicht da war.

„Wie auf dem College?“, fragte er, und ein hoffnungsvoller Ton schwang in seiner Stimme mit. „Sind wir dafür nicht zu alt?“

„Ich bin sicher, dass wir es auch ohne die fragwürdige Einrichtung und die Ramen-Diät schaffen können“, versicherte ich ihm, und ein Lächeln umspielte meine Lippen, obwohl ich nervös war.

„In Ordnung“, entschied Adam, sein Zögern war verschwunden. „Lass es uns tun.“

Wir ließen uns auf dem weichen, mondbeschienenen Sand nieder, eine Welt weit weg vom Gelächter und Geschwätz des ausklingenden Luau. Ich streckte meine Beine aus und spürte, wie sich die Körner an meine Haut schmiegten.

„Weißt du noch, wie du unser Studentenwohnheim mit den Fundstücken aus den Trödelläden dekoriert hast?“, lachte er. „Wir hatten mehr Korbmöbel als ein Terrassenverkauf.“

Ich lachte. „Ja, und vergessen wir nicht deine beeindruckende Sammlung von Bandpostern. Die Wände sahen aus wie ein Schrein für Musikfestivals, die wir nie besucht haben.“

„Schuldig“, gestand er. „Aber hey, dieses Mal haben wir wenigstens richtige Möbel. Und keine Mitbewohner, die unser Essen klauen oder unsere Zahnpasta benutzen.“

„Stimmt“, pflichtete ich ihm bei und stupste ihn spielerisch mit der Schulter an. „Und du weißt, dass du in meiner Nähe nie verhungern wirst.“

Adams Gesicht wurde weicher, und er wandte sich mir zu. „Das klingt … wirklich schön, River. Schade, dass du mich immer noch nicht davon überzeugen kannst, dass Grünkohlchips ein Ersatz für richtige Snacks sind.“

„Gib dem Ganzen Zeit“, neckte ich ihn.

Er begegnete meinem Blick, und für einen Herzschlag wich das spielerische Geplänkel etwas Aufgeladenem und Unausgesprochenem.

Als wir aufstanden, um uns zu den anderen zu gesellen, klopfte mein Herz in Erwartung dessen, was vor uns lag. Diese gemeinsame Zeit würde anders sein. Wir waren erwachsen und hatten unsere eigenen Karrieren. Und außerdem war dies nur vorübergehend. Bald würde Adam eine neue Wohnung finden, und er würde wieder weitermachen.

„Warum grinst du wie jemand, der ein kostenloses Dessert bekommen hat?“, fragte Lex Adam.

„Weil ich eine vorübergehende Bleibe habe.“ Er fuhr sich mit den Händen durch sein ohnehin schon unordentliches Haar. „Ich habe gar nicht gemerkt, wie sehr es mich stresst, keinen Ort zu haben, an den ich gehen kann, und nicht zu wissen, wann oder ob Victoria zurückkommt.“

„Wo willst du hin? Du weißt, dass du bei uns bleiben kannst, oder? Ich meine, wenn es dir nichts ausmacht, dass Gordon dich beim Schlafen beobachtet, gehört das Gästezimmer dir.“

„Danke … denke ich?“ Adam lachte. „So sehr ich deinen Voyeur-Gecko auch liebe, ich werde bei River bleiben. Wie in den alten Zeiten, oder?“ Er tippte mir auf die Schulter und ging dann zum Desserttisch, um sich den letzten Haupia zu schnappen.

„River …“ Noahs Stimme durchbrach die Stille, und sein

Tonfall hatte ein Gewicht, das mich sofort nervös machte. „Bist du dir sicher, dass du wieder mit Adam zusammenleben willst?"

Ich blickte zu ihm hinüber und dann zu Lex, der den gleichen Gesichtsausdruck hatte. „Warum sollte ich das nicht sein?"

Noah lehnte sich näher heran. „Weil", begann er, seinen Blick fest auf meinen gerichtet, „es jetzt anders ist. Du bist anders."

Mein Herz klopfte unregelmäßig gegen meinen Brustkorb, aber ich tat so, als wüsste ich nichts. „Ich kann dir nicht folgen."

Er atmete langsam aus und suchte in meinem Gesicht nach etwas, das ich noch nicht bereit war, preiszugeben. „Ich habe gesehen, wie du ihn ansiehst, River. Da steckt mehr dahinter als nur Freundschaft, nicht wahr?"

Ein Kloß bildete sich in meinem Hals, und ich hatte Mühe, meine Fassung zu bewahren. Die verborgene Wahrheit meiner Gefühle für Adam – Gefühle, die ich sorgfältig unter Schichten von Kameradschaft und Distanz vergraben hatte – drohte überzuschwappen.

„Adam ist mein bester Freund", antwortete ich, kaum mehr als ein Flüstern in der Stimme.

Noahs Augen wurden weicher, aber in seinen nächsten Worten lag ein Hauch von Warnung. „Ich möchte sagen, dass du es versuchen sollst und nicht aufgeben sollst. Weiß der Teufel, ob es bei mir funktioniert hat, aber Adam ist hetero … oder er glaubt es zumindest. Ich will nicht, dass du verletzt wirst."

„Es hat sich nichts geändert", log ich, meine Stimme war ruhiger, als ich mich fühlte. „Wir sind nur zwei Freunde, die sich gegenseitig helfen."

„Okay", sagte Noah, obwohl ich merkte, dass er nicht ganz überzeugt war. Er legte mir eine Hand auf die Schulter, in einer Geste, die sowohl unterstützend als auch mahnend war. „Sei einfach vorsichtig, okay?“

Ich nickte und traute mich nicht, weiter über das Thema zu sprechen, als Adam mit einem Tablett voller Haupia zurückkam. „Jungs, das passiert, wenn ich richtig flirte. Wer hat Lust auf noch mehr Nachtisch?“

14

ADAM

„Schatz, ich bin zu Hause!", scherzte ich, als ich mir die Schuhe auszog. Ich ging durch den Flur ins Wohnzimmer und fand River an seinem Lieblingsplatz: Er saß in dem breiten Sessel mit einem Buch in der Hand, trug seine Lieblings-Pyjamahose mit den Zitaten aus dem Buch und ein altes College-T-Shirt.

„Willkommen zurück, Schatz", kicherte River, ohne den Blick von seinem Buch abzuwenden.

„Sind die Kinder im Bett?" Ich setzte mich auf die Couch und legte meine Füße auf den Couchtisch.

„Artemis war ein Engel, aber Augustus hat sich gewehrt."

Ich biss mir auf die Lippen, um nicht zu lachen, als River von dem Buch aufschaute, auf dessen Cover sich zwei halb nackte Männer umarmten. „Du hast die Namen ausgesucht. Du solltest wissen, dass sie mit einer bestimmten Einstellung kommen."

„Morgen bist du dran, sie ins Bett zu bringen. Du weißt, was ich von Beständigkeit halte. Mach meine harte Arbeit nicht kaputt, Schatz."

Und dann wandte er sich wieder dem Buch zu, wobei

seine Schultern zitterten, als er versuchte, sein eigenes Lachen zu unterdrücken.

„Hmm. Du weißt, was das bedeutet." Ich beugte mich vor und flüsterte: „Wir können die ganze Nacht lang Liebe machen."

Ich stand auf und ging in mein Zimmer, um mich für die Dusche fertig zu machen, während River ein schallendes Gelächter ausstieß.

Der Witz hatte angefangen, als ich an Rivers erstem freien Tag seit meinem Einzug von der Arbeit nach Hause gekommen war und ihn mit meiner Ankunft erschreckt hatte. Normalerweise war ich schon im Bett, wenn er aus dem Restaurant kam. An manchen Tagen war er vor mir auf, um zum Fischmarkt zu gehen, und an anderen Tagen ging ich, bevor er aufstand.

Die ganze Sache war so eskaliert, dass ich River eines Abends in der Küche fand, barfuß, in einer Pyjamahose und einer Schürze – ohne Hemd – beim Kochen des Abendessens, und nun schien es, als hätten wir bereits fiktive Kinder.

Ich wickelte mir ein Handtuch um die Taille und trat in unser gemeinsames Bad. Mein Schwanz verhärtete sich, als der Duft von Rivers Duschgel meine Nasenlöcher erfüllte. Ich war wie der Pawlowsche Hund. Ein Hauch des Geruchs und ich war wieder im Hotelzimmer und hörte die Geräusche, die er beim Wichsen von sich gegeben hatte. Meinen Namen auf seinen Lippen, als er gekommen war. Und was das alles bedeutete.

Wie an jedem anderen Tag, seit ich bei River eingezogen war, ignorierte ich das Bedürfnis, mich zu berühren. Zuerst hatte ich versucht, an etwas anderes als River zu denken, aber mein Schwanz spielte nicht mit. Sobald ich mir die Kurven einer imaginären Frau vorstellte, ihre Brustwarzen zu süßen Spitzen saugte oder ihre weiche Haut küsste, ließ meine

Erektion schneller nach als ein Luftballon mit einem Einstichloch.

Ich wurde wahnsinnig und wusste nicht, was ich tun sollte. Das Offensichtliche war zu riskant. Wie sollte ich River sagen, dass ich meine wachen Momente damit verbrachte, an seinen Körper auf meinem zu denken, und dass das, anstatt mich zu ekeln, ein Feuer in mir entfachte? Wie sollte ich ihm sagen, dass seine Lippen plötzlich das Faszinierendste auf der Welt waren? Wie sollte ich ihm sagen, dass ich nicht wusste, was das alles bedeutete, und dass ich Angst hatte, etwas falsch zu machen und ihn zu verlieren?

Ich hatte mehr über Demisexualität gelesen, und mit jedem Tag, der seit der letzten Nacht im Hotel verging, fragte ich mich mehr und mehr, ob River mehr als nur Freundschaft für mich empfand. Aber sein Verhalten hatte sich nicht geändert. Er behandelte mich so, wie er es immer getan hatte. Wie einen besten Freund.

Ein raues Lachen entwich mir, als ich unter die warme Dusche trat. Ich war immer noch verletzt von dem, was Victoria getan hatte, aber der Gedanke, River zu verlieren, wie ich Victoria verloren hatte? Das war so unvorstellbar, dass ich beschlossen hatte, dass ich das niemals riskieren könnte.

In zwei kurzen Wochen hatte ich mich also damit abgefunden, mit blauen Eiern zu leben, bis diese Phase vorüber war. Sie würde doch vorübergehen, oder?

Als ich ins Wohnzimmer zurückkehrte, zog mich der Geruch von Tomatensoße in die Küche.

„Wenn meine Eltern jemals herausfinden, dass dein Lieblingsessen italienisch ist, wirst du gefeuert", scherzte ich.

„Du wirst deinen Mund halten, Adam Spencer."

Ich gesellte mich zu ihm an den Herd, wo er mit einer Hand die Soße und mit der anderen die Nudeln rührte.

„Oder was?", stichelte ich.

„Oder du wirst dieses Essen nur noch aus der Ferne riechen können.“

„Das ist einfach nur gemein.“

Er schaute mich an, ein Lächeln umspielte seine Lippen. Diese verdammt vollen Lippen.

Ich räusperte mich und wandte den Blick ab. „Soll ich dir helfen?“

„Klar“, sagte er, ohne auf die abschweifenden Gedanken in meinem Kopf zu reagieren. „Kannst du den Parmesan holen?“

Ich rückte näher, unsere Körper berührten sich fast, während ich nach dem Käse suchte, von dem ich annahm, dass er bereits auf der Theke lag. Mein Atem stockte bei dieser Nähe. Rivers Blick traf den meinen, und er lächelte. „Kühlschrank.“

„Ja. Das weiß ich.“ Ich drehte ihm den Rücken zu, um den Kühlschrank zu öffnen. Die kühle Luft strich über meine Haut, aber sie tat nichts gegen die Hitze, die meine Haut erröten ließ.

Er ließ die Nudeln abtropfen und schaltete den Herd für die Soße aus. Seine geübten Bewegungen, mit denen er den Käse über die Sauce rieb, waren faszinierend, und ich musste mich zwingen, den Blick abzuwenden.

„Ich decke den Tisch“, erklärte ich und schnappte mir zwei Gläser aus dem Schrank.

Wir gingen gemütlich umeinander herum, griffen nach Besteck und Getränken, bis wir uns an seinen Tisch setzten und uns gegenüber saßen. Mir entging nicht, wie häuslich sich das alles anfühlte.

Meine Kehle schnürte sich für eine Sekunde zu. Diese Häuslichkeit hatte ich mit Victoria gehabt, zumindest als wir zusammengezogen waren. Dann war sie immer auf Geschäftsreise oder arbeitete bis spät in die Nacht, und normalerweise aß ich am Ende allein zu Abend.

„Was soll dieses Gesicht?", fragte River.

„Tut mir leid. Ich habe nur nachgedacht."

„Worüber?"

„Victoria." Ich seufzte. „Es ist lange her, seit ich in der Küche stand, während jemand anderes das Abendessen zubereitete, und wir dann zusammen aßen."

River runzelte die Stirn. „Das tut mir leid. Das wusste ich nicht."

„Natürlich wusstest du das nicht. Ich schätze … vielleicht habe ich unbewusst so getan, als wäre zwischen Victoria und mir alles in Ordnung. So sehr, dass ich nicht gemerkt habe, dass es zwischen uns nicht wirklich in Ordnung war. Vielleicht war es das Beste, dass sie gegangen ist. Sie war mutiger als ich. Ich hätte sie geheiratet, und eines Tages hätte ich die Augen geöffnet und erkannt, dass wir nicht mehr wirklich zusammen waren."

River legte seine Gabel mit einem Klirren auf seinen Teller. „Nichts wird mich davon überzeugen, dass sie das nicht für sich selbst getan hat. Sie hat nicht an dich gedacht, Adam. Wenn sie es getan hätte, hätte sie es abgeblasen, bevor hundert Gäste in einem teuren Weinbergshotel übernachten. Vom Rest der Rechnung ganz zu schweigen. Apropos, hast du schon mit deinen Eltern gesprochen?"

Ich erschauderte. „Nein. Ich bin ihnen eigentlich aus dem Weg gegangen."

„Ich weiß."

Natürlich wusste er das. Auch wenn meine Eltern jetzt, da River das Restaurant leitete, im Halbruhestand sein sollten, konnten sie nicht wegbleiben.

„Lass mich raten, sie haben dich auf der Arbeit gegrillt."

Er schnaubte. „Da gibt es nichts zu beschönigen. Deine Eltern haben sich praktisch mit mir hingesetzt und mich darüber ausgefragt, wie es dir ergangen ist."

„Das tut mir leid."

„Sie sind besorgt." In seiner Stimme lag ein deutlicher Anflug von Beschützerinstinkt.

„Ich weiß. Es ist nur … schwer, mit ihnen zu reden. Ich fühle mich wie ein Versager."

River griff über den Tisch und nahm meine Hand. „Das ist nicht deine Schuld. Was auch immer für Probleme zwischen dir und Victoria bestanden haben mögen, ob du dir dessen bewusst warst oder nicht, ist keine Entschuldigung für das, was sie getan hat."

„Ja, ich weiß."

„Tust du das?"

Ich setzte mich aufrecht hin und nahm meine Hand, die das Glas Wasser hielt, zurück. „Was meinst du?"

„Ich meine, dass du immer noch nicht zurück in deine Wohnung gegangen bist, um deine Sachen zu holen, und so sehr es mir auch nichts ausmacht, dass du meinen Schrank durchwühlst, denke ich, dass du das tun solltest."

Die Nudeln schmeckten plötzlich wie Pappe, also nahm ich einen Schluck Wasser.

„Ich werde es diese Woche machen."

Er seufzte. „Ich will dich nicht unter Druck setzen, aber …"

„Aber was?"

„Ist doch egal." Er stand auf, um seinen Teller und seine Tasse abzuwaschen.

Ich hatte noch nicht zu Ende gegessen, aber mir war der Appetit vergangen. Als ich meinen Teller zur Spüle trug, drehte sich River zu mir um, und ehe ich mich versah, umarmte er mich.

Meine Kehle war wie zugeschnürt. Ich hatte schon so lange keine echte Umarmung von River mehr bekommen, dass ich gar nicht wusste, dass ich sie vermisst hatte. Ich schlang meine Arme um ihn und erlaubte mir diese Nähe.

Als ich mich zurückzog, lief mir eine kleine Träne über die Wange.

„Ich wünschte wirklich, es wäre anders", sagte er und wischte die Träne sanft mit seinem Daumen weg, ein trauriges Lächeln umspielte seine Lippen.

„Ich auch." Obwohl wir uns wahrscheinlich unterschiedliche Dinge wünschten. Ich wusste, dass River es hasste, mich verletzt zu sehen, deshalb störte es mich nicht sonderlich, dass er seine Abneigung gegen Victoria jetzt noch deutlicher zum Ausdruck brachte. Er hatte nicht unrecht mit dem, was sie getan hatte.

Wir standen die längste Zeit so da. Zu nah für Freunde und gleichzeitig nicht nah genug. Mein Puls beschleunigte sich mit jedem seiner Atemzüge, während ich mich fragte, wie lange es wohl dauern würde, bis ich mich wieder wie mein altes Ich fühlte.

15

———

RIVER

Das Klirren von Silberbesteck und das Summen von Gesprächen im Lusitana waren normalerweise beruhigend, aber heute ging mir jedes Geräusch auf die Nerven.

„Hey, Erde an River." Drews Stimme durchbrach meine Gedanken. Er lehnte an der Theke, das Handtuch über die Schulter geworfen, die Augenbrauen zusammengezogen und mich studierend. „Du siehst noch unruhiger aus als sonst. Ist etwas los?"

Ich hatte Drew vor Monaten durch Noah kennengelernt, als wir entdeckten, dass Noah ehrenamtlich in der Stiftung arbeitete, die Drew und sein Pflegebruder West gegründet hatten, um Jugendliche und Kinder in Pflegefamilien und aus benachteiligten Verhältnissen zu unterstützen.

Der Erfolg und die Unterstützung, die die Stiftung von der Gemeinde erhalten hatte, waren auf die harte Arbeit von Drew und West zurückzuführen. Gleichzeitig gingen sie einer Arbeit nach, um ihren Lebensunterhalt zu bestreiten.

Jeder Cent, den sie einnahmen, ging direkt an die Wohltätigkeitsorganisation und die Kinder zurück.

117

Als West vor ein paar Monaten entlassen worden war, stellte ich ihn als Barkeeper in unserem Restaurant ein.

Die Mitarbeiter liebten ihn, und die Kunden auch. Es tat nicht weh, dass er ein verdammt guter Barkeeper war, obwohl er manchmal nur allzu scharfsinnig war.

Ich zwang meinen Blick von dem Platz weg, an dem Adam Stunden zuvor mit seinen Eltern gesessen hatte, und das hohle Gefühl in meiner Brust weitete sich aus. „Es ist nichts", log ich.

„Komm schon, Mann, du kannst mit mir reden. Männerprobleme?"

Ich zögerte, dann seufzte ich, meine Abwehrkräfte bröckelten wie die Kruste der Zitronentörtchen auf unserer Dessertkarte. „Ich … Ich weiß einfach nicht, wie ich mit dem ganzen Platz umgehen soll, den er einnimmt – nicht nur hier, sondern auch hier." Ich tippte mit einem Finger gegen meine Schläfe, dann gegen die linke Seite meiner Brust.

Drews Hand verweilte auf meiner Schulter. „Hast du schon mal daran gedacht, mit dem Kerl darüber zu reden? Darüber, wie du dich fühlst?"

„Mit ihm reden?" Meine Stimme war ein ersticktes Flüstern. „Und was sagen, Drew? *Hey, nebenbei bemerkt, deine Existenz bringt meine ganze Welt aus dem Gleichgewicht?*"

Drews Augen wurden vor Mitgefühl sanfter. „Glaub mir, wenn ich dir sage, dass ich genau weiß, wie du dich fühlst. Ich verlange von dir, dass du tust, was ich sage, auch wenn ich hingegen verdammt noch mal weiß, dass ich nie etwas dagegen unternehmen werde. Doch was hält *dich* davon ab?"

Ich drehte mich zu ihm um und wog meine Worte sorgfältig ab, damit ich nicht zu viel verriet. „Du bist in West verliebt, stimmts?"

Seine Augen weiteten sich. „Ich werde Noah umbringen."

Ich gluckste. „Warum?"

„Weil er den Mund aufgemacht hat. Das ist der Grund."

„Geh noch nicht auf einen Amoklauf." Ich lehnte mich näher an die Theke. „Ich habe nur gesehen, wie du West angesehen hast, als wir dir vor Monaten im alten Krankenhaus geholfen haben. Ich bin mir sicher, dass er das nicht weiß."

„Dann weißt du auch, warum ich nicht tun kann, was ich dir vorschlage zu tun. Wenn ich West erzähle, dass ich etwas für ihn empfinde, wird er total ausrasten und ich werde ihn verlieren."

„Warum?"

Er schnaubte, nahm ein Glas in die Hand und wischte es ab. „Weil wir Brüder sind, und anscheinend ist das verpönt."

„Alter, ihr seid Pflegebrüder. Ihr seid am gleichen Ort aufgewachsen, stammt aber nicht aus der gleichen Vagina."

„Igitt. Bitte sag das nicht noch mal."

„Stimmt aber. Also, was ist die wahre Ausrede?"

Er zuckte mit den Schultern. „Ist das nicht offensichtlich? Ich will ihn nicht verlieren. Wenn er nicht genauso empfindet, wird es peinlich. Wir haben uns immer gegenseitig den Rücken gestärkt. Wir haben die Star Finders Foundation aus dem Nichts aufgebaut. Ich kann das nicht alles aufgeben. Das ist ein zu großes Risiko."

„Und du glaubst nicht, dass der mögliche Gewinn es wert wäre?"

Er lächelte wehmütig. „Wenn ich an den Gewinn denke? Ja. Endlich mit ihm zusammen zu sein …", er schüttelte den Kopf, als wolle er den ganzen Gedanken abschütteln, „aber er hat mir keine Anzeichen dafür gegeben, dass das, was er für mich empfindet, etwas anderes ist als brüderliche Liebe. Die Art von Bindung, die entsteht, wenn man gemeinsam im System aufwächst."

Er stellte das Glas ab und starrte mich an.

„Du bist wirklich gut im Ablenken, Mister Boss. Für einen Moment hast du mich reingelegt, aber so leicht kommst du da nicht raus. Warum kannst du dem Kerl nicht sagen, was du fühlst?"

Verdammt noch mal.

„Weil es kompliziert ist. So kompliziert wie bei Pflegebrüdern, nur dass wir keine Pflegebrüder sind."

„Ich bin verloren. Wer ist der Kerl? Kenne ich ihn?"

Meine Finger krallten sich um die polierte Arbeitsplatte der Bar, die kühle Oberfläche erdete mich, während ich mit dem Gedanken kämpfte, die Gefühle zu offenbaren, die ich so lange verborgen gehalten hatte.

„Es ist Adam."

Drew schnappte nach Luft. „Adam wie in … *Adam, Adam?*"

„Wie viele Adams kennst du denn?"

„Scheiße, Alter. Ja, ich habs kapiert. Ihr seid beste Freunde, und das willst du nicht aufs Spiel setzen."

Ich nickte. „Ganz zu schweigen davon, dass er hetero ist."

„Bist du dir da sicher?"

Nein. Da war ich mir nicht sicher. Nicht mehr. Die verweilenden Blicke. Die Art, wie er mich berührte, als wolle er mehr davon, wüsste aber nicht wie. Die Art, wie seine Augen jedes Mal auf meinem Mund ruhten, wenn wir allein waren? Nein. Ich war mir nicht sicher, ob er hetero war. Aber es war nicht leicht, sich mit seiner Sexualität abzufinden, und obwohl Adam mit zwei schwulen Brüdern aufgewachsen war, muss man sein ganzes Leben lang denken, man sei heterosexuell, und dann feststellen, dass man es vielleicht doch nicht ist, was einem den Kopf verdreht.

Wenn. *Wenn* das, was ich in seinem Verhalten las, richtig war.

„Dein Schweigen ist laut und deutlich", erklärte Drew.

Einer der Kellner kam an die Bar, um eine Bestellung

aufzugeben, also nahm ich meinen Platz an der Rezeption ein und prüfte, ob wir heute Abend noch eine Reservierung hatten.

Ich half gerade dabei, die Stühle auf die Tische zu stellen, nachdem wir geschlossen hatten, als Drew neben mir erschien.

„Ich habe darüber nachgedacht."

„Worüber?"

„Ich denke, du solltest anfangen, Adam Aufmerksamkeit zu schenken und dann einen Schritt machen."

Ich lachte. „Topf und Teekessel."

„Nun, ich bin ein hoffnungsloser Fall, aber ..."

„Und ich bin es nicht? Wenigstens ist West schwul. Welche Hoffnung habe ich denn?"

„Okay. Hier ist eine Idee. Wenn du es Adam sagst, sage ich es West."

Ich ließ fast den Stuhl auf meine Füße fallen. „Du machst Witze."

„Nein. Es ist mir todernst."

Ich lachte. „Nun, ich schätze, wir werden uns beide weiter in unseren unerfüllten Träumen verlieren."

Er zuckte mit den Schultern und überließ mich dem Stapeln der Stühle.

Ich wischte den letzten Tisch ab, wobei das Tuch in langsamen Kreisen über die Oberfläche glitt, bevor ich die letzten vier Stühle stapelte, bereit für die Reinigungskraft am nächsten Morgen.

Das Gespräch mit Drew lief in meinem Kopf auf Dauerschleife.

All die „Was-wäre-wenn"-Fragen gingen mir durch den Kopf, gaben mir Hoffnungsschimmer, aber auch Momente der Verzweiflung. Ich stellte mir Adams Reaktion vor, wenn er herausfindet, dass sein bester Freund nicht der ist, für den er ihn hält.

Würde er sich verraten fühlen, weil ich ihm dieses Geheimnis vorenthalten hatte? Denn im Grunde hatte ich mein Leben so gelebt, als wäre ich nur Adams bester Freund. Er hatte meine Freundschaft akzeptiert, weil er wusste, dass es nichts anderes war.

Als ich in mein Auto stieg, um nach Hause zu fahren, war ich immer noch unschlüssig, was ich tun sollte, aber eines war sicher: Ich musste gar nichts tun.

In ein paar Wochen würde Adam anfangen, sich eine Wohnung zu suchen, und wenn er meinen Platz nicht mehr mit all den wunderbaren Dingen füllte, die Adam ausmachten, würde ich anfangen, weiterzuziehen. Vielleicht würde ich sogar meine Reisepläne wieder aufgreifen.

Das Licht im Wohnzimmer war an, als ich in die Einfahrt fuhr. Normalerweise schlief Adam schon, wenn ich von der Feierabendschicht im Restaurant nach Hause kam, also machte ich mir sofort Sorgen.

Ich eilte hinein und fand Adam umgeben von Kartons auf dem Boden sitzend mit einem Stapel Fotos in der Hand.

„Niemand druckt mehr Fotos aus", sagte er, seine Stimme war emotionslos. „Am Anfang habe ich das gemacht, weil ich ein Erinnerungsalbum haben wollte, wie es meine Großmutter und meine Eltern haben. Ich habe immer nach den Menschen gefragt, die im Leben meiner Familie so wichtig waren, dass sie fotografiert wurden. Und nicht nur das, sie haben daraus ein richtiges Album gemacht. Das ist doch interessant, oder?"

Ich zog meine Schuhe aus und ließ meine Jacke und meine Schlüssel auf die Couch fallen, bevor ich mich neben ihn setzte.

„Was ist passiert?"

„Nach dem Mittagessen mit meinen Eltern beschloss ich, meine Sachen aus Victorias Wohnung zu holen. Mir war bis dahin nicht klar, wie wenig ich dort hatte."

Er sah mich an, Verwirrung und Schmerz auf seinem Gesicht.

„Ich hatte eine ganze Wohnung voll mit Dingen, die mir gehörten, bevor ich bei ihr einzog, aber irgendwie, ohne dass ich es merkte, landeten diese Dinge auf der Müllhalde oder wurden verkauft. Das ist mein ganzes Leben, River." Er deutete auf die Kisten. „Ich bin dreißig Jahre alt, und mein Leben passt in ein paar Kartons."

Ich nahm ihm die Fotos aus der Hand, legte sie auf den Couchtisch und nahm dann seine beiden Hände in meine. „Das sind nur materielle Dinge, Adam. *Du*, die Essenz von Adam Spencer, bist die Erinnerungen, die du machst, oder die Art und Weise, wie du ein beschissenes Blatt bekommen und es in einen Vegas-Jackpot verwandelt hast."

Er schüttelte den Kopf, als würde er mir nicht glauben, was ich sagte.

„Du bist mehr als das, okay? Du wirst dir dein Leben wieder so aufbauen, wie du es willst, und dieses Mal wirst du dich nicht mit weniger zufriedengeben, als von jemandem umgehauen zu werden, der dich so lieben kann, wie du fähig bist, andere zu lieben. Mit dieser Person wirst du entscheiden, was du in den nächsten Lebensabschnitt mitnimmst und was du loslässt."

Er drückte meine Hände zurück und nickte.

„Komm her." Ich zog ihn auf meinen Schoß, was nicht leicht war, da wir praktisch gleich groß waren. Ich öffnete die Schublade im Couchtisch und holte meinen alten iPod heraus – und erinnerte mich daran, wie ich Adam auf Hawaii gehänselt hatte, weil er seinen immer noch benutzte, während ich wusste, wo meiner war, und ihn gelegentlich benutzte. Ich drückte auf den Knopf und bedankte mich bei der alten Technologie für die längere Akkulaufzeit.

Ich steckte einen der Ohrstöpsel in Adams Ohr und den anderen in meins und drückte auf Play. Ich musste mich nicht für ein Lied entscheiden. Sie waren alle gut. Die Lieder, die wir im Laufe der Jahre gemeinsam ausgesucht hatten.

Meine eigenen Gefühle wurden beiseitegeschoben, um an einen Ort zurückzukehren, an dem ich so lange nicht mehr gewesen war, dass ich fast vergessen hatte, dass es ihn einmal gab.

River und Adam's Awesome Playlist.

Ich blieb still, bis die Batterie den Geist aufgab.

„Danke, River", sagte Adam und lehnte sich gegen die Tür zu seinem Zimmer, nachdem wir alles im Wohnzimmer zurückgelassen hatten.

„Jederzeit wieder."

Er drehte sich um, um hineinzugehen. „Ich liebe dich."

Mein Atem stockte für den Bruchteil einer Sekunde, bevor ich es schaffte, „Ich liebe dich auch."

16

ADAM

Ich zögerte, meine Hand schwebte über Rivers Schlafzimmertür.

Nach meinem Zusammenbruch letzte Nacht hatte ich geschlafen wie ein Baby. Als mein Wecker heute Morgen klingelte, konnte ich mich nicht bewegen.

Zur Arbeit zu gehen und so zu tun, als ob ich nicht in einer großen Lebenskrise steckte, war mehr, als ich heute verkraften konnte. Also schickte ich meinen Brüdern eine Nachricht und sagte ihnen, dass ich den Tag frei bräuchte.

Sie stimmten ohne zu fragen zu, was bedeutete, dass unsere Mutter ihnen wahrscheinlich erzählt hatte, dass ich gestern zu Victorias Wohnung gefahren war, um meine Sachen zu holen, und sie wussten, dass ich den Freiraum brauchte, um das zu verarbeiten.

Wenn sie nur wüssten, was ich alles verarbeiten musste.

Aber nachdem ich zehn Minuten lang an die Decke von Rivers Gästezimmer gestarrt hatte, hatte ich eine Idee. Ein kurzer Anruf bei West und ich hatte mehr als nur einen Plan.

Ich öffnete Rivers Tür und stürzte mich auf ihn.

„Verdammte scheiße", schrie er unter meinem Gewicht. „Du warst mal leichter."

„Ich war früher vieles." Ich grub meine Finger in seine Rippen, die für ihn eine kitzelige Stelle waren. Er zappelte unter mir, und da spürte ich seine Morgenlatte. Natürlich musste mein verwirrter und gestörter Schwanz reagieren.

Mist. Schlechte Idee.

Ich bewegte mich schnell von ihm weg, stahl sein Kissen und deckte seinen Kopf damit zu.

„Du kannst nicht einfach so in die Zimmer anderer Leute gehen. Was, wenn ich mir gerade einen runterhole?" Seine Stimme war unter dem Kissen gedämpft.

„Hast du nicht, denn ich habe dich nicht meinen Namen stöhnen hören."

„Arschloch."

Er schaffte es, das Kissen zu packen und es von sich zu schieben. Es landete zwischen uns, also zog ich es über meinen Schoß und hoffte, dass ich, wenn ich ihm von meinem Plan erzählte, nicht auf einen peinlichen Gang aus dem Zimmer angewiesen sein würde.

„Hey, lass uns heute die Schule schwänzen. Nur du und ich", meinte ich.

„Ich habe heute frei", lachte er.

„Gut. Dann schwänze ich eben."

„Was hast du vor?"

„Zieh dich an, und du wirst es bald herausfinden."

Ich warf ihm das Kissen zurück und rannte aus seinem Schlafzimmer.

Als River angezogen und startklar herauskam, hatte ich mich und meinen Schwanz unter Kontrolle.

Die Glocke über der Tür von Margo's Ice Cream Parlor bimmelte als wir eintraten, und der vertraute Duft von Vanille, Zucker und Kaffee umhüllte uns.

Als Margo eröffnete, beauftragte sie unsere Agentur, ihr bei der Markteinführung zu helfen. Die Kampagne verbreitete sich wie ein Virus, und Margo wurde zu einer festen Größe in Cliffborough.

Anfangs hatte sie nur ihr hausgemachtes Eis im Angebot, aber inzwischen machte sie auch früher auf und servierte Frühstück. Emery war völlig besessen, wie man in seinem Social-Media-Feed sehen konnte, der praktisch eine Hommage an Margos Eis, Lex und ihre Haustiere Gordon, den Gecko, und Goldie, den Fisch, war.

„Du nimmst dir den Tag frei, hm?", stichelte River, als wir einen Tisch am Fenster wählten. Seine hellgrünen Augen schienen in der Morgensonne noch heller, fast aquamarin. Wieso war mir das nie aufgefallen? „Was ist der Anlass?"

„Das habe ich vermisst", gab ich zu, während ich die Speisekarte in die Hand nahm und zwischen uns hin und her gestikulierte.

Die Kellnerin erschien und trug mit ihrem fröhlichen Auftreten zum Charme des Morgens bei.

„Guten Morgen, meine Herren. Was darf ich Ihnen heute bringen?", fragte sie.

„Kann ich Margos Spezialpaket haben?", fragte ich.

„Speck und Eiscreme?"

„Unbedingt."

Sie lächelte. „Und Sie, Sir?", fragte sie River.

Er schüttelte den Kopf, ein Lächeln umspielte seine Lippen. „Zum Teufel, warum nicht? Ich nehme das Gleiche."

„Ich arbeite seit sechs Monaten hier und es ist immer noch mein Lieblingsessen", meinte sie. „Möchten Sie einen Kaffee?"

„Ja, bitte“, antworteten wir gleichzeitig.

Als sie ging, lehnte sich River auf dem Tisch vor.

„Also, weihst du mich in deinen verrückten Plan ein?“

Ich schnaubte. „Ich habe nicht gesagt, dass er verrückt ist.“

„Du hast mich geweckt, indem du auf mich gesprungen bist.“

„Das ist fair. Ich will nicht zu viel verraten. Einfach mit dem Strom schwimmen.“

Er hob eine Augenbraue.

„Darin bist du ziemlich gut geworden“, sagte er.

„In was?“

„Mit dem Strom schwimmen. Sich umwerfen lassen und dann aufstehen und sich wieder aufrappeln, als wäre nichts passiert.“

Ich schaute auf die Welt draußen vor dem Fenster. Ein paar Leute liefen auf dem Bürgersteig am Fluss. Es gab ein paar Mütter mit Kinderwagen und alte Damen, die Arm in Arm spazieren gingen, während sie sich unterhielten.

„Was bringt es, unten zu bleiben? Dich und meine Brüder auf meine Pseudo-Flitterwochen mitzunehmen, war die beste Entscheidung, die ich damals hätte treffen können. Wenn ich zu Hause bleibe und mich selbst bemitleide, was sage ich dann dem Universum? Dass ich nur das Zeug in diesen Kisten bin? Nein. Es ist an der Zeit, herauszufinden, wer Adam Spencer ist.“

Als ich das sagte, kam der Kellner mit unserer Bestellung. Ein Haufen Pfannkuchen, knusprige Speckstreifen, die unter einer großzügigen Kugel Eis hervorlugten, und jede Menge Kaffee, um das alles herunterzuspülen.

„Und jetzt werde ich der Adam sein, der ein Frühstück essen kann, das größer als mein Kopf ist, so wie wir es früher gemacht haben, als wir für die Abschlussprüfungen paukten und nur eine gute Mahlzeit am Tag hatten.“

River hob seine Faust, und ich stieß sie an. Wir brauchten keine weiteren Worte.

Wir verfielen in einen Gesprächsrhythmus, während wir unser Frühstück mit dem besten Kaffee vertilgten. Wir sprachen über alles und nichts, wie in alten Zeiten.

„Es kommt mir vor, als hätten wir das schon ewig nicht mehr gemacht", meinte River.

„Zu lange", stimmte ich zu. „Und es ist hauptsächlich meine Schuld. Ich weiß, ich war nicht so verfügbar, als ich mit Victoria zusammen lebte. Um ehrlich zu sein, es kommt mir vor wie ein anderes Leben, als wäre ich ein anderer Mensch."

„Du brauchst dich nicht zu entschuldigen. Wenn man in einer Beziehung ist, hat die andere Person Vorrang. Es ist normal, dass man bei ihr bleiben oder mit ihr ausgehen möchte."

Ich schnitt mit der Gabel ein Stück des sirupartigen Pfannkuchens ab, führte ihn zum Mund und stöhnte über den perfekten Geschmack und die perfekte Konsistenz.

Als ich aufblickte, war Rivers Blick auf meinen Mund gerichtet. Als seine Augen die meinen trafen, sah ich schnell weg.

„Es ist nicht so, dass ich nicht mit dir oder meinen Brüdern ausgehen wollte", fuhr ich fort. „Es klingt jetzt wie eine lächerliche Ausrede, aber Victoria wollte, dass wir zu Hause zusammen abhängen, und sie reiste ohnehin schon so viel, dass ich mich auch nach diesen Momenten mit ihr sehnte."

„Wie ich schon sagte –"

„Ich habe mich auch nach Momenten mit dir gesehnt, aber ich wusste nicht, wie ich es anstellen sollte, ohne dass Victoria ausrastet", unterbrach ich ihn, weil ich es ihm sagen musste. „Ich verstehe immer noch nicht, warum sie dich nicht mochte. Ist etwas zwischen euch beiden vorgefallen?"

„Irgendwie schon. Nachdem es zwischen euch ernst wurde, sind wir einmal zu Tanner's gegangen und haben uns betrunken. Danach hast du bei mir übernachtet. Als ich sie das nächste Mal traf, machte sie mir klar, dass sie mich für einen schlechten Einfluss hielt.“

„Das wusste ich nicht. Es tut mir so leid, River.“

Er zuckte mit den Schultern. „In einer perfekten Welt würden unsere besten Freunde einen Partner finden, mit dem wir auch befreundet sein können. Aber die Welt ist nicht perfekt.“

Das Klirren des Bestecks auf unseren leeren Tellern markierte das Ende des Frühstücks. Ich wischte mir den Mund mit einer Serviette ab, als ich Rivers Blick auffing.

„Lass uns einen Spaziergang am Fluss machen“, schlug er vor.

„Als ob du meinen Masterplan für heute kennst. Schnappen wir uns die Rechnung.“

Wir überquerten die Straße zum Riverwalk und gingen Seite an Seite.

Ich griff in meine Tasche und holte meinen alten iPod heraus, der vom jahrelangen Gebrauch zerkratzt und abgenutzt war. Ich bot River einen Ohrstöpsel an.

Als die ersten Töne eines unserer Lieder an meinem Trommelfell vorbeizogen, schloss ich für einen Moment die Augen und atmete die Morgenluft ein. Ich ließ mich von der Musik in die sorglosen College-Tage zurückversetzen, als die Zukunft noch in weiter Ferne lag und unsere einzige Sorge darin bestand, die nächste Nummer zu bekommen und die Prüfungen zu bestehen.

Als die ersten Akkorde des nächsten Songs erklangen, blieben wir beide stehen und sahen uns grinsend an. „The Final Countdown“ von Europe war der Song, der uns immer ein Lächeln ins Gesicht zauberte. Die ansteckende Kadenz hatte uns aus so manchem Trübsinn herausgeholt. Wir konnten nicht anders, als mitzusingen.

Die Leute, die an uns vorbeigingen, starrten uns mit einem Lächeln an. Selbst unser verstimmter Auftritt reichte aus, um die Welt zu einem besseren Ort zu machen. Als das Lied zu Ende war, lagen wir vor Lachen auf dem Boden und unsere Stimmen waren von der Anstrengung heiser.

„Verdammt, das habe ich gebraucht", sagte River.

„Ja, das hat Spaß gemacht. Bist du bereit für die nächste Etappe unseres Abenteuertages?", fragte ich.

„Klar. Ich schwänze nicht. Sondern du."

„Details." Ich zuckte mit den Schultern.

Wir überquerten die Brücke und gingen zurück zum Auto.

„Verrätst du mir, wo wir hinfahren?", fragte er.

„Wir fahren zur Star Finders Foundation."

River blieb abrupt stehen.

„Warum?"

„Sie brauchen Hilfe."

„Sie brauchen immer Hilfe. Warum heute?"

Was war hier los? River war immer bereit, seine Zeit in der Stiftung zu verbringen und zu helfen. Warum war er heute so komisch?

„Nun, heute haben wir Zeit. Es sei denn, du hast andere Pläne. Ich meine, du hast nichts erwähnt."

„Nein …ich habe keine Pläne. Es ist nur … egal. Lass uns gehen."

Er setzte seinen Weg fort, sodass ich ein paar schnelle Schritte machen musste, um ihn einzuholen.

„Was gibts? Ich kann West anrufen und absagen, wenn du willst."

„West?"

„Ja, er ist heute den ganzen Tag da. Drew arbeitet, was du wissen solltest, weil er für dich arbeitet."

„Oh. Ähm … okay. Tut mir leid, das war wahrscheinlich ein bisschen komisch.“

Ich lachte. „Wenn du zustimmst, dass du heute mit mir die Schule schwänzt, lasse ich es durchgehen.“

River lachte und legte seinen Arm über meine Schulter. „Gut. Ich schwänze die Schule. Auch wenn es mein freier Tag ist“, murmelte er vor sich hin.

„Komm schon. Wir wollen doch nicht zu spät kommen.“

Das alte Krankenhausgebäude lag am Rande der Stadt, was praktisch war, weil es näher daran lag, wo so viele der Kinder lebten, denen Drew und West helfen wollten.

Mehrere Autos und Fahrräder standen auf dem Parkplatz, und die Tür zum Wartebereich der alten Notaufnahme war offen.

West stand hinter der Glasscheibe, umgeben von Papierkram.

„Kommen wir hierher, wenn wir einen Notfall haben?“, scherzte ich.

West hob den Kopf und lächelte. „Nein, verdammt. Aber wenn du dir das Kreuz beim Streichen von ein paar Zimmern brechen und mit schlechtem Kaffee bezahlt werden willst, bist du hier richtig.“

„Ich denke, wir sind hier richtig“, sagte ich.

„Räume streichen?“, flüsterte River neben mir.

„Jep.“

West reichte uns ein paar Maleroveralls und zeigte auf den ersten Raum im Flur. In der Mitte des Raumes standen ein paar Kanister mit Farbe und Rollen. Alle Möbel waren entfernt worden, und West hatte mir gesagt, dass die Böden abgezogen und neu verlegt werden würden, damit wir uns keine Sorgen machen mussten, eine Sauerei zu verursachen.

„Bist du bereit, diesen Raum noch heller zu gestalten?“, fragte ich und drückte River eine Rolle in die Hand.

„Wie wäre es mit einem kleinen Wettbewerb?", fragte er und tauchte die Rolle in das Tablett mit himmelblauer Farbe.

„Du bist dran. Ich nehme diese beiden Wände, und du diese beiden? Wir treffen uns in der Mitte."

Wir feuerten uns an und legten los.

Wir arbeiteten Seite an Seite, und unsere Bewegungen fielen in einen vertrauten Rhythmus. Das Zischen von Pinseln und Rollen war das einzige Geräusch im Raum, abgesehen von den Stimmen der anderen Freiwilligen, die in verschiedenen Bereichen des Gebäudes arbeiteten. Gelegentlich erhaschte ich Rivers Blick, und etwas Unausgesprochenes ging zwischen uns hin und her.

„Seht euch die zwei Synchronmaler an", bemerkte West lachend und unterbrach unsere Trance, als er seinen Kopf durch die Tür steckte. „Hättet eine Karriere daraus machen können."

„Wir haben unsere Berufung verfehlt", erwiderte ich.

„Macht weiter so. Es gibt noch ein paar Zimmer, und ich habe vor, jede Sekunde eurer Zeit hier auszunutzen."

River lachte. „Alles klar, Boss."

Als wir zurücktraten, um unsere Arbeit zu bewundern, war der Raum voller Licht und Farbe.

„Sieht toll aus, nicht wahr?", fragte River.

„Mehr als toll."

„Danke für heute, Adam."

„Jederzeit." Ich konnte mir nicht verkneifen, River wegen des Farbstreifens auf seiner Wange zu necken. „Du sollst Wände streichen, River, nicht dein Gesicht."

Er kicherte und wischte sich mit dem Handrücken über die Wange, wobei er die Farbe nur noch mehr verschmierte. „Das ist ein neuer Modetrend", sagte er und ließ ein Grinsen aufblitzen, bei dem seine Augenwinkel kräuselten.

„Weißt du noch, wie du versucht hast, dir die Haare blau

zu färben, um Jake Wie-hieß-er-noch zu beeindrucken?", fragte ich.

„Nein", antwortete er mit einer spielerischen Grimasse. „Am Ende sah ich wochenlang aus wie ein Schlumpf."

„Hey, er hat gesagt, es war unvergesslich", sagte ich und erinnerte mich daran, wie wir gelacht hatten, bis uns die Seiten weh taten, als River bei mir zu Hause auftauchte und seine Haare ein einziges Desaster waren.

„Unvergesslich ist ein Wort dafür."

Ich hielt inne, die Bürste in der Luft, als eine bestimmte Erinnerung auftauchte. „Erinnerst du dich an den Pakt, den wir geschlossen haben? Dass wir, egal wo wir landen, immer wieder zueinander zurückfinden würden?"

„Natürlich", sagte River. „Wie die Schwerkraft. Egal, was passieren würde, wir würden zurückkehren."

„Scheint, als hätte die Schwerkraft ihren Zweck erfüllt." Meine Stimme war kaum noch ein Flüstern, als ich merkte, dass wir uns näher gekommen waren.

Ich schluckte trocken, als mein Blick zu Rivers Lippen wanderte. Als sich mein Blick mit seinem traf, sah ich es, weil ich es erkannte. Anziehung. Verlangen.

Ich bin demisexuell. Ich erinnerte mich genau an die Worte, die er an diesem Abend am Strand gesagt hatte. *Ich kann mich nicht zu jemandem hingezogen fühlen, wenn es nicht vorher eine emotionale Bindung gibt. Eine echte Verbindung.*

Heute war ein Tag, an dem wir uns als Freunde wiederfanden und auf die gemeinsame Zeit auf Hawaii aufbauen konnten, aber es hatte uns auch näher zusammengebracht. Falls ich Zweifel daran gehabt hätte, dass River sich zu mir hingezogen fühlte, so waren seine Augen laut und deutlich.

Seine Lippen waren gespreizt, und als seine Zunge seine Lippen benetzte, stöhnte ich leise auf.

„River", flüsterte ich.

„Hey, Leute", sagte West, bevor er den Raum betrat. Wir

zuckten zurück, als hätten wir einen Stromschlag bekommen. Ich wagte es nicht, Blickkontakt mit River aufzunehmen. „Gut gemacht. Das sieht toll aus. Wenn ihr Lust habt, noch einen Raum zu renovieren, wäre das toll.“

„Ja, klar“, sagte River, nahm den Eimer mit Farbe und die Pinsel und verließ den Raum.

17

———

RIVER

ADAM HATTE RECHT. Ich schwänzte die Schule, aber es war ein Schwänzen von meinem Leben, davon, gute Entscheidungen treffen zu müssen und davon, meinen besten Freund wie einen besten Freund zu behandeln.

Verdammt.

Ich hatte Adam fast geküsst. Wenn West nicht reingekommen wäre, hätte ich es getan. Er war so nah, dass ich seine Körperpflege riechen konnte, *meine Körperpflege*. Seine blauen Augen waren dunkler geworden, und die Art, wie sie auf meinen Mund fixiert waren? Mein Gehirn kam auf Ideen. Es kam auf die dumme Idee, dass Adam mich vielleicht genauso küssen wollte, wie ich ihn küssen wollte.

Was für eine verdammt dumme Idee, oder?

Ich stellte die Farbdose auf dem Boden des Nebenzimmers ab und deckte die bereits vorhandene auf.

„Es ist rosa", meinte Adam.

Ich drehte mich um. Er sah aus, als wäre gerade nichts passiert.

„Ja. Ich bringe das hier nach draußen und putze die

Rollen, damit sie nicht vermischt werden", sagte ich und brachte alles nach draußen, während Adam mit dem Streichen begann.

Der Rest des Nachmittags verging wie im Flug. Am Ende haben wir noch ein drittes Schlafzimmer gestrichen, und als wir fertig waren, freute sich West über die Fortschritte und lud uns zu Tacos ein, die er ins Zentrum liefern ließ.

„Also wirklich, Leute", meinte er. „Ihr habt ein paar Tage von unserer Liste abgezogen. Diese Tacos sind köstlich, aber in keiner Weise entschädigend für das, was ihr getan habt."

Adam lachte. „Deshalb nennen wir es ja auch Freiwilligenarbeit. Wir sind froh, wenn wir helfen können, nicht wahr, River?"

Ich nickte. „Ich komme gern an meinem nächsten freien Tag wieder."

West stützte seine Ellbogen auf die Knie und wrang eine Serviette zwischen seinen Fingern aus. Plötzlich sah er sehr müde aus.

„Danke, River. Wir wissen das wirklich zu schätzen. Ihr wisst, da Drew und ich beide Vollzeit arbeiten, sind wir auf die Unterstützung von Freiwilligen angewiesen. Das Krankenhausgebäude ist perfekt, aber es ist verdammt groß, und selbst mit unserem Plan, in Etappen daran zu arbeiten, ist es immer noch eine Menge."

„Kannst du zusätzlich zu den Freiwilligen noch Leute einstellen?", fragte Adam.

„Nicht genug Geld, um wirklich etwas zu bewirken."

„Wir sollten eine Spendenaktion planen. Was dagegen, wenn ich mit meinen Brüdern einen Workshop mache?"

West lächelte. „Überhaupt nicht."

Wir halfen West, den ganzen Müll wegzuräumen, und gingen dann.

Je näher wir zu meiner Wohnung kamen, desto nervöser wurde ich. Ich musste immer wieder an den Moment in dem blauen Raum denken. War es eine einmalige Sache? Würde es wieder passieren? Und wenn ja, würde es damit enden, dass wir uns küssten? Und was dann?

Ich bemerkte erst, dass wir tatsächlich im Haus waren und unsere Schuhe und Mäntel ausgezogen hatten, als Adam sich zu mir umdrehte und sich räusperte.

„Hast du …", er zögerte, als ob er seine Frage abwägen würde. „Hast du jemals versucht … eine Beziehung zu haben? War es für dich anders?"

„Ja. College-Leben, weißt du noch?" Er zuckte mit den Schultern. „Aber es fühlte sich hohl an. Das Experimentieren hat mich etwas Entscheidendes gelehrt – ich sehne mich nach Tiefe. Eine Verbindung, bei der es nicht nur darum geht, wie jemand aussieht, sondern wie er mich fühlen lässt."

„Ist es das, wonach du jetzt suchst?" Sein Blick durchdrang die Abwehrkräfte, die ich seit dem Moment im blauen Zimmer aufgebaut hatte.

„Ist es nicht das, was wir alle wollen?", fragte ich, während mein Herz gegen meine Rippen trommelte. „Gesehen und verstanden zu werden, jenseits des Oberflächlichen?"

Er nickte. „Ja", flüsterte er, fast zu sich selbst. „Jenseits des Oberflächlichen."

Mein Herz krampfte sich bei diesen Worten zusammen, bei der unverblümten Ehrlichkeit in seinem Ton, als ob er es wirklich verstanden hätte. Wollte er nur unsere Freundschaft bekräftigen, oder war da noch etwas anderes, etwas Tieferes, das unter der Oberfläche brodelte?

„River", sagte er vorsichtig, „wenn wir über Verbindungen, über Tiefe sprechen … denkst du jemals, dass vielleicht –"

„Vielleicht was?" Ich drehte mich zu ihm um, seine Augen suchten, fragend, fast flehend.

„*Wir* haben diese Verbindung, richtig?" Seine Hand

streckte sich aus, schwebte in der Luft, bevor sie nervös auf meiner Brust ruhte. Die Berührung war elektrisch, selbst durch die Stoffschichten hindurch.

„Natürlich. Du bist mein bester Freund", beruhigte ich ihn. Oder vielleicht beruhigte ich mich selbst. Eine Erinnerung daran, dass das alles war, was wir waren, auch wenn ich gerade jetzt, wo Adam mir wieder so nahe war, kurz davor war, meine Entschlossenheit zu testen.

„Was wäre, wenn …?", flüsterte er.

Mein Herz hämmerte gegen meinen Brustkorb, bereit, auszubrechen. Ich schluckte den Kloß hinunter, der sich in meinem Hals bildete, und war mir bewusst, dass dieses Gespräch die Grundlage unserer Freundschaft ins Wanken bringen könnte.

„Es ist nur so, dass …" Adams Stimme stockte, und er holte tief Luft. „In letzter Zeit fühle ich etwas … etwas Neues. Anders."

CODE RED. CODE RED.

„Wie neu und anders?", fragte ich und trat näher heran.

„Das heißt, ich habe noch nie so etwas für jemanden empfunden. Nicht so wie jetzt."

Sein Geständnis hing in der Luft, während ich regungslos dastand und mein ganzes Wesen auf den Mann vor mir gerichtet war. Die Angst und die Sehnsucht in seinen Augen, die ich nicht von meinem besten Freund Adam kannte. Er war der Mann, den ich für seine Widerstandsfähigkeit, sein Einfühlungsvermögen, seine Arbeitsmoral und seine Freundlichkeit bewunderte.

„Adam …", begann ich und versuchte, meine Stimme so ruhig wie möglich zu halten. „Du musst dich daran erinnern, dass ich schwul bin, und du bist … du bist zu vertraut. Du verwirrst mich."

Ein kleines Lächeln kräuselte seine Lippen, und er leckte sie ab, bevor er mit den Zähnen über seine Unterlippe strich.

„Du weißt genau, was du tust, nicht wahr?", fragte ich.

„Ich weiß es nicht. Das ist eine Nummer zu groß für mich, aber … ich will es versuchen."

Er beugte sich vor, bis seine Nase die meine berührte. Mein Atem blieb mir im Hals stecken. Ich hatte zu viel Angst, eine plötzliche Bewegung zu machen, also schloss ich die Augen und wartete auf das Unvermeidliche.

Bitte …

„Darf ich dich küssen, River?"

Seine kaum hörbare Stimme war die einzige Zustimmung, die ich brauchte.

Ich schloss den kleinen Abstand zwischen uns und presste meine Lippen auf die seinen. Zuerst war es eine zaghafte Berührung. Fragend. Um ihm die Möglichkeit zu geben, sich zurückzuziehen.

Als er das nicht tat, krampfte sich mein Herz zusammen, und ich ließ mich auf den Kuss ein, vertiefte ihn und ließ keinen Raum für Zweifel.

Adams Lippen waren so weich, wie ich sie in Erinnerung hatte, aber selbst in meinen wildesten Fantasien hätte ich nie gedacht, dass es so sein könnte. Er drückte mich gegen die Wand und übernahm die Kontrolle. Seine Hände legten sich um meinen Hals und hielten mich fest, während er sich alles nahm, was er wollte.

Das unverwechselbare Gefühl eines harten Schwanzes an meinem ließ meine Augen in den Hinterkopf rollen. Mein Gehirn wurde zu Brei, als ich mich von ihm küssen ließ, mich schmecken ließ, mich vergewaltigte.

Ich wusste, dass Adam einmal in seinem Leben, und jetzt mindestens zweimal, keine Probleme damit hatte, einen Mann zu küssen, aber ich hatte immer noch zu viel Angst, die Dinge umzudrehen, für den Fall, dass er merkte, was er tat und aufhörte. Denn ich wollte mich für den Rest meines

Lebens an diesen Kuss erinnern, aus all den guten Gründen. So egoistisch war ich nun mal.

Sein Stöhnen wurde lauter. Er rieb sich an mir, suchte Erleichterung.

Verdammt, es fühlte sich so gut an.

Ich fuhr mit meinen Händen über seine Schultern, spürte die vertrauten Konturen unter meinen Handflächen, doch alles an dieser Berührung war anders – sie war geladen. Es war, als ob jeder Moment, den wir in letzter Zeit miteinander verbracht hatten, jedes Lachen und jeder verweilende Blick, uns zu diesem Augenblick geführt hatte.

„River", flüsterte Adam gegen meine Lippen, und verdammt, ich könnte allein von dem Geräusch kommen.

„Du schmeckst so verdammt gut, Adam", flüsterte ich zurück.

Unser Kuss wurde langsamer, endete nicht, sondern veränderte sich, wurde zärtlich und bestätigend. Mit jedem Kuss, mit meinen Lippen zwischen Adams Lippen, verlor ich ein wenig mehr von mir selbst, und in diesem Moment war es mir scheißegal.

Als wir uns schließlich trennten, keuchten wir beide, als hätten wir eine ganze Runde Sex gehabt. Unsere Blicke trafen sich, und ich hielt den Atem an und wartete auf den Moment, in dem er begriff, was er getan hatte.

Alles, was ich sah, war ein Lächeln.

„Wow. Das war ..."

„Unvergesslich", sagte ich und beendete seinen Gedanken.

„Ja."

Wir waren gleich groß, es wäre also ein Leichtes gewesen, die Hand auszustrecken und ihn erneut zu küssen. Ich erlaubte mir diese Übertretung nicht. Zumindest jetzt noch nicht.

Als er seine Lippen vorschob, um mich zu küssen, legte ich meine Hand zwischen unsere Münder.

„Wenn wir so weitermachen, werde ich mehr wollen. Verdammt, das will ich schon", gestand ich. „Aber ich denke, wir sollten erst einmal reden."

Er atmete aus. „Ja, du hast recht. Wir sollten reden."

18

ADAM

MEIN PULS HÄMMERTE in meinen Ohren, als ich River ins Wohnzimmer folgte, meine Lippen kribbelten, mein Schwanz war viel zu hart und mein Gehirn zu blutleer, um einen zusammenhängenden Gedanken zu fassen.

River hatte Fragen. Ich verstand das. Aber wie sollte ich ihm Antworten geben, wenn ich keine hatte? Alles, was ich wusste, war, dass der Kuss mit River meine Ausrichtung verändert hatte, und ich kämpfte damit, herauszufinden, in welche Richtung es ging.

Ein Problem, das mein Schwanz eindeutig nicht hatte.

Wir saßen uns auf der größeren Couch gegenüber, und ich konnte mir ein Grinsen nicht verkneifen, als ich die Situation sah.

„Warum grinst du so?", fragte er und sein Lächeln spiegelte das meine wider.

„Ich habe einen Jungen geküsst und es hat mir gefallen", sang ich.

Ein Kissen traf mein Gesicht, und ich lachte noch mehr. Was auch immer gerade passiert war, ich befand mich in einem Hochgefühl. Ich konnte mir nur vorstellen, wie es sich anfühlen musste, mit dem Fallschirm zu springen oder Wild-wasser-Rafting zu machen.

Der Kuss war eine Offenbarung gewesen. Rivers Lippen waren fest, eindringlich, aber auch nachgiebig gewesen. Er hatte mir die Führung überlassen und mir Zeit gegeben, mich darauf einzustellen, aber als er schließlich reagierte und die Führung übernahm, hatte er mich wie kein anderer Kuss in meinem ganzen Leben getroffen.

Er hatte mich schwindelig gemacht und nach mehr verlangt. Wie konnte ich dieses Gespräch hinter mich brin-gen, damit wir wieder die Luft des anderen atmen konnten?

„Gott, Adam, ich habe so viele Fragen."

„Können wir das nicht alles überspringen und wieder zum Küssen zurückkehren? Ich bin so verdammt hart."

Er stöhnte und fuhr sich mit den Händen über das Gesicht, kratzte sich an seinem kurzen Haarschopf.

„Du bringst mich hier um."

Ich rückte auf der Couch näher an ihn heran, legte einen Arm über die Lehne und stützte meinen Kopf in die Hand. Mit der anderen freien Hand zog ich an der Kordel seines Kapuzenpullis.

Meine Gedanken überschlugen sich mit Fragen und Zweifeln, die sich mit meinem Verlangen vermischten, als mir klar wurde, dass ich River auf eine Art und Weise begehrte, die ich nicht ganz begreifen konnte.

„Ich wünschte, ich wüsste, was ich sagen soll, aber das ist für mich genauso neu wie für dich."

„Weißt du, es ist nicht das erste Mal, dass wir uns küssen."

Jetzt war es an mir, meinen Kiefer auf den Boden zu schlagen.

River lachte, und ich sah ihn an. „Sollte ich verletzt sein, dass du dich nicht erinnerst?", fragte er, und ich konnte nicht sagen, ob sein Lächeln verletzte Gefühle überdecken sollte.

Ich schüttelte den Kopf. „Nein, ich erinnere mich. Ich schätze, ich habe schon lange nicht mehr daran gedacht."

„Du wolltest das Mädchen aus dem Englischunterricht küssen, mit dem du dich verabredet hast, und wolltest es nicht vermasseln, also hast du mich gebeten, dich zur Übung zu küssen."

Ich hatte ihn um Hilfe für den Kuss gebeten. Meine Verlegenheit war nur geringfügig geringer als die Demütigung, ein Mädchen zu küssen und dabei schlecht zu sein. Mein dummes vierzehnjähriges Ich hatte den Kuss nicht genossen, weil ich mich zu sehr mit den technischen Aspekten beschäftigt hatte.

Zwar passierte keine Katastrophe, als ich das Mädchen küsste, aber ich war auch enttäuscht über das Nicht-Ereignis. Ich konnte mich jetzt nicht einmal mehr an den Namen des Mädchens erinnern.

River legte seine Hand auf mein Kinn und neigte meinen Kopf, sodass sich unsere Augen trafen.

„Ist das eine Art Experiment? Etwas, mit dem du dich an Victoria rächen kannst? Verdammt, ich hasse es, dass mir das durch den Kopf geht, aber, Adam, ich bin dein bester Freund, seit wir Kinder waren. Du hast nie angedeutet, dass du Interesse an Jungs hast – bis jetzt."

Ich senkte meinen Blick auf seinen Kapuzenpullover und zeichnete das Muster unseres College-Logos mit meinen Augen nach.

„Ehrlich gesagt? Ich weiß nicht, wann es angefangen hat. Vielleicht war es eine Kombination aus vielen kleinen Momenten zwischen uns. Vielleicht bin ich auch traumatisiert, weil ich an meinem Hochzeitstag sitzen gelassen wurde." Ich stieß ein ersticktes Lachen aus, und River hielt meine Hand. „Ich weiß nur, dass ich seit ein paar Wochen nur noch an dich denken kann. Zuerst dachte ich, es läge daran, dass ich erleichtert war, dass wir endlich Zeit miteinander verbringen konnten, ohne dass ich mich vor Victoria rechtfertigen oder hinterhältig sein musste, aber …"

Die Angst hielt mich auf. Angst, River zu verlieren oder, schlimmer noch, ihn mit meiner Unsicherheit zu verletzen. Konnte ich überhaupt von einem Doppelerwachen sprechen, wenn es nur River war, der diese Gefühle in mir auslöste? War es fair, diesen Teil von mir zu erforschen, ohne sein Herz und unsere Freundschaft zu gefährden?

„Seine Sexualität herauszufinden, braucht Zeit", meinte er. „Selbst wenn man starke Gefühle für jemanden hat, ist es in Ordnung, einen Schritt zurückzutreten, um sicherzugehen, dass diese Gefühle von der richtigen Stelle kommen."

„Ich will dich nicht verletzen. Ich … kann nur nicht aufhören, an dich zu denken. Ich muss früher wirklich blind gewesen sein, um die Kurve deines Hinterns nicht zu bemerken oder die Art, wie du dir auf die pralle Lippe beißt, wenn du versuchst, etwas herauszufinden, oder wie stark und zurechtgemacht du immer aussiehst."

„Adam", fluchte er, und in seine Verzweiflung mischte sich ein Hauch von Lust.

Ich holte erschaudernd Luft. Die Intensität unseres Kusses verweilte auf meinen Lippen wie ein Phantomgefühl. Ich brauchte mehr davon, auch wenn meine rationale Seite zur Vorsicht mahnte.

„River, ich …" Meine Stimme brach.

„Pst." Rivers Fingerspitzen strichen über meine Wange. „Wir müssen das nicht jetzt klären."

Aber ich spürte das Gewicht der Dringlichkeit, das Bedürfnis, das zu schützen, was wir hatten, selbst wenn ich kurz davor stand, mehr zu wollen.

Meine Hand zitterte in seiner. „Gott, es tut mir leid, River", stammelte ich.

„Was tut dir leid?", fragte River, seine Stimme war kaum mehr als ein Flüstern. Wir saßen auf der Kante der Couch, unsere Knie berührten sich und unsere Hände waren immer noch miteinander verbunden.

„Bereust du es?", fragte er, und mir entging nicht die Verletzlichkeit in seiner Stimme.

Ich legte meine Hände auf beide Seiten seines Gesichts. „Nein", hauchte ich ohne zu zögern aus. „Das tue ich nicht. Seit jener Nacht in Haven – das Tanzen, das Lachen, die Art und Weise, wie die Lichter deine Augen zum Leuchten brachten ... Damals habe ich es nicht bemerkt, aber jetzt weiß ich, dass es da angefangen hat. Ich kann dich nicht mehr aus meinen Gedanken verbannen, River."

„Aber du wolltest Victoria heiraten? Was wäre, wenn sie nicht gegangen wäre?"

„Ich weiß es nicht. An diesem Morgen, bevor du in mein Zimmer kamst, hatte ich vor, sie zu heiraten. Wären diese Gefühle in der Zukunft aufgetaucht und hätten meine Ehe aufs Spiel gesetzt? Ich weiß es nicht. Es hat wenig Sinn, sich jetzt mit dem ‚Was wäre wenn' zu beschäftigen."

„Das ist eine Menge zu verarbeiten."

„Ich weiß."

„Lass uns einfach einen Tag nach dem anderen angehen", schlug er vor.

„Okay." Meine Hand zitterte leicht, und River strich mit seinem Daumen kreisend über meine Haut, wobei die Berührung mir einen elektrischen Schock versetzte.

Wir standen einen Moment lang schweigend da, ein Kontrast zu all den lauten Gedanken in meinem Kopf.

„Darf ich dir etwas gestehen?", fragte ich.

„Ich habe Angst, ja zu sagen."

„Ich habe über dich nachgedacht", sagte ich, „auf eine Art und Weise, wie ich es bei einem besten Freund wahrscheinlich nicht hätte tun sollen ... ich habe mich sogar selbst berührt, als ich an dich dachte." Ich senkte den Blick, und ein heißer Schauer kroch meinen Nacken hinauf.

Warum erzählte ich ihm das? Das konnte ihn nur wegstoßen. „Ich … ich möchte nur, dass du weißt, dass sich das alles angestaut hat. Es ist nicht etwas, über das ich heute aufgewacht bin und nachgedacht habe. Es ist mir unter die Haut gegangen und hat danach gejuckt, herauszukommen. Du musst es doch bemerkt haben. Ich dachte …“

Ich dachte, es wäre ihm aufgefallen, so wie er mich ansah. Hatte ich mich geirrt?

„Adam“, schaffte River es herauszuwürgen. „Vielleicht sollten wir etwas schlafen.“

„Reden wir an einem anderen Tag darüber?“

„Ja, okay.“

Wir gingen durch den Flur und blieben in dem Raum zwischen unseren Zimmern stehen.

Mir ging noch etwas anderes durch den Kopf, das ich nicht abschütteln konnte. „Darf ich dir eine Frage stellen?“

„Natürlich.“

„Du bist hart geworden, als wir uns geküsst haben.“

„Adam“, stöhnte er.

„Nein, ich versuche nicht, du weißt schon … Nun, ich werde nicht lügen. Ich hätte gerne einen Gute-Nacht-Kuss und vielleicht einen Handjob.“ Wer nicht wagt, der nicht gewinnt, oder?

River drückte mich gegen die Wand, eine Hand an meinem Kopf, die andere an meiner Taille.

„Du machst es mir wirklich schwer, das Richtige zu tun und dich in deinem Zimmer allein zu lassen.“

Ich will nicht, dass du mich in meinem Zimmer allein lässt.

Ich lächelte. „Das ist es ja. Ich möchte verstehen, wie das alles mit deiner Sexualität zusammenhängt. Du bist hart geworden.“

Er drückte seinen Körper an mich, und meine Kehle schnürte sich zu, als ich wieder seine Erektion spürte.

„Du bist … hart.“

„Was willst du damit sagen?"

„Wie?"

Er beugte sich vor und atmete in den Raum zwischen meiner Schulter und meinem Hals ein. „Ich bin nicht asexuell, Adam. Ganz im Gegenteil. Ich brauche nur eine echte Verbindung, bevor mein Körper sexuell interessiert ist."

„Und wir haben diese Verbindung?"

„Seit wir fünf verdammte Jahre alt waren, Adam. Noch bevor ich wusste, dass ich Jungs und keine Mädchen küssen wollte, warst du die einzige Person für mich. Also ja, nenn es, wie du willst. Freundschaft. Verbindung. Wir haben es. Mein Schwanz hat kein Problem, für dich hart zu werden."

„Seit wann?"

Er zog sich zurück und starrte mir in die Augen. Das Grün war fast schwarz in der Dunkelheit des Flurs.

„Gute Nacht, Adam." Er drückte seine Lippen kurz auf meine, dann war er weg.

Als wir uns in unseren getrennten Zimmern niederließen, war ich mir noch nie so sehr einer Person auf der anderen Seite der Wand bewusst gewesen wie jetzt. Jedes Knarren, jedes kleine Geräusch erregte meine Aufmerksamkeit.

Was machte River? Holt er sich einen runter? Wahrscheinlich sollte ich das tun, aber nachdem ich ihm gestanden hatte, dass ich es schon einmal getan hatte, fühlte es sich falsch an, es jetzt zu tun. Oder spielte er unseren Kuss in seinem Kopf immer und immer wieder ab, so wie ich es tat?

Ich war dreißig Jahre alt, und River zu küssen, war die größte Aufregung meines verdammten Lebens.

Irgendwann würde der Schlaf kommen, aber im Moment konnte ich nur hier liegen und darüber nachdenken, wie ich meine Beziehung zu River verändern wollte, während sie gleichzeitig gleich bleiben sollte.

19

———

RIVER

„Ich hole die nächste Runde. Möchte noch jemand mehr Wings?", fragte Adam.

„Wie kann das überhaupt eine Frage sein?", antwortete Noah und deutete auf die beiden leeren Körbe.

Ich konnte nicht umhin, einen Blick auf Adams Gestalt zu werfen, als er sich seinen Weg durch die Freitagabend-Menge im Tanner's bahnte.

Seit dem Tag, an dem wir die Schule geschwänzt hatten, war eine ganze Woche vergangen. Sieben Tage seit dem Kuss, und ich war kurz davor, den Verstand zu verlieren, weil wir kaum fünf Minuten in der Gegenwart des anderen verbracht hatten.

Mein Assistent, Fir, hatte ein paar Veranstaltungen für das Restaurant angenommen, eine Geburtstagsfeier und eine Ruhestandsfeier. Ich war voll und ganz damit einverstanden, denn jede dieser Veranstaltungen bot die Gelegenheit, das Restaurant neuen Kunden vorzustellen, aber sie bedeuteten, dass ich mehr Zeit mit dem Rechnen von Zahlen und der Arbeit an den Personalplänen verbringen musste und im Grunde nur wenig Zeit zu Hause verbringen konnte.

155

Die ganze Woche über hatte ich mir vorgenommen, das Thema noch einmal mit Adam anzusprechen, weil ich wissen wollte, wo er mit seinen Gedanken war. Aber dafür mussten wir zur gleichen Zeit am gleichen Ort sein, was natürlich heute Abend gewesen wäre, wenn ich nicht eine Nachricht von Lex bekommen hätte, dass sie nach der Arbeit zu Tanner gehen würden.

„Adam ist seit ein paar Wochen nicht mehr ganz bei der Sache", murmelte Lex und lehnte sich dicht an mich heran. Seine Zwillingsintuition war sowohl ein Segen als auch ein Fluch. „Besonders diese Woche. Ich fand ihn in seinem Büro, wo er Musik auf einem iPod hörte und sang. Wer zum Teufel hat überhaupt noch einen iPod?"

„Ich weiß es nicht. Ich find es irgendwie süß." Ich tat so, als ob ich nichts wüsste, obwohl sich mein Puls beschleunigte. „Ich finde, er sieht gut aus."

„Komm schon, River", drängte er, seine Sorge war offensichtlich. „Du kennst ihn doch. Wirkt er auf dich wie er selbst?"

„Er sitzt nicht weinend in einer Ecke und wiegt sich. Ist es das, was du erwartet hast?"

„Nun … vielleicht", sagte Lex und warf mir einen wissenden Blick zu, „tut er so, als hätte sich nichts verändert."

Lex' Bemerkung blieb in der Luft hängen. Ich hob mein Bier an die Lippen, nur um festzustellen, dass es leer war. Die Wahrheit war, dass sich alles verändert hatte.

Die Art, wie sich Adams Hand an meiner Wange angefühlt hatte, die Wärme seines Atems, der sich mit meinem vermischte, der elektrische Schock, als sich unsere Lippen begegnet waren …

„Lassen wir ihm etwas Zeit", sagte ich schließlich und schluckte den Kloß in meinem Hals hinunter.

„Zeit", wiederholte Lex, der seinen Bruder über die Bar hinweg ansah. „Ja, vielleicht ist es genau das, was er braucht."

Doch als ich einen weiteren von Adams flüchtigen Blicken auffing, wurde ich das Gefühl nicht los, dass Zeit das Letzte war, was einer von uns beiden wirklich wollte.

„Hat er überhaupt etwas von Victoria gehört?"

Ich schüttelte den Kopf.

„Sie muss verschwunden sein", sagte Noah. Lex stieß ihn mit dem Ellbogen an, als Adam an den Tisch zurückkehrte.

„Hier, Schatz", meinte Adam und stellte ein Bier vor mich hin.

„Danke, Schatz", scherzte ich. Oder zumindest tat ich mein Bestes, um den Eindruck zu erwecken, dass ich einen Scherz mache und wir nicht so dumm wären, aber ich war mir nicht sicher, ob Noah mir das abnahm, so wie sein Blick zwischen Adam und mir hin- und herging.

„Wie auch immer, ich habe eine Idee für eine Spenden-aktion für Star Finders", sagte Adam.

„Eine Benefizveranstaltung?", fragte Noah mit aufmerk-samer Miene. Ihm hatten wir es zu verdanken, dass wir von der Star Finders Foundation erfahren hatten. Noah hatte schon seit Jahren heimlich mit Drew und West zusammengearbeitet.

Ihm und Lior war es auch zu verdanken, dass sie das alte Krankenhausgebäude gemietet hatten, um dort ein Jugend-zentrum und ein Heim einzurichten.

„Ja. Sie brauchen dringend Hilfe. Die Art von menschli-cher Hilfe. Es wird Monate dauern, bis sie das Nötigste haben, und sie arbeiten bereits, um der örtlichen Gemein-schaft zu helfen. Ich dachte, wir könnten ihnen helfen, eine Auktion zu organisieren."

Lex lachte. „Was, so eine Junggesellen-Auktion? Das ist doch total übertrieben."

„Nein. Na ja, so ähnlich. Eine Auktion, bei der wir

unsere Fähigkeiten anbieten. Sagen wir, Noah ist dran, und jemand gewinnt ein Gebot …"

„Die einzige Person, die auf mich bieten und gewinnen darf, ist Lior", schnaubte er.

Adam lachte. „Ich denke, man kann mit Sicherheit sagen, dass Lior die Fähigkeiten, die du zu bieten hast, nicht braucht."

Noahs Kinn schlug fast auf den Boden.

„Ich spreche vom Geschäft. Du kannst jemandem helfen, indem du ihn berätst, wie man ein Unternehmen gründet oder wie man das Beste aus Netzwerken macht."

„Oder wie man mit seiner Familie zusammenarbeitet, ohne einen Mord zu begehen", fügte Noah hinzu.

Ich lachte so sehr, dass es sich als Schnauben entlud.

„Glaub nicht, dass du da rauskommst, Hartley", sagte Adam und stupste mich mit dem Ellbogen an.

„Was? Was habe ich denn zu bieten?"

Sein Blick wurde weicher. „Du hast so viel zu geben. Du leitest eines der meistbesuchten Restaurants der Stadt. Du könntest jemandem etwas über Zeitmanagement, Problemlösung oder Kundenservice beibringen."

Ich sah ihm in die Augen, ohne Worte zu finden. Diese Dinge waren ihm aufgefallen? Gut, er hatte in dem Restaurant gearbeitet, als er aufgewachsen war, genau wie seine Brüder, aber keiner von ihnen hatte das Restaurant zu seinem Beruf machen wollen. Ich hatte gedacht, er hätte sich davon gelöst.

Lex griff nach seinem Bier und schob die Lippe vor. „Ich finde, das ist eine ausgezeichnete Idee. Und es bedeutet, dass wir uns nicht an Singles halten müssen, denn da sich alle heimlich verloben und heiraten, kann es in der Stadt nicht mehr viele Singles geben." Er lachte, hielt sich dann aber zurück, als ihm klar wurde, was er gesagt hatte. „O verdammt. Es tut mir so leid, Adam. Ich wollte nicht …"

Adams leichtes Lächeln wurde durch einen düsteren Ausdruck ersetzt. „Ich weiß, dass du es nicht so gemeint hast. Aber du hast recht. Du und Noah, ihr habt beide jemanden. Sogar Tanner hatte zur gleichen Zeit wie Noah eine geheime Hochzeit in Vegas. Aber ich behaupte, dass es da draußen immer noch jede Menge Single-Männer gibt. Mich, River, Drew und West für den Anfang."

Lex und Noah hoben ihre Flaschen an, und die drei Brüder stießen damit an.

„O scheiße", sagte Noah auf einmal. „Wir müssen los. Wir verbringen das Wochenende im Museum, also muss ich Lior in seinem Büro treffen. Morgen essen wir mit seiner Mom zu Mittag, also werde ich die Idee mit ihr besprechen. Sie kennt jeden, der etwas auf sich hält. Wir werden noch vor dem Wochenende eine Liste mit Leuten haben, die ihre Fähigkeiten versteigern können."

„Hey, vergiss nicht das Sonntagsessen bei Mom und Dad", sagte Lex.

„Wir werden es nicht schaffen", meinte Noah.

„Wir schon", fügte Adam hinzu. „Stimmts, River?"

„Ähm … sicher." Toll, ein Abendessen mit dem Spencer-Clan, nachdem ich ihren heterosexuellen Sohn besinnungslos geküsst hatte, würde super lustig werden.

Es sei denn, ich gäbe Fir den Tag frei und würde stattdessen arbeiten. Adam hob die Brauen, als ob er wüsste, was ich dachte.

Als wir zu Hause ankamen, war es schon spät, und nachdem ich um drei Uhr morgens aufgestanden war, um zum Fischmarkt zu fahren, konnte ich kaum einen zusammenhängenden Gedanken fassen, geschweige denn den Kuss von vor einer Woche aufwärmen.

Der Duft von gebratenem Huhn und gebackenem Brot wehte durchs Haus der Familie Spencer, als Adam und ich eintraten und von einem Chor vertrauter Stimmen begrüßt wurden.

Solange ich denken konnte, gehörte ich zu dieser Familie. Ich war bei mehr Sonntagsessen mit den Spencers gewesen, als ich je mit meiner Mutter erlebt hatte. Da sie als Krankenschwester im Schichtdienst gearbeitet hatte, hatten wir uns immer einen beliebigen Wochentag ausgesucht und ihn zu unserem Familienessen gemacht, aber obwohl es schön war, diese Zeit mit ihr zu verbringen, fehlte das liebevolle Chaos von Adams Familie.

Wenn ich hörte, wie in der Küche ein Tisch gedeckt wurde und Adams Mutter vor sich hin sang, vermisste ich meine Mutter.

Ein Kloß bildete sich in meiner Kehle. Ich war so kurz davor gewesen, sie zu verlieren. Wenn Adam Victoria geheiratet hätte, hätte sie meinen Platz am Tisch eingenommen. Nicht, dass Carla und Jack mich jemals nicht hier haben wollen würden. Aber mit meiner angespannten Beziehung zu Victoria hätte ich ihre Familienessen nicht unangenehm machen wollen, was bedeutet hätte, dass ich sie öfter verpasst hätte als sonst.

Ich war schon bei einigen dabei gewesen und hatte jedes Mal eine Ausrede gefunden, um früher zu gehen.

„Ich werde mal nachsehen, ob deine Mom Hilfe braucht", sagte ich zu Adam, der sofort ins Wohnzimmer ging.

„Du bist so ein Muttersöhnchen", stichelte er.

„Hey, bis meine von der Arbeit im Ausland zurückkommt, nehme ich deine."

Ich ignorierte, was er murmelte, und trat in die Küche.

„Hey, Carla."

Sie drehte sich um, wischte sich die Hände an einem

Tuch ab und streckte sich nach einer Umarmung aus. „Hey, Schatz. Schön, dass du es geschafft hast. Ich mache dein Lieblingsessen."

„Schön. Ich danke dir. Kann ich irgendetwas tun, um zu helfen?"

„Ich habe alles im Griff. Geh zu den Jungs da draußen."

„River! Komm mal her. Das musst du dir anhören!", brüllte Lex aus dem Wohnzimmer.

Carla schüttelte den Kopf. „Welches Argument sie auch immer anführen, die Antwort ist nein. Du musst mir recht geben."

Ich lachte. „Ich versteh' dich."

Adams Lachen ertönte, als ich durch den Flur ins Wohnzimmer schlüpfte.

„Dad will sich eine Ziege anschaffen", sagte er.

„Eine Ziege? Wozu?"

Lex und Emery kuschelten sich in einen der Sessel und schienen sich aus dem Streit herauszuhalten.

„Hör mir zu", meinte Jack und hielt die Hände hoch. „Die Nachbarn von nebenan haben ein Mikroschwein. Sie nennen es Stacey. Sie ist ein Schrecken. Immer, wenn ich dem Garten den Rücken zuwende, ist sie da und frisst meine Ernte."

„Wie soll da eine Ziege helfen? Ziegen fressen alles."

Jack verschränkte die Arme vor der Brust. „Ja, und hoffentlich fressen sie auch Stacey."

„Dad!", rief Lex.

„Mom ist sicher nicht damit einverstanden", sagte Adam.

„Da kommst du ins Spiel. Du musst sie überzeugen."

Adams Großmutter kam ins Wohnzimmer. „Du kämpfst einen aussichtslosen Kampf, wenn du glaubst, dass Carla jemals einlenken wird."

„Olá, Avó", sagte Adam und stand auf, um sie zu begrüßen.

„Olá, Jacinta", erklärte ich und räumte meinen Platz für sie.

Sie hob ihre Hand. „Nicht nötig, mein Sohn. Warte einen Moment und –"

„Das Mittagessen steht auf dem Tisch!", rief Carla aus der Küche.

„Es ist, als hätte ich einen kleinen magischen kleinen Finger, der Dinge weiß." Sie zwinkerte mir zu und wackelte mit dem kleinen Finger.

Ich hoffe, dein kleiner Finger weiß nicht alles.

Ich folgte allen in Richtung Küche, bis Adam meine Hand ergriff. „Wir sind gleich da, Mom. Ich möchte River etwas in meinem Schlafzimmer zeigen."

„Du kennst die Regeln", meinte Carla.

„Wenn ihr euch schon gegenseitig die Hände in die Hose steckt, vergesst nicht, sie danach zu waschen", sagte Lex.

„Alexis", schimpfte seine Mutter.

Adam lachte. „Das ist der beste Noah-Kommentar, den ich je gehört habe."

„Dann wird er nicht vermisst werden", sagte Jack. „Obwohl er bestimmt auf meiner Seite wäre."

Ohne ein weiteres Wort zog Adam mich in den Flur, vorbei an den gerahmten Fotos an der Treppenhauswand, auf denen Erinnerungen an ihre Kindheit festgehalten waren, darunter auch viele von mir. Mit einem Blick über die Schulter öffnete er die Tür zu seinem alten Schlafzimmer.

„Was machen wir hier?", fragte ich.

Adam sagte kein Wort, aber er schloss die Tür und führte mich zum Bett.

„Was …"

„Psst, keine Sorge, wir haben keinen Sex, während meine Eltern unten sind."

Meine Augen weiteten sich. „Hast du gedacht, dass ich *das* fragen wollte?"

Er schob mich auf das Bett und spreizte meinen Schoß. Seine Lippen verzogen sich zu einem trotzigen Lächeln. Verdammt, ich wollte ihm diese Überheblichkeit aus dem Gesicht küssen, aber das würde ihn wahrscheinlich noch überheblicher machen.

„Wir müssen reden", sagte er.

„Ich weiß, aber das ist nicht der richtige Zeitpunkt. Alle warten auf uns."

„Dann mache ich es wohl besser schnell."

Er presste seine Lippen auf meine und saugte sie in seinen heißen Mund. Ich stöhnte auf, und er nutzte die Gelegenheit, um seine Zunge an meinen Lippen vorbei ins Innere zu schieben.

Ich behielt meine Hände an seiner Taille und hielt mich an ihm fest, als würde ich mich an meinem Verstand festhalten.

Er zog sich zurück, hielt den Kuss viel zu kurz und ließ mich um mehr betteln. Zumindest innerlich. Wusste er, was das mit mir machte? Wie er mir einen Vorgeschmack auf etwas gab, von dem ich nie gedacht hätte, dass ich es jemals in meinem Leben ausprobieren würde?

Mit stolzgeschwellter Brust und aneinandergepressten Stirnen wollte ich für immer so bleiben, aber die Welt außerhalb der Schlafzimmertür rief.

„River", sagte Adam, ein sanftes, entschlossenes Plädoyer. „Die ganze Woche habe ich versucht, diesen Kuss zu verstehen. War es ein Glücksfall? Vorübergehende Unzurechnungsfähigkeit?"

„Für mich siehst du nicht verrückt aus", scherzte ich, gab jede Verstellung auf und streichelte sein Gesicht. „Auch das ...", ich zeigte auf die Stelle, an der seine Erektion gegen meine drückte, „sieht nicht nach einem Zufall aus."

Er kicherte. „Ich schätze, das ist jetzt schon ein paar Mal

passiert, also muss ich darauf vertrauen, dass er weiß, was er will.“

Unsere Blicke trafen sich wieder. „Und das bin ich?“

„Ja. Bitte mich nicht, es zu erklären, denn ich bin mir nicht ganz sicher, wie wir hierhergekommen sind, aber ich habe das Gefühl, dass die Scheuklappen abgenommen wurden, und jetzt wird alles in meinem Wesen von dir angezogen.“

Ich atmete aus und lehnte meinen Kopf an seine Brust. Er fuhr mir mit den Fingern durchs Haar.

„Brich mir nicht das Herz, Adam.“

Er küsste mich erneut, diesmal mit einer Ehrfurcht, die mich wünschen ließ, seine Familie würde sich in Luft auflösen, damit wir für immer hier bleiben konnten.

„Komm, lass uns etwas essen und dann nach Hause fahren. Ich würde den Rest des Nachmittags gern nackt verbringen.“

20

ADAM

„Adam? River?“ Die Stimme meiner Mutter durchbrach den Nebel des Verlangens, der meine Gedanken vernebelte, als wir uns zur Familie um den großen Küchentisch gesellten. „Warum habt ihr so lange gebraucht?“

Rivers Wangen erröteten, als er seinen üblichen Platz neben mir einnahm. Mir stockte fast der Atem, als ich sah, wie bezaubernd er in diesem Zustand aussah. Wie hatte ich das nur nie bemerkt?

„Wir hatten eine Wette über meine Ninja-Turtle-Aufkleber-Sammlung“, sagte ich und grinste. „Ich musste beweisen, dass ich sie noch alle habe.“

Lex hob eine Augenbraue, aber er schwieg. Es ist ja nicht so, dass er *genau* wusste, was wir im Schlafzimmer getrieben hatten, oder?

Und wenn er es wüsste, würde er wohl kaum etwas sagen, denn mehr als einmal, seit er Emery wiedergefunden hatte, hatte ich vor oder nach dem Sonntagsessen Stöhnen aus seinem alten Schlafzimmer gehört. Noah auch.

Ich hatte das nie verstanden, weil Victoria auf keinen Fall in mein Zimmer gegangen wäre, um mit mir zu knutschen, während meine ganze Familie unten war. Ich hatte gedacht, es sei eine Sache des Respekts, aber ich wusste, wie sehr Emery und Lior meine Eltern liebten und respektierten.

Die Wahrheit war, dass das, was Victoria und ich hatten, nicht diese rohe Verzweiflung beinhaltet hatte, einander jederzeit berühren zu wollen. Ein Gefühl, mit dem ich mich langsam anfreundete, denn meine Hände juckten danach, River jetzt zu berühren.

Während des gesamten Essens genoss ich das Mahl kaum. Jeder Bissen war so köstlich wie jede andere Mahlzeit, die wir bei meiner Mutter zu uns nahmen, aber das war nichts im Vergleich zu der Vorfreude, die ich für das empfand, was nach der Mahlzeit kam.

Jedes Mal, wenn River nach seinem Glas griff, rieb sein Hemdsärmel an meinem und jagte einen Ruck durch meinen Körper, eine Erinnerung an den elektrisierenden Kuss, den wir kurz zuvor geteilt hatten.

Sogar die Art und Weise, wie er über seinen Dessertlöffel leckte, ließ mich an andere Dinge denken, die er mit dieser Zunge tun könnte.

Verdammt, ich hätte mir gestern Abend keine Schwulenpornos ansehen sollen.

Ich hatte viele von Rivers pikanten Liebesromanen gelesen, also war ich nicht völlig ahnungslos, wie Sex zwischen zwei Männern funktionierte. Wenn ich jetzt zurückdenke, war vielleicht die Art und Weise, wie mich einige der Szenen erregt hatten, die ich gelesen hatte, seit River mich für Männerromane begeistert hatte, ein Hinweis. Welcher Heteromann las schwule Liebesromane, wurde bei den pikanten Szenen erregt *und* dachte immer noch, er sei heterosexuell?

Ja, es gab erstaunliches Schreibtalent, und es gab den Kopf in den Sand stecken.

Ich war so ein Dummkopf.

Als alle mit dem Nachtisch fertig waren, stand ich auf,

ungeduldig, zu entkommen, und begegnete Rivers Blicken auf der anderen Seite des Tisches. „Danke für das Essen, Mom. Ich helfe dir beim Abräumen."

Diesmal sah Emery mich an, als wäre mir ein zweiter Kopf gewachsen, und auch meine Mutter blieb auf halbem Weg stehen und räumte einen Teller ab.

Ich bitte dich. Es ist ja nicht das erste Mal, dass ich angeboten habe, beim Abräumen zu helfen.

„Was?", fragte ich unschuldig.

„Nichts, Schätzchen." Ihr Blick huschte zwischen River und mir hin und her.

Ich ignorierte ihn und begann, die Spülmaschine zu füllen, bevor ich das Wasser laufen ließ, um die großen Töpfe zu reinigen.

Lex und Emery halfen mit, und Papa nahm River mit in sein Büro, um wie üblich über das Restaurant zu sprechen. Es dauerte nicht lange, bis die Küche blitzsauber war, und meine Mutter sah besorgt aus, als wäre sie in eine andere Dimension getreten.

„Lex, meinst du, wir sollten beleidigt sein, dass Mom unter Schock steht, weil wir geholfen haben?", fragte ich meinen Bruder.

Er lachte. „Um ehrlich zu sein, sobald Emery anfängt zu helfen, rennen wir alle ins Wohnzimmer. Ich hatte heute ein schlechtes Gewissen."

Mama kam auf uns zu und quetschte uns zwischen ihre Arme.

„Igitt, was ist das? Zuneigung? Lex, mach, dass es aufhört."

„Du kannst dich beschweren, so viel du willst, aber ich werde nie aufhören, meine Jungs zu lieben und zu umarmen, wann immer ich die Gelegenheit dazu habe."

Papa und River kamen in die Küche und wurden Zeugen des Kuschelangriffs.

„O nein, jetzt wird sie backen wollen", sagte Papa, bevor er ins Wohnzimmer ging.

„Das ist doch mal eine Idee", meinte Mama.

„Eigentlich", sagte ich und sah River in die Augen, „sollten wir los."

Mama seufzte. „Okay. Ihr Jungs arbeitet zu viel. Zu meiner Zeit war Sonntag noch Sonntag."

Lex rollte mit den Augen, aber ich lächelte nur. Mama war eine solche Lügnerin. Solange wir uns erinnern konnten, hatten wir jeden Sonntag im Restaurant verbracht. Dieses sonntägliche Mittagsgeschäft hatte erst begonnen, als meine Eltern die Leitung des Restaurants an River übergeben hatten.

„Danke für das Essen, Carla. Es war köstlich wie immer", sagte River, bevor er meine Mutter umarmte.

„Passt auf euch auf, Jungs!", rief Mama, als wir fast beim Auto waren.

„Oh, das werden wir!", rief ich zurück, ohne meinen Blick von River zu nehmen, dessen Gesicht sich wieder rötete.

„Ich werde dich umbringen", flüsterte er über das Autodach hinweg.

„Solange du es mit deinem Schwanz machst, ist alles gut."

Ich setzte mich auf den Fahrersitz und schaute ihn absichtlich nicht an.

„Wieso ist das für dich so okay?", fragte er.

„So tun, als ob, bis man es schafft?" Ich zuckte mit den Schultern.

„Ich meine es ernst. Ich —"

Ich streckte meine Hand nach ihm aus und legte sie auf sein Bein. „Ich weiß, was ich will, River. Wenn du etwas Überzeugung brauchst, zeige ich es dir gern, sobald wir drinnen sind."

Er stöhnte auf, sagte aber den Rest der Fahrt nichts mehr.

Als sich die Tür zu seiner Wohnung hinter uns schloss, hatte River sofort seine Hände auf mir, seine Finger fuhren durch mein Haar und er zog mich an sich. Mein Rücken schlug mit einem leisen Aufprall gegen die Wand, und ich war mir plötzlich jeder Stelle, an der sich unsere Körper berührten, sehr bewusst. Die Wärme seiner Handflächen drang durch den Stoff meines Hemdes und erhitzte meine bereits versengte Haut.

„Bist du sicher, dass du das willst?", murmelte er an meinem Ohr.

Ich wollte lachen, ihm sagen, dass mein ganzes Wesen nach Ja schrie, aber Worte schienen mir unzureichend. Stattdessen ließ ich meinen Körper für mich sprechen und presste mich an seinen. Er konnte eine Erektion nicht leugnen, oder?

Als Antwort darauf eroberte Rivers Mund den meinen. Ich gab mich dem Kuss hin, wie eine Beute, die bereitwillig in das Versteck eines Raubtiers geht.

„Du machst mich wahnsinnig, Adam." Er fuhr mit seinen Zähnen über meinen Kiefer, und mein ganzer Körper zitterte. „Hast du eine Ahnung, wie sehr ich dich will?"

„Wir hätten früher hier sein können, wenn du nicht in der Küche geholfen hättest."

Er drückte mich noch fester gegen die Wand. „Du hältst dich für witzig. Mal sehen, ob du auch so ein Klugscheißer bist, wenn du nackt mit einem anderen Mann zusammen bist."

„Du sagst das so, als ob ich nicht genau wüsste, mit wem ich nackt sein werde, und das trifft den Nagel auf den Kopf. Ich möchte, dass wir weniger Kleidung tragen. Viel weniger Kleidung."

Rivers Finger verschränkten sich mit meinen, als er mich den Flur hinunterzog. Unsere sockenbestrumpften Füße waren auf dem Hartholzboden glitschig. Ich lachte, als River fast ausrutschte, bevor mir das Gleiche passierte.

Leichtigkeit. Mein ganzes Leben bestand aus Worten, und dieses eine war alles, was ich fühlen konnte. Selbst als ich die Brücke zu meinem neuen Ich überquerte, war ich leicht, und als der Duft seines Eau de Cologne und seiner Körperwäsche meine Sinne überfiel, während er die Tür öffnete, zog sich mein Bauch zusammen und meine Brust weitete sich.

„Wir gehen es langsam an, okay?", sagte er sanft, während er mich an die Bettkante führte.

Ich nickte, und meine Kehle schnürte sich plötzlich zu. Gott, ich wollte das so sehr. Seine Hände auf mir, seinen Mund auf mir. Ich wollte das Gewicht seines Körpers auf dem meinen spüren. Ich wollte alles, aber ich wusste nicht, wie ich darum bitten sollte.

„Ist … ist es möglich, so viel zu fühlen, dass man erstarrt?", fragte ich, als ich meine Stimme wiederfand.

River zog an meinen Händen, um mich aufzufordern, mich zu setzen, und kniete dann zwischen meinen Schenkeln, wobei seine Augen meine nicht verließen. Ich öffnete meine Beine, um ihm entgegenzukommen.

„Ich bin mit dem Konzept sehr vertraut."

Er griff nach dem Saum meines Hemdes und zog es mir über den Kopf. Sein Mund drückte sich mit einem sanften Kuss gegen mein Brustbein. Weitere folgten, als er meine Brust mit Küssen überhäufte und mit jedem eine Spur von Feuer hinterließ.

„Das fühlt sich gut an."

Ich griff nach seinem Hemd und er lehnte sich zurück, um es mir auszuziehen. Mir lief das Wasser im Mund zusammen, als ich seine Brust sah, die Tätowierungen, das Brusthaar, das dunkler war als das Haar auf seinem Kopf.

„Du bist so schön, River. Ich liebe deine Tattoos."

Sein Blick begegnete meinem und er schüttelte den Kopf, als würde er die Worte aus meinem Mund nicht glauben.

Er öffnete seine Jeans und zog sie zusammen mit seiner Unterwäsche herunter. Ich keuchte beim Anblick seines harten Schwanzes. Ich hatte ihn bisher nur durch den Stoff seiner Unterwäsche oder ein Handtuch verdeckt gesehen.

Seine Augen waren voller Verletzlichkeit, als er seine Kleidung wegschob.

Ich öffnete den Reißverschluss meiner Hose und tat dasselbe, bis wir beide nackt waren.

„Rutsch hoch", sagte er. Ich bewegte mich in die Mitte des Bettes. Mein Schwanz zeigte nach oben und ließ keinen Zweifel daran, wohin die Reise gehen würde.

Ich keuchte auf, als River mir in die Mitte des Bettes folgte, meinen Körper mit seinem bedeckte und unsere Schwänze sich berührten.

Sexualität war ein Spektrum. Ich hatte das geglaubt, seit Noah sich vor der Familie als pansexuell geoutet hatte, und jetzt, wo Rivers Schwanz meinen berührte, gab es nicht den geringsten Zweifel daran, dass ich nicht heterosexuell war und es wahrscheinlich auch nie gewesen war.

„Was willst du, dass hier passiert, Adam?"

„Ist das alles zu viel verlangt?"

Er kicherte. „Ich werde deine Erwartungen in den Griff bekommen. Es ist schon lange her, seit ich Sex hatte, bei dem nicht meine Hand im Spiel war. Das könnte peinlich schnell vorbei sein."

„Ich mache mir keine Sorgen um dein Durchhaltevermögen. Es ist deine Refraktärzeit, die ich testen will."

„Abgemacht", meinte er, und in seinen Augen zeigte sich ein Hauch seiner kämpferischen Seite. „Darf ich dir einen blasen?"

„Als ob ich dazu Nein sagen würde."

Sein Mund wanderte tiefer, küsste meinen Hals und

meine Brust, bis ich keuchte und mich im Dunst der Lust verlor, als er mich in seinen Mund nahm.

Es gab keine Erleichterung für mich. Er nahm meinen Schwanz ganz in den Mund, bis er hinten in seiner Kehle ankam. Auf dem Weg nach oben saugte er hart, bevor er es eine Million Mal wiederholte.

„O mein Gott, verdammt, River!", schrie ich, der Sog machte mich verrückt. Jedes Streicheln, jedes Schnippen seiner Zunge, löste mich von innen heraus auf. Ich war so nah dran.

„River", keuchte ich, und in meiner Stimme lag ein Flehen, das ich nicht hätte zurückhalten können, selbst wenn ich es versucht hätte.

„Komm in meinen Mund."

„Bist du sicher?" Ich hatte noch nie eine Freundin gehabt, die das wollte, und ich hatte immer gedacht, dass Sperma nicht besonders gut schmeckte.

„Ich brauche es. Bitte, Adam."

Ich nickte, und er nahm seinen Angriff wieder auf. Mit einer Hand um den Ansatz meines Schwanzes saugte er fester an der Spitze. Meine Ellbogen rutschten auf dem Laken ab und ich fiel auf den Rücken. River hörte nicht auf.

„Ich komme!", schrie ich, als sich mein ganzer Körper verkrampfte und ich wochenlang aufgestautes Verlangen in seine Kehle schüttete.

River saugte an mir, bis nichts mehr übrig war.

Ich griff nach ihm, meine Hände zitterten, als ich versuchte, ein winziges Quäntchen Energie aufzubringen.

Er lag neben mir, sein harter Schwanz drückte gegen meinen Oberschenkel.

„Das war ...", begann er.

„Perfekt, River. Vollkommene Perfektion."

Er legte seine Hand auf meine Brust, über mein schnell schlagendes Herz.

„Lass mich für dich sorgen", sagte ich und schloss die Augen, während ich gegen das Bedürfnis ankämpfte, wegzudämmern. Ich wollte auf keinen Fall ein egoistischer Partner sein. River verdiente mehr als das.

Ich fuhr an seiner Seite entlang, bis meine Hand seinen Schwanz umkreiste. Er war dick und schwer. Er unterschied sich nicht so sehr von meinem, aber er war länger. Ich fragte mich, wie er sich wohl in mir anfühlen würde.

„Ich ficke dich heute Abend nicht", meinte er.

Mein Kinn fiel herunter. „Woher wusstest du, was ich denke?"

Er hob eine Braue. „Ich wusste es nicht, aber ich weiß, dass du dich gern kopfüber in eine Herausforderung stürzt."

Ich schloss meine Hand um seinen Schwanz und drehte ihn mit einer Aufwärtsbewegung.

River keuchte, als ich lachte. „Du hast gesagt, ich soll mich kopfüber reinstürzen?"

Als ich ihn weiter streichelte, stockte ihm der Atem und seine schlanken Muskeln spannten sich an. Ich beschleunigte die Stöße, und er reagierte sofort mit einem scharfen Einatmen, das zu einem Stöhnen wurde. Mit jedem Streicheln lernte ich, was seinen Körper zum Singen brachte, bis er am Rande des Abgrunds stand, gehalten durch den Faden meiner Berührung.

Die Laute von seinen schönen Lippen machten mich wieder hart, also drückte ich mich enger an ihn und nahm unsere beiden Schwänze in die Hand. Ich wusste, dass ich nicht mehr kommen würde, aber ich hoffte, dass die Reibung ihn dazu bringen würde.

„Ich bin so geil auf dich, Adam!", schrie er, als seine Erlösung warm und klebrig meine Finger benetzte.

Danach lagen wir da, die Glieder ineinander verschränkt, Rivers Brust hob und senkte sich gegen meine Seite.

„Du verdammter Mistkerl", sagte er und griff nach

meiner Hand, unsere Finger verschränkten sich wie selbstverständlich.

„Ich nehme an, das war okay.“

„Das war mehr als okay“, flüsterte er, jede Silbe schwer von Bedeutung. „Du hast keine Ahnung, wie erschreckend mehr als okay das für mich war.“

Meine Brust füllte sich mit Stolz und Hoffnung. Wenn es für River mehr als in Ordnung war, dass wir so zusammen waren, dann deshalb, weil wir eine echte Verbindung hatten. Nicht nur eine Verbindung wie bei besten Freunden, sondern eine, wie sie meine Brüder hatten.

Ich versuchte, die Angst in meinem Kopf zu suchen, aber ich musste sie irgendwo außerhalb von Rivers Wohnung verlegt haben, denn ich spürte nur das Gefühl der Richtigkeit.

21

RIVER

ICH STAND REGUNGSLOS IM LAGERRAUM, meine Hand schwebte über einer Kiste mit Zitronen. Ich hatte vergessen, wofür sie waren, als ich alles noch einmal Revue passieren ließ – die Wärme von Adams Berührung, die unerwartete Verbindung zwischen uns, die wie ein Strom führender Draht geflossen war, das gute Gefühl, bei ihm zu sein.

Es war lächerlich, dass Adam, mein Freund aus Kindertagen, derselbe Mann mit diesen stechenden blauen Augen, der nie etwas anderes als brüderliche Zuneigung für mich zu empfinden schien, meine Berührung gesucht hatte, als würde er sich mehr danach sehnen als nach seinem nächsten Atemzug.

Ich konnte immer noch die Rauheit seines Atems auf meiner Haut spüren, jedes geflüsterte Wort, jedes Stöhnen.

Ungläubigkeit beschrieb nicht ganz meinen emotionalen Zustand. Ich hatte schon vor Jahren akzeptiert, dass das, was ich für Adam empfand, mehr als nur Freundschaft war. Ich wusste genau, wann ich aufgehört hatte, Adam als den Jungen aus der Schule mit den blonden, struppigen Haaren zu sehen, und angefangen hatte, ihn als Mann zu sehen. Mir war jede einzelne Kurve seines Körpers aufgefallen, die Art, wie er bestimmte Wörter aussprach, oder wie er roch.

Wir waren vierzehn gewesen, und ich hatte Ja zu dem Kuss gesagt, der mein Schicksal besiegelt hatte.

Aber die Art, wie mein Körper auf seine Berührung reagierte? Ich wollte nicht glauben, wie tief sie ging.

„River?" Die scharfe und ungeduldige Stimme des Kochs durchbrach meine Träumerei. „Wir hätten diese Zitronen vor zehn Minuten gebraucht!"

„Tut mir leid", murmelte ich und schnappte mir schließlich eine Handvoll der Früchte. Ich gab einem vorbeikommenden Kellner die Zitronen und bat ihn, sie zum Koch zu bringen. Wenn mich meine Zeit im Gastgewerbe etwas gelehrt hatte, dann war es, einem mürrischen Koch aus dem Weg zu gehen, und obwohl unserer im Allgemeinen ein toller Kerl war, mochte er es nicht, wenn man ihn warten ließ, obwohl er Arbeit zu erledigen hatte.

Ich schlich mich ungesehen an den Eingang, was ich sofort bedauerte.

Drews komplizierte Bewegungen mit dem Cocktailglas verbargen, wie gut er in der Lage war, soziale Signale aufzufangen, weshalb ich versucht hatte, ihn zu meiden, seit er heute seine Schicht begonnen hatte. Aber ich wusste, dass es nur eine Frage der Zeit war, bis er mir eine Falle stellte.

„Hey", sagte Drew, seine Stimme war so leise, dass sie nicht zu hören war, „alles in Ordnung mit dir heute Abend?"

Ich nickte und zwang meinen Blick zu den fröhlichen Gästen im Restaurant. „Ja, nur müde, das ist alles."

„Aha", erwiderte Drew, offensichtlich nicht überzeugt, aber er respektierte die Grenze. „Die Planung der Spendenaktion läuft auf Hochtouren", fügte er hinzu. „West hat einen Lauf."

„Wirklich? Das ist ja großartig. Sagt ihr mir, wenn ihr Hilfe braucht?"

Er warf mir einen *prüfenden* Blick zu, bevor sich seine Lippen zu einem Lächeln verzogen. „Du hast Besuch.“

Ich schaute zur Tür des Restaurants, mein Atem stockte.

„Du bist also *einfach nur* müde, hm?“, murmelte Drew, bevor Adam uns erreichte, ein zögerndes Lächeln auf den Lippen.

„Hey, ich dachte, ich hole mir etwas zu essen“, sagte Adam und steckte die Hände in die Taschen seiner Jeans. „Mir war nicht nach kochen zumute.“

„Klar“, atmete ich aus. „Du hättest anrufen können. Du weißt, dass wir liefern.“

„Manchmal“, begann er und trat näher an den Tresen heran, wo ich wie erstarrt stand, „weiß man nicht, was man will, bis man es sieht.“

Ich musste mir auf die Zunge beißen, um nicht zu reagieren und mich zu verraten. Drew war extrem gut darin, so zu tun, als würde er etwas anderes erledigen, während seine ganze Aufmerksamkeit auf etwas gerichtet war, das nur wenige Meter entfernt geschah. Der Mann war der Velociraptor unter den Barkeepern.

„Und worauf hast du Lust?“, schaffte ich es zu sagen, meine Stimme war ruhiger, als ich mich fühlte.

„Kann ich das Steak des Hauses haben? Ich bin in der Stimmung für gutes Fleisch.“

Drew schnaubte, also nahm ich Adam an der Hand und führte ihn in mein Büro.

„Steak ist nicht die Art von Essen, die du dir liefern lässt“, sagte ich, als die Tür hinter uns zufiel. „Wenn man ein Steakkenner ist, natürlich.“

Adam lehnte sich gegen meinen massiven Eichenschreibtisch, seine blauen Augen hatten etwas Dunkles, das mir einen Schauer über den Rücken jagte und meine Unterwäsche viel zu eng werden ließ.

„River", flüsterte er mit tiefer und sicherer Stimme und zog mich in seinen Bann.

„Adam", begann ich, während ich einen Schritt vorwärtsging und die Lücke mit einer Entschlossenheit schloss, von der ich nicht wusste, dass ich sie besaß. Ich kam nahe genug heran, dass ich seine Körperpflege riechen konnte. Oder, genauer gesagt, *meine*. Der Wichser war zu Hause gewesen und hatte wieder mit meinem Duschgel geduscht.

Unsere Lippen trafen sich, der Kuss war eine unausweichliche Explosion, von der ich zu glauben begann, dass sie das Ergebnis dieses ständigen Funkens zwischen uns war.

Die Hände wanderten umher und erkundeten das nun vertraute Terrain. Die Kleidung war im Weg, aber ich war noch nicht so weit, dass ich mich nicht mehr beherrschen konnte. Es gab Grenzen, die wir nicht überschreiten konnten.

„Gott, River", murmelte Adam gegen meine Haut, „du machst mich verrückt …"

„Und ich bin verrückt nach dir", gestand ich, und mein Atem ging stoßweise, als Adams Mund die empfindliche Stelle direkt unter meinem Ohr fand.

Widerstrebend zog ich mich zurück. Je länger wir hier blieben, desto wahrscheinlicher wurde es, dass uns jemand erwischte.

„Ich werde heute Abend auf dich warten", sagte er und sein Blick suchte meinen.

„Heute Abend?"

„Ja", antwortete er und ein Lächeln umspielte seine Lippen. „Wenn du hier fertig bist, komm nach Hause. Ich werde auf dich warten."

„Okay." Ich streichelte sein Gesicht und lächelte, als er seine Augen schloss und sich in meine Berührung lehnte.

„Ich bereite deine Bestellung vor. Was möchtest du wirklich essen?"

„Ich habe schon gegessen", antwortete er lässig.

Ich schüttelte den Kopf. „Du bist raffiniert."

„Aber ich musste dich küssen", sagte er und hielt meinen Blick einen Moment länger als nötig fest. „Sehen wir uns später?"

„Später." Ich lehnte mich gegen den Schreibtisch und sah zu, wie er mein Büro verließ. Ich brauchte ein paar Minuten mehr, um mich zusammenzureißen.

Drew warf mir einen wissenden Blick zu, schüttelte leicht den Kopf und widmete sich wieder seinen Aufgaben, als ich später an der Bar vorbeikam. Ich ignorierte ihn. Eines Tages würde er seine eigene Medizin zu schmecken bekommen, denn ich war mir absolut sicher, dass es nur eine Frage der Zeit war, bis der Damm brach und Drews und Wests Gefühle füreinander zum Vorschein kamen.

Den Rest der Nacht verbrachte ich damit, zu helfen und mit den Kunden zu sprechen. Trotz der langen Arbeitszeiten liebte ich meinen Job wirklich, und der ständige Strom von Laufkundschaft und Buchungen war die perfekte Ablenkung von den Gedanken an Adam, der zu Hause auf mich wartete.

Er las oft bis spät in die Nacht hinein, obwohl ich noch nie gesehen hatte, dass das Licht in seinem Schlafzimmer brannte, wenn ich nach Schließung des Restaurants nach Hause kam, also fragte ich mich, ob das heute anders sein würde.

Sobald ich den schwach beleuchteten Flur meiner Wohnung betrat, sank mein Magen ein wenig. Es war kurz vor ein Uhr nachts, also sollte es mich nicht überraschen, dass meine Wohnung so ruhig war wie sonst um diese Zeit.

Im Wohnzimmer fiel das Mondlicht durch die Jalousien und warf lange Schatten auf die Möbel. Keine Anzeichen für einen Adam, der bis spät in die Nacht auf der Couch gelesen hatte und dann eingeschlafen war.

Ich ging den kleinen Flur entlang. Seine Schlafzimmertür

war geschlossen. Ich sollte nicht enttäuscht sein, aber es war ein Zeichen dafür, dass ich Adam bereits erlaubt hatte, sich zu tief in mein Herz zu graben. Ich konnte mich des Gefühls nicht erwehren.

Ich umging mein Zimmer, ging direkt ins Bad und duschte schnell, um mich bettfertig zu machen. Ich hatte mir nie Sorgen darüber gemacht, dass ich mich spätnachts noch in meiner Wohnung bewegen würde, aber seit Adam eingezogen war, hatte ich mehr auf den Lärm geachtet, weil das Badezimmer direkt seinem Schlafzimmer gegenüber lag.

Aber als ich über die Schwelle meines Schlafzimmers trat, lag Adam auf meinem Bett, mit einem friedlichen Gesichtsausdruck, der seine Züge beruhigte.

Er musste während des Wartens eingedöst sein.

Ich lehnte mich mit verschränkten Armen gegen den Türrahmen und betrachtete die Szene, die ich mir so oft vorgestellt, aber nie für möglich gehalten hatte. Adams Brust hob und senkte sich mit dem langsamen Rhythmus des Tiefschlafs, seine Atemzüge flüsterten leise in dem abgedunkelten Raum.

Dort, wo seine Hand vom Bett hing, lag ein Buch auf dem Boden.

Mit vorsichtigen Bewegungen setzte ich mich auf den Rand des Bettes, wobei die Matratze unter meinem Gewicht leicht nachgab. Adam rührte sich und ein leiser Seufzer entrang ihm, aber er wachte nicht auf.

Ich schlüpfte unter die Decke und ließ eine Lücke zwischen uns. Im selben Bett zu schlafen war noch gefährlicher als Küssen oder Sex, aber nachdem ich einen kleinen Vorgeschmack auf Adam bekommen hatte, konnte ich mich nicht davon abhalten, alles zu wollen.

Ich schob mich ein wenig vor und überbrückte so die Lücke zwischen uns. Gleichzeitig bewegte sich Adam im Schlaf, als ob er wusste, dass ich da war. Sein Rücken schmiegte sich an meine Brust, also legte ich meinen Arm um ihn und zog ihn noch näher zu mir.

Ich schloss die Augen und atmete den vertrauten Duft ein, der Adam anhaftete, bevor ich ihm einen sanften Kuss auf den Nacken gab.

Als der Schlaf mich einholte, erlaubte ich mir, mir vorzustellen, dass dies meine neue Zukunft war. Adam und ich teilten uns ein Bett und wachten jeden Morgen mit dem anderen auf.

22

ADAM

ICH HIELT eine Schachtel Kleenex wie eine Rettungsinsel fest und lag ausgestreckt unter einem Gewirr von Decken, wobei ich mich in jeder Hinsicht als erbärmlicher Anblick fühlte. Das Kitzeln in meinem Hals erinnerte mich ständig an die leichte Erkältung, die sich in meinen Nebenhöhlen eingenistet hatte, ohne dass ich das gebraucht hätte.

Ich hörte, wie sich die Tür öffnete und mit dem vertrauten Geräusch von Rivers Rückkehr schloss. Ich wollte ihn an der Tür begrüßen, ihn hereinziehen, ihn gegen die Wand drücken und ihn besinnungslos küssen. Stattdessen war ich ein matschiges Gemüse ohne Energie.

„Hey!", rief River, als er das Wohnzimmer betrat, und in seiner Stimme schwang ein Hauch von Sorge mit. Seine Augen fanden mich auf der Couch, und ein Ausdruck von ironischem Mitleid überzog sein Gesicht.

„Hey", brachte ich hervor, wobei meine Worte durch die Verstopfung gedämpft wurden. „Tut mir leid wegen der Biogefahrenzone."

River kicherte und setzte sich auf den Rand der Couch.

„Sieht nicht so aus, als hättest du Fieber", bemerkte er

und drückte seinen Handrücken gegen meine Stirn. „Wahrscheinlich nur eine vierundzwanzigstündige Sache."

„Danke, Dr. Hartley", scherzte ich schwach und war dankbar dafür, dass er nicht zögerte, selbst angesichts meines verkeimten Zustands.

„Ich bin immer für dich da, Adam", erwiderte er, wobei sein sanfter Tonfall von Aufrichtigkeit geprägt war.

Ich bewegte mich leicht und versuchte, eine bequemere Position zu finden, ohne die Wärme zu verlieren, die River in den Raum brachte. Der vertraute Duft vom Lusitana haftete an ihm – eine Mischung aus Gewürzen und Behaglichkeit, die für mich zu einem Zeichen von Heimat geworden war.

„Stört es dich, wenn ich mich zu deiner Krankenstation begebe?", fragte er und rutschte bereits näher, bis sein Schenkel beruhigend gegen meinen drückte.

„Deine Beerdigung", stichelte ich, obwohl die Zärtlichkeit in meiner Stimme meine wahren Gefühle verriet. Rivers Bereitschaft, mit mir den rotzigen Gräben zu trotzen, war nur ein weiterer Beweis dafür, wie viel er für mich empfand.

Er ließ sich neben mir nieder und achtete darauf, mich nicht zu sehr anzurempeln, während er einen Arm um meine Schultern legte. „Ich lasse es darauf ankommen."

Schweigend ließen wir uns in die Kissen sinken, während das Brummen der Außenwelt verstummte. Es waren diese Momente – ruhig, unaufdringlich –, in denen ich mich fragte, wie tief meine Gefühle für River waren.

„Danke, dass du hier bist", flüsterte ich nach einer Weile.

„Ich würde nirgendwo anders sein wollen", murmelte River, während seine Fingerspitzen abwesend Muster auf der Decke nachzeichneten, die uns beide zudeckte.

„Lass uns bei dem Thailänder, den du so magst, etwas zu essen bestellen. Was klingt gut?", fragte River, und seine Stimme war ein Balsam auf den Lärm des Schnupfens und Hustens, der seit dem Morgen meine Symphonie war.

„Pad See Ew", krächzte ich, und der bloße Gedanke an dicke Nudeln und pikante Soße ließ mich das unerbittliche Kitzeln in meinem Hals vergessen. „Und wir brauchen Tom Kha Gai. Die Magie von Tom Kha Gai könnte diese Erkältung wahrscheinlich heilen."

„Ah, die heilenden Kräfte der Kokosnusssuppe", kicherte River, während seine Daumen geschickt über den Bildschirm seines Handys fuhren, während er die Bestellung aufgab. „Ich hätte mir denken können, dass du dich für das Wohlfühlessen entscheidest."

„Weißt du noch, wie du das Curry des bösen Dschungelprinzen probiert hast?" Ich scherzte, und ein Lächeln umspielte meine Lippen trotz der anhaltenden Verstopfung in meinem Kopf. „Dein Gesicht passte zu deinem Hemd. Ich war mir nicht sicher, ob es ein modisches Statement oder ein Hilferuf war."

River lachte laut und warm. „Das war nichts im Vergleich zu deinem kulinarischen Meisterwerk während der Abschlusswoche. Die *Spaghetti à la Adam* – perfekt gebraten."

„Hey, das war Kunst. Abstrakte Küche." Meine Verteidigung war halbherzig, aber die Erinnerung löste eine Erleichterung in meiner Brust aus.

„Also gut, das Essen ist bestellt", sagte er und legte sein Handy beiseite. „Jetzt müssen wir nur noch darauf warten, dass die Zaubersuppe ihre Wunder wirkt."

„Danke", flüsterte ich, wobei sich Dankbarkeit mit tausend anderen unausgesprochenen Gefühlen vermischte.

„Jederzeit."

Ich ertappte mich dabei, wie ich ihn länger als nötig anstarrte und mich in der Art und Weise verlor, wie sein Lachen die Falten um seine Augen milderte.

„River", begann ich, meine Stimme war kaum höher als ein Flüstern. Die Worte purzelten heraus, bevor ich sie stoppen konnte. „Ich möchte dich jetzt so gern küssen, aber ich kann nicht einmal durch meine Nase atmen."

Sein Gesichtsausdruck veränderte sich, ein verspieltes Grinsen wich einem zärtlicheren, vorsichtigeren Ausdruck. „Ich möchte lieber keimfrei bleiben, danke." Er zwinkerte mir zu, aber in seiner Stimme lag ein Zögern, das mich wissen ließ, dass mein Geständnis nicht auf taube Ohren gestoßen war.

„Tut mir leid", murmelte ich und wandte den Blick ab. „Die Medikamente sprechen aus mir."

„Du brauchst dich nicht zu entschuldigen", sagte River mit tiefer, ernster Stimme. „Es liegt nicht an den Erkältungsmedikamenten, Adam. Es geht um uns. Diese Sache zwischen uns."

Mein Herz setzte einen Schlag aus, und mein Blick fiel wieder auf ihn. „Sache?"

„Was auch immer es ist", sagte er und zuckte leicht mit den Schultern, aber sein Blick hielt meinen mit einer Intensität fest, die mir Schauer über den Rücken jagte.

„Ist es seltsam?", fragte ich, während meine Unsicherheit an die Oberfläche kroch.

„Nichts daran ist seltsam", beruhigte mich River, seine Hand fand meine unter der Decke und drückte sie sanft. „Es ist nur … Neuland. Für uns beide."

„Neuland."

„Genau", meinte er, wobei sich seine Mundwinkel zu einem halben Lächeln hoben, das mein Herz höher schlagen ließ. „Und ich denke, es lohnt sich, es zu erkunden."

„Sogar mit meinen Bazillen?", stichelte ich und versuchte, die Stimmung aufzulockern.

„Sogar mit deinen Bazillen", bestätigte er und strich mit dem Daumen über meinen Handrücken in einer Geste, die sich wie ein Versprechen anfühlte.

„Gut", sagte ich und spürte, wie sich eine Entschlossenheit in mir breit machte. „Denn sobald es mir besser geht, habe ich vor, dich beim Wort zu nehmen."

Rivers Lächeln wurde breiter, und er lehnte sich gegen die Couch und zog mich mit sich. „Ich werde dich beim Wort nehmen."

Ich fand Trost in dem Gewicht seines Arms um meine Schultern, in den stummen Gesprächen, die wir mit unseren Augen führten, und in der unbestreitbaren Wahrheit, dass wir am Rande von etwas Schönem standen.

Das Läuten der Türklingel durchbrach die angenehme Stille, und River war auf den Beinen, bevor mein Gehirn das Geräusch als Ankunft unseres thailändischen Festmahls registrieren konnte. Er kam mit Tüten zurück, die den Raum mit dem reichen, verlockenden Duft von Gewürzen und Kräutern erfüllten. Mein Magen knurrte in Erwartung und hallte lauter als mein Schnupfen.

„Hier ist es, mein lieber Patient", verkündete River und stellte die Tüten auf dem Couchtisch ab. „Weide deine Augen und deine Geschmacksknospen an dem hier."

„Gott, das sieht fantastisch aus", brachte ich zwischen Husten hervor und setzte mich auf, um ihm beim Auspacken der Behälter mit den köstlichen Speisen zu helfen. Die dampfende Wärme, die von den Gerichten ausging, wirkte fast wie ein Heilmittel, und ich atmete sie ein, in der Hoffnung, dass meine Verstopfung für einen Moment verschwinden würde.

Als das Essen fertig war, durchstöberte River den Streaming-Dienst nach einem Film und entschied sich für eine romantische Komödie mit zwei männlichen Hauptdarstellern.

„Perfekte Wahl", stimmte ich zu, wobei meine Stimme rauer klang, als mir lieb war.

„Dachte mir, dass du das sagst."

Während die Charaktere über den Bildschirm huschten, ertappte ich mich dabei, wie ich River beobachtete, wie sich seine Lippen bei einem Witz bewegten, während er das köstliche Essen kaute, oder wie er sein Essen in der Luft anhielt, weil sich die Hauptfiguren fast küssten.

Ich konnte mein Essen nicht ganz aufessen, aber ich fühlte mich schon viel besser, weil ich etwas gegessen hatte.

Als er fertig war, nahm River wieder seinen Platz auf der Couch hinter mir ein. Ich schloss meine Augen und genoss das Gefühl seiner Arme um mich herum und die Wärme der Decke. Wenn ich nicht aufpasste, schlief ich noch auf ihm ein.

„Weißt du, wenn ich eine Superkraft hätte", sagte er, sein Atem flüsterte warm gegen mein Ohr, „dann wäre es die, dass ich Kleider selbst falten könnte."

„Denn das ist es, was die Welt braucht", erwiderte ich und unterdrückte ein Gähnen, „einen Superhelden, der sich mit Wäsche beschäftigt."

„Hey, mach dich nicht über die kleinen Annehmlichkeiten lustig", schoss er zurück, sein Tonfall war entrüstet. „Als Nächstes erzählst du mir, du würdest keine Macht wollen, um nie wieder deine Schlüssel zu verlieren."

„Touché."

Rivers Hand fand meine, unsere Finger verschränkten sich ganz natürlich.

„Manchmal denke ich ..." Seine Stimme verstummte, zögernd.

„Was?", fragte ich und drehte meinen Kopf leicht, um ihn anzuschauen. Seine Augen waren in dem schwachen Licht sanft grün, spiegelnde Becken, die ganze Galaxien zu enthalten schienen.

„Ist doch egal. Es ist nichts." Sein Blick senkte sich und konzentrierte sich auf die Stelle, an der unsere Hände verbunden waren.

„Sag es mir", drängte ich sanft und drückte seine Hand. „Bitte."

Er seufzte, ein Laut, der von lebenslanger Sehnsucht und Zurückhaltung erfüllt war. „Ich … ich schätze das hier. Uns. Das habe ich immer getan."

„Ich auch, River." Das Geständnis fiel mir leicht, denn es war die reinste Wahrheit, die ich kannte. In all meinen früheren Beziehungen hatte ich noch nie so viel Frieden empfunden wie mit ihm, noch nie eine so harmonische Vermischung der Seelen erlebt.

„Was auch immer passiert", begann er, seine Stimme durchdrang die Stille, „ich möchte, dass du weißt, dass das, was wir haben, was auch immer es ist, mir alles bedeutet."

„River, ich …" Die Emotionen schwollen in meiner Kehle an und erschwerten mir die Worte. „Es bedeutet mir auch alles. Mehr als ich je gedacht habe."

23

———

RIVER

Während ich da lag und das Morgenlicht durch die teilweise geöffneten Vorhänge fiel, beobachtete ich Adam beim Atmen. Es lag etwas Heiliges in der Stille, jemanden beim Schlafen zu beobachten, etwas Intimes und Seltenes. Ich ließ es zu, dass ich mich darin verlor – sein Brustkorb hob und senkte sich in einem Rhythmus, der mein besorgtes Herz beruhigte.

Ich erinnerte mich an die Panik, die mich vor Tagen ergriffen hatte, als sein Fieber in die Höhe geschossen war. Vierundzwanzig-Stunden-Ding, von wegen. Aber jetzt glätteten sich die Sorgenfalten, die sich auf meiner Stirn gebildet hatten, als ich keine Spur von Krankheit auf seinem heiteren Gesicht sah. Seine Haut war frei von dieser unnatürlichen Hitze, seine Atemzüge tief und gleichmäßig.

Er schien so friedlich zu sein. Eine verirrte Strähne seines dunkelblonden Haars fiel ihm in die Stirn, und ich widerstand dem Drang, sie zur Seite zu streichen, um die Wärme seiner Haut unter meinen Fingerspitzen zu spüren.

Ich stützte mich auf einen Ellbogen und achtete darauf, das Bett nicht zu verrücken, aber das Vibrieren meines

Handys durchbrach die Stille im Raum. *Mom* blinkte auf dem Display auf und erinnerte mich daran, dass ich sie nicht angerufen hatte, wie ich es mir versprochen hatte.

„Tut mir leid", flüsterte ich, sowohl zu Adam als auch zu mir selbst, bevor ich auf das Display tippte und das Handy an mein Ohr hielt.

„Morgen, Mom", sagte ich mit gedämpfter Stimme.

Sie begann mit ihren üblichen Erkundigungen, und ich war gefangen zwischen dem Wunsch, alles mitzuteilen, und der Angst, zu viel zu sagen. Während ich sprach, verweilte mein Blick auf Adam, saugte seinen Anblick und die Realität in sich auf.

„Es ist alles in Ordnung", versicherte ich ihr, und in gewisser Weise stimmte das auch. Adams Genesung war eine Erleichterung, die sich warm in meiner Brust niederließ.

„River, bist du sicher?", drängte sie, ihre mütterlichen Instinkte waren auf die Nuancen in meiner Stimme abgestimmt.

„Positiv", antwortete ich. „Was ist mit dir?"

„Es war großartig hier, aber ich werde kribbelig und habe Heimweh. Ich glaube, ich werde meinen Vertrag hier beenden und nach Hause kommen. Mein alter Chef hat mich gedrängt, ins Krankenhaus zurückzukehren."

Ich lächelte breit, als ob sie mich sehen könnte. „Ist das dein Ernst, Mom?"

„Ja. Du fehlst mir auch sehr. Die Arbeit im Ausland war etwas, das ich tun musste, weißt du? Aber es ist Zeit, nach Hause zu kommen."

„Ich verstehe das, Mom. Du musstest mal etwas anderes erleben, als eine alleinerziehende Mutter zu sein."

Sie gluckste. „Du warst ein gutes Kind, aber ja, der Tod deines Dads in so jungen Jahren hat unsere Pläne als Familie verändert. Wir konnten dir nie ein Geschwisterchen schenken."

Ihre Stimme war angespannt, wie immer, wenn sie meinen Vater erwähnte.

„Ich habe meine Bonusfamilie, Mom. Du weißt, ich habe es nie vermisst, keine Geschwister zu haben. Adam, Lex und Noah haben das mehr als wettgemacht", lachte ich.

„Apropos, wie geht es ihm?"

Ich seufzte. Meine Mutter mit ihrem unendlichen Mutterinstinkt, oder vielleicht lag es daran, dass sie Krankenschwester war und Mist schon von weitem riechen konnte, hatte gewusst, dass ich in Adam verknallt war, seit ich sechzehn war. Sie war in den Beschützer-Bär-Mutter-Modus übergegangen, weil es damals keine Anzeichen dafür gab, dass Adam etwas anderes als heterosexuell war, und sie wollte nicht, dass mir das Herz gebrochen wurde.

Doch da war es schon zu spät. Der Kuss war geschehen, und mein Schicksal war besiegelt. Nicht, dass ich das zu dem Zeitpunkt gewusst hätte. Meine Demisexualität wurde mir erst bewusst, als ich auf dem College war und mehr über queere Identitäten erfuhr.

„Er ist ... okay. Er bleibt hier, bis er wieder auf den Beinen ist."

„River ..."

„Mach dir keine Sorgen, Mom. Mir geht es gut."

Adam rührte sich, und dann flatterten seine Augen auf. Als er mich sah, lächelte er und streckte die Hand nach mir aus.

Ja, mir ging es mehr als gut.

„Hör zu, Mom, ich muss mich für die Arbeit fertig machen."

„Okay, Schatz. Pass auf dich auf."

„Du auch, Mom. Und ich will bald mehr über deine Pläne hören."

„Klar doch."

Ich legte das Handy weg und drehte mich wieder zu Adam um.

„Morgen, Schlafmütze." Ich strich ihm das wirre Haar aus der Stirn.

„Morgen. Habe ich mich letzte Nacht viel bewegt?", fragte er.

„Nein. Du hast geschlafen wie ein Baby." Ich gab ihm einen sanften Kuss auf die Lippen. „Aber du hast geschnarcht wie ein Laster."

„Habe ich nicht!"

Ich lachte über seine Enttäuschung. „Du hast recht, das hast du nicht. Es war eher wie eine kleine Lokomotive. Einen Moment lang dachte ich, ich müsste die Verkehrsbehörde anrufen und um ein Fehlergutachten bitten."

Ich lachte immer noch, als ich mich plötzlich unter Adam wiederfand, die Hände über dem Kopf gefesselt.

„Wie ich sehe, bist du wieder zu Kräften gekommen."

„Ich hatte eine gute Krankenschwester."

Er fuhr mit seiner Nase über die Seite meines Gesichts und saugte dann an meiner Haut, bis ich wusste, dass es später einen Abdruck geben würde. Mein Schwanz wurde sofort hart.

„Fühlt sich an, als wäre meine Krankenschwester bereit für die Morgenrunde."

Ich knurrte, hielt seine Hände fest und hob meinen Kopf, um ihn zu küssen. Er erwiderte meine Lippen mit dem üblichen Verlangen. Adam gab immer alles bei einem Kuss. Er war weit entfernt von dem unerfahrenen Kuss, den wir mit vierzehn geteilt hatten.

Adams Zunge liebkoste meine, während er sich dem Kuss hingab. Seine Hüften leisteten ganze Arbeit an meinem armen steinharten Schwanz.

„Hmm, Adam …"

„Ich habe dich vermisst", sagte er auf meinen Lippen und gab mir keine Gelegenheit, die Worte zu erwidern. Ich würde es ihm stattdessen zeigen müssen.

Ich ließ seine Hände los und drehte uns um, bis ich oben lag.

„Weißt du, wie viel Uhr es ist, Adam?", fragte ich, während er meinen Lippen nachspürte.

„Ist mir egal."

Ich gluckste.

„Dann werde ich es dir sagen. Es ist Zeit, dass du dich entscheidest, ob du wieder zur Arbeit gehst oder noch einen Tag im Bett bleibst."

Er stöhnte auf. „Ich kann nicht noch einen Tag zu Hause bleiben. Ich würde verrückt werden."

„Außerdem hast du schon alle Episoden von *Golden Girls* gesehen."

„Jep."

„Okay, dann lass uns duschen gehen, denn ich habe heute noch ein paar Meetings."

Ich lachte, als er schmollte. „Aber, River …" Er neigte seine Hüften gegen meine, als ob ich seine Erektion nicht schon spüren könnte.

„Ja, Adam?" Ich stand vom Bett auf, und er folgte mir, als ich rückwärts aus dem Schlafzimmer und ins Bad ging.

„Darf ich dir einen runterholen?", fragte er.

Ich schüttelte den Kopf.

„Blowjob?"

Ich schüttelte wieder den Kopf und drehte das Wasser auf. Als es die richtige Temperatur erreicht hatte, zog ich ihn mit mir hinein. Seine Augen leuchteten wie zwei blaue Murmeln, als ich ihn an die Wand drückte.

„Ich werde dir einen blasen, bis du kommst, weil du so ein guter Patient warst, und dann nimmst du meinen

Schwanz in die Hand und streichelst ihn, bis ich deinen Körper mit meinem Sperma bespritze."

„Scheiße …"

„Ich bin noch nicht fertig. Und wenn wir beide schön sauber sind, werde ich dir Frühstück machen. Du wirst alles aufessen, denn obwohl du denkst, dass es dir gut genug geht, um zur Arbeit zu gehen, weiß ich, dass du wahrscheinlich versuchen wirst, alles an einem Tag aufzuholen, und du wirst vergessen zu essen."

Er schloss die Augen und biss sich auf die Unterlippe. „Ich bin mir nicht sicher, was davon meinen Schwanz härter macht."

Ich ging auf die Knie und lutschte seinen Schwanz, bis er mir die Kehle hinunterlief.

Die Zeit, die er brauchte, um sich von seinem Orgasmus zu erholen, war ein Beweis dafür, dass er immer noch nicht ganz erholt war, und obwohl er mich streichelte, bis ich über ihn kam, war ich froh, dass er einverstanden war, lange genug zu Hause zu bleiben, um zu frühstücken.

„Hey", sagte er, als ich die Haustür öffnete, als wir beide zur Arbeit fuhren. „Danke, dass du dich um mich gekümmert hast."

„Du hast mir schon unter der Dusche gedankt." Ich blinzelte.

„Du weißt, was ich meine."

Ich zog ihn an der Vorderseite seines Mantels, bis er nahe genug war, dass ich meine Arme um seine Taille legen konnte. Ich streichelte seine Wange und sagte: „Ich schließe die nächsten paar Nächte."

Er nickte.

„Wirst du in meinem Bett sein, wenn ich nach Hause komme?"

Sein Lächeln und die Art, wie er mein Gesicht ergriff,

um mich zu küssen, waren die einzige Bestätigung, die ich brauchte.

Vielleicht auch die Bestätigung, dass Adam genauso tief drin steckte, wie ich es bereits tat.

24

ADAM

Ich stand über meinem Schreibtisch, Dutzende von Haftnotizen mit gekritzelten Wörtern bildeten eine Wortwolke aus Emotionen, Texturen und visuellen Hinweisen.

Meine Brainstorming-Strategie hatte sich seit dem College bis heute bewährt. Ich schritt durch den Raum, schrieb Wörter auf, hörte eine der vielen Playlists, die River im Laufe der Jahre für mich erstellt hatte, und ließ meine Kreativität den Rest erledigen.

Vielleicht war ich wieder erkältet oder so, denn ich konnte mich einfach nicht konzentrieren. Ich schaute auf die Uhr, und eine leichte Panik überkam mich, als mir klar wurde, dass ich mir vor meinem Treffen mit Lex und Noah in ein paar Stunden noch drei Textoptionen für die Kampagne ausdenken musste, die wir für eine lokale Modemarke entwickelten.

Lex hatte sein Ding durchgezogen und den perfekten Entwurf vorgelegt. Jetzt war ich an der Reihe.

Vielleicht könnte ich es mit dem Team besprechen. Normalerweise arbeiteten wir zusammen, aber es gab auch ein paar Gelegenheiten, bei denen Kunden direkt mit Lex und mir arbeiten wollten.

Unser Team hatte genug zu tun, und es machte Spaß, mit Lex zusammenzuarbeiten, um etwas wirklich Besonderes für unsere Kunden zu schaffen. Es war wie eine Rückkehr zu den Anfängen, als es außer uns und Noah niemanden gab und wir alle in einem winzigen Gemeinschaftsbüro arbeiteten.

„Hey." Lex' Stimme durchbrach meine Ablenkung, als er mein Büro betrat. „Du starrst schon seit Ewigkeiten auf diesen Schreibtisch. Ist alles in Ordnung?"

„Muss schön sein, die Zeit zu haben, quer durch den Raum in mein Büro zu starren, um etwas zu tun."

Er setzte sich auf die kleine Ledercouch, die ich mir gekauft hatte, damit ich nicht immer am Schreibtisch arbeiten musste.

„Was soll ich sagen? Dich anzustarren ist nur eine Erinnerung daran, wie schön ich bin."

„Ich hätte nicht gedacht, dass du Probleme mit deinem Selbstbewusstsein hast. Nicht, wenn Emery nicht aufhört, dich anzustarren, als hättest du die Sterne an den Himmel gesetzt und einen Schalter umgelegt, um den Mond einzuschalten."

Lex lächelte, sein Gesichtsausdruck wurde weicher wie jedes Mal, wenn Emery im Gespräch auftauchte. Er musterte mich einen Moment länger als nötig und fragte dann: „Bist du okay, Mann?"

„Ja, mir gehts gut." Die Lüge schmeckte bitter auf meiner Zunge, aber ich war noch nicht bereit, den Wirrwarr meiner Gefühle auszupacken – nicht einmal vor Lex, der mich besser kannte als jeder andere. „Ich … versuche nur, diese Kopie unter Dach und Fach zu bringen. Das macht mir schwer zu schaffen."

„In Ordnung", sagte Lex, obwohl in seinen Augen unausgesprochene Fragen lagen. „Wenn du das sagst. Aber denk dran, ich bin da, wenn du reden willst."

„Ich weiß." Ich brachte ein schwaches Lächeln zustande.

Ein Zwilling zu sein, war das Beste überhaupt. Das Band, das ich mit Lex teilte, war unzerbrechlich und besonders. Aber ich hatte Lex nicht geglaubt, als er sagte, dass er Emery nach einem Jahr Trennung wiedergetroffen hatte und Emery einen Unfall gehabt und sein Gedächtnis verloren hatte.

Als die Reaktion meines Bruders auf meine Verlobung zwischen lauwarm und feindselig gewesen war, hatte ich nicht bedacht, dass sie vielleicht etwas in Victoria sahen, das mir entgangen war oder das ich nicht sehen wollte.

Wie konnte ich also mir selbst und den neu aufkeimenden Gefühlen für River vertrauen, aber gleichzeitig das Chaos in meinem Kopf erklären?

Wie sollte ich Lex erklären, dass sich jeder Moment, den ich in letzter Zeit mit River verbrachte, wie der Eintritt in eine neue Welt anfühlte, in der die Scheuklappen abgenommen worden waren und ich plötzlich alles in hellen Farben sah? Wie sehr ich mich nach seiner Gesellschaft sehnte, nach seinen Berührungen, und dass ich mich, wenn ich neben ihm saß und einen Film ansah, so viel glücklicher fühlte, als ich es jemals mit der Frau gewesen war, die ich genug geliebt hatte, um sie zu heiraten?

Wie war es möglich, dass ich einst so sicher gewesen war, Victoria zu heiraten, und nun alles infrage stellte?

Wenn ich an River dachte, verschlug es mir den Atem, mein Herz schlug schneller, ich sehnte mich nach seinem Geruch, seinem Lächeln, sogar nach seinem Lachen.

War das die Form der Liebe? Oder nur Lust, die sich in den Glanz der Neuheit hüllte?

„Adam, ich habe gerade gesehen, wie du fünfhundert verschiedene Stimmungen durchlebst, und du hast vergessen, dass ich noch hier bin. Willst du nicht aufhören, mich zu verarschen? Vergiss nicht, dass ich ein ganzes Jahr lang der Meister des 'Es geht mir gut' war."

„Ich – ich weiß nicht, was du von mir hören willst."

Er lehnte sich auf der Couch nach vorn und stützte die Ellbogen auf seine Knie. „Ich will nicht, dass du mir sagst, was du denkst, dass ich hören will."

Ich atmete langsam aus. „Ich wünschte nur, alle würden aufhören zu fragen, ob es mir gut geht", gab ich zu und wandte meinen Blick von seinen forschenden Augen ab. „Es ist, als wäre ich zum Familienprojekt geworden."

Lex verschränkte die Arme, ein wissendes Lächeln umspielte seine Mundwinkel. „Vielleicht höre ich auf zu fragen, wenn ich sehe, dass du dich so verhältst wie früher – voller Leben und weniger … grüblerisch."

Ich wollte ihm widersprechen, ihm sagen, dass ich derselbe alte Adam war, aber die Worte wollten nicht herauskommen. Wahrscheinlich, weil ich nicht mehr derselbe alte Adam war. Ich hatte mich verändert, und ich verstand es noch nicht ganz, wie sollte ich es also einem anderen erklären?

„Geht es um Victoria?" Lex' Stimme wurde leiser, die Erwähnung ihres Namens war wie ein Messer, das sich in meinem Bauch festsetzte.

„Nein, sie hat sich nicht gemeldet. Sie ist immer noch weg. Und da ich nicht mehr in der Wohnung bin, weiß ich auch nicht, ob sie zurück ist."

„Wie ist es, wieder mit River zusammenzuleben?" Es war eine scheinbar unschuldige Frage, aber Lex war viel zu scharfsinnig, besonders wenn es um mich ging.

„River ist … Es ist gut", begann ich, doch die Worte stockten, als sie mir entglitten. „Es ist gemütlich, weißt du? Wie in alten Zeiten." Aber schon während ich es sagte, merkte ich, dass Lex wusste, dass ich vieles ungesagt ließ.

„Denkst du darüber nach, dir bald eine eigene Wohnung zu suchen?"

Ich ging zum Fenster und starrte auf die Straße hinaus. „Irgendwann werde ich anfangen zu suchen." Der Gedanke war mir schon ein paar Mal durch den Kopf gegangen, aber jedes Mal hatte das Bedürfnis, in Rivers Nähe zu sein, gesiegt. Selbst wenn ich ihn nicht sah, wusste ich, dass er da war. Er wachte vor mir auf, kam nach einer Spätschicht nach Hause und legte sich mit mir in sein Bett.

Es konnte nicht nur um den körperlichen Aspekt gehen. Nicht, wenn ich immer nur dann richtig einschlief, wenn Rivers Arm mich an seine Brust zog und seine Hand die meine suchte.

„Okay. Dann lasse ich dich und deine Haftnotizen wohl besser in Ruhe."

Ich seufzte. Ja, ich sollte besser zu den Haftnotizen zurückkehren.

Eine Stunde und eine Menge Frustration später hatte ich einige Fortschritte gemacht, aber jetzt grummelte mein Bauch.

Ein Klopfen an der Tür ließ mich aufblicken und zauberte ein Lächeln auf mein Gesicht.

„River."

„Hey", sagte er, und seine Lippen verbreiterten sich zu einem Grinsen, das seine schönen Augen erreichte und die Schmetterlinge in meinem Kopf zum Flattern brachte.

„Was machst du hier?" Ich stand auf und ging auf ihn zu, hielt aber kurz inne, als mir klar wurde, dass ich ihn mitten in meinem Büro küssen wollte, wo ihn jeder sehen konnte.

„Das hast du mich noch nie gefragt."

„Tut mir leid. Ich habe es nicht so gemeint, wie es herauskam. Ich hatte dich heute einfach nicht erwartet."

„Ich war in der Gegend, um den Buchhalter des Restaurants zu besuchen, und dachte, du könntest einen Muntermacher gebrauchen“, meinte er und reichte mir die Tüte mit Kaffee und Gebäck in die Hand.

„Danke.“ Ich nahm meine Geschenke entgegen und nippte sofort an dem Kaffee. „Hmm, du hast keine Ahnung, wie sehr ich das gebraucht habe. Ich wollte gerade losgehen und mir einen Kaffee kaufen.“

„Gut, dass du das nicht getan hast, sonst hätte ich dich verpasst.“

Ich stellte den Kaffee auf meinem Schreibtisch ab. „Ist das etwas, was du oft machst? Mich vermissen?“

Sein warmer Blick überflutete mich, als wolle er mehr tun als nur schauen. „Jeden Tag mehr und mehr. Ich verfluche die Entfernung zwischen dem Restaurant und deinem Büro, meine langen Arbeitszeiten und dass ich dich schlafend in meinem Bett zurücklassen muss, obwohl ich dich nur wach küssen möchte.“

Ich schloss die Augen, holte tief Luft und murmelte: „Mein Büro ist gläsern“, mehr um mich daran zu erinnern, warum ich ihn nicht einfach auf die Couch schieben und den Rest des Nachmittags mit ihm rummachen konnte.

„Du siehst festgefahren aus“, sagte er und deutete auf die Arbeit auf meinem Schreibtisch.

„Es ist für eine Modemarke. Ich soll mir den nächsten großen Slogan ausdenken, aber nichts fühlt sich richtig an.“

„Dann lass mal hören“, sagte River und ließ sich auf dem Stuhl mir gegenüber nieder. Wir hatten das schon so oft gemacht, dass ich nicht mehr zählen konnte. Er hatte ein Talent dafür, einen losen Faden aufzugreifen und mir genau das zu geben, was ich brauchte, um den perfekten Slogan oder Werbetext zu kreieren.

Ich ratterte ein paar Versuche herunter, die ich zuvor aufgeschrieben hatte, und jeder fiel in dem Moment flach, als er meine Lippen verließ.

„Okay, wie wäre es damit?“, sagte er und beugte sich mit

einem Funken Erregung vor. „Wie wäre es, wenn wir die Idee mit Geschmack verbinden? Jeder liebt doch Essen, oder? Wenn man diese sensorische Assoziation herstellt, spielt es keine Rolle, was man verkauft. Die Leute werden sich daran erinnern."

„Fahr fort", drängte ich, da ich spürte, dass wir kurz vor etwas Genialem standen.

„Denk darüber nach. Die Marke verkauft nicht nur Kleidung. Sie verkauft eine Erfahrung. Ein Vergnügen." Seine Stimme sank fast auf ein Flüstern. „Wie der erste Bissen von etwas Exquisitem, den man nie vergisst."

„Eine Erfahrung, die auf dem Gaumen verweilt", murmelte ich, während sich in meinem Kopf die Möglichkeiten überschlugen. „Ein Geschmack von Luxus, den man nicht vergessen kann." Ich sah zu ihm auf, und unsere Augen trafen sich in einem gemeinsamen Moment des Triumphs.

Er lehnte sich auf dem Stuhl zurück und stahl einen Bissen von dem Gebäck, das er für mich gekauft hatte. „Ich bin ein verdammtes Genie."

„Du solltest meinen Job machen."

„Ah, aber zu deinem Job gehört kein Küchenmeister", stichelte er zurück, und seine Augen flackerten mit diesem spielerischen Funken, der immer etwas Warmes in mir zu entfachen schien.

Die Luft im Büro war erfüllt von unausgesprochenen Worten, als wir uns anlächelten. Ich wollte ihn verdammt noch mal so gern küssen. Mehr als das. Ich wollte ihn berühren und zusehen, wie er sich unter meinen Händen auflöste, so wie er es jedes Mal getan hatte, wenn wir zu Hause mehr als fünf Minuten zusammen hatten.

River beugte sich über den Schreibtisch und kam mir so nahe, wie es der Anstand zuließ, wobei seine schönen Augen meine in einem stummen Gespräch fixierten.

„Ich sollte zurück ins Restaurant gehen", sagte er und brach den Bann.

„Okay." Ich versuchte, meine Enttäuschung zu verbergen, aber es gelang mir nicht.

„Samstag", fuhr River fort, „halte ihn dir frei."

„Ach ja? Willst du mich zu einem Date einladen?", stichelte ich.

„In der Tat, ja."

Der Gedanke, einen ganzen Tag mit River zu verbringen, ließ meinen Puls rasen.

„Okay, ich sorge dafür, dass ich für dich fit bin", schaffte ich es, meine Stimme trotz des impliziten Geständnisses ruhig zu halten.

Er zwinkerte mir zu und ließ mich dann in meinem Büro zurück, mit einer unbequemen Erektion und fünf Minuten vor einem Treffen mit meinen Brüdern.

25

RIVER

MEIN BAUCH KRAMPFTE SICH ZUSAMMEN, als mich eine Welle der Lust überkam. Einen Moment lang war ich im Dunst des Schlafes verloren, verwirrt, bis ich begriff, was geschah. Ich schaute nach unten und fand Adam, der mich mit diesen schönen blauen Augen anstarrte, die jetzt dunkel vor Lust und Entschlossenheit waren.

Sein Mund war auf meinem Schwanz, warm und eindringlich. Ich versuchte zu sprechen, aber ich war zu schlaftrunken und von der Lust überwältigt.

„Adam!", schrie ich.

Er hörte nicht auf, selbst als meine Hände das Laken umklammerten und meine Hüften unwillkürlich zuckten. Es war noch zu früh für meinen Verstand, um kohärente Gedanken zu bilden, zu früh, um zu begreifen, dass dies derselbe Adam war, der bis vor ein paar Wochen noch heterosexuell gewesen war.

Aber, mein Gott, er war gut. Seine Bewegungen waren präzise, seine Hingabe war alles verzehrend. Eine Entschlossenheit, es für mich gut zu machen. Ich sah es in seinen Augen.

„So verdammt gut, Baby. Scheiße, Adam, ich bin so nah dran.“

Ohne aufzuhören, lächelte er, stöhnte und saugte weiter an meiner Schwanzspitze. Seine Hand legte sich um meinen Schaft und hielt ihn fest, während er streichelte und saugte, als hätte er das schon immer getan. Hitze breitete sich in meinem ganzen Körper aus. Ich war bereit zu verbrennen.

„Adam“, hauchte ich erneut, sein Name war gleichzeitig eine Bitte und eine Erklärung, während ich mich den Empfindungen hingab. „Ich werde …“ Das war die einzige Warnung, die ich ihm geben konnte, als meine Lust ihren Höhepunkt erreichte und ich mich in seinen Mund ergoss.

Als es vorbei war und der letzte Schauer meinen Körper durchlief, schlängelte er sich an meinem Körper hoch, bis wir uns gegenüberstanden. Er drückte seinen Mund in einem hungrigen Kuss auf meinen.

„Guten Morgen“, murmelte er gegen meine Lippen.

„Jetzt bin ich dran.“

Das Morgenlicht hatte gerade begonnen, durch die durchsichtigen Vorhänge zu fallen, und warf einen goldenen Schimmer auf Adams nackte Haut, als ich ihn umdrehte.

Ich ließ meine Hände über seinen Rücken gleiten und bewunderte seine schönen Rundungen. Er zitterte, als ich einen Kuss zwischen seine Schulterblätter drückte, und seine Haut war voller kleiner Gänsehaut. Er roch wieder nach meiner Seife, also war er wohl vor mir aufgewacht und hatte geduscht. Das wollte ich in vollen Zügen ausnutzen.

„Du wirst herausfinden, wie es sich anfühlt, überrumpelt zu werden, Schatz.“ Als ich den Kosenamen zum ersten Mal benutzt hatte, hatte ich ihn in meinem Lustnebel kaum registriert, aber als er mir wieder herausrutschte, fühlte er sich so richtig an.

Adam bewegte sich unter meiner Berührung, sein Rücken wogte, als er die Reibung der Matratze suchte.

„River …“ Seine Stimme war ein leises Stöhnen, als ich seine Wangen spreizte, und das Geräusch schickte Wellen der Befriedigung durch mich.

Ich senkte meinen Mund auf sein Loch, und er krümmte sich unter meiner Berührung, ein Keuchen entwich ihm. Der Geschmack von ihm war berauschend, und ich genoss es, wie sein Körper auf meine Berührung reagierte.

„Gott, ja“, stöhnte er.

Zu spüren, wie er sich aufrichtete, wie seine Hände das Laken umklammerten und seine Hüften sich gegen mich stemmten, war das stärkste Gefühl, das ich je erlebt hatte. Sein Schwanz tropfte auf das Laken, und ich nahm mir einen Moment Zeit, um zu genießen, wie mühelos er sich für mich öffnete.

„River … ich bin …“ Die Worte wurden durch ein scharfes Einatmen unterbrochen, als sein Orgasmus einsetzte. Er kam in ganzkörperlichen Schüben, die ihn wie ein Sturm durchzujagen schienen. Sein Körper zuckte, bis er einen glückseligen Seufzer von sich gab.

Ich rutschte an seinem Körper hoch, legte mich neben ihn und zog ihn in meine Arme. „So fängt man einen guten Morgen an“, meinte ich, wobei meine Worte von Zuneigung und einem Hauch von Triumph geprägt waren.

Sein Lachen war atemlos. „Das war … wow. Kein Wunder, dass meine beiden Brüder mit Männern zusammen sind. Ich habe zwar in Liebesromanen davon gelesen, aber warum hat mir niemand gesagt, dass es *so* gut ist?“

Ich lachte und drückte ihm einen Kuss auf die Stirn. „Es gibt Dinge, die man erst erleben kann, wenn man dazu bereit ist.“ Und damit meinte ich nicht nur den Sex, sondern auch die Verbindung, die Offenbarung von Teilen von uns selbst, die wir mit niemandem sonst geteilt hatten, und das implizite Vertrauen, das wir in unseren Partner setzten.

„Hey, so wie dir das gefallen hat, würdest du es wahrscheinlich genießen, unten zu sein", stichelte ich.

Adams Lachen war herzlich und warm. Momente wie diese erinnerten mich daran, wie natürlich sich das alles anfühlte – wie etwas, das mit Unsicherheiten hätte behaftet sein können, sich stattdessen wie der ehrlichste Ausdruck dessen anfühlte, was wir zusammen waren.

Entgegen meinen Erwartungen drängte er sich nach vorn, seine Lippen trafen auf meine in einem Kuss, der mir den Atem raubte. „Können wir das … später versuchen?"

Ich blinzelte und verarbeitete die Wendung der Ereignisse. „Du … willst unten sein?"

Ein Hauch von Rosa färbte seine Brust, seinen Hals und sein Gesicht. „Ich habe ein paar … ähm … Nachforschungen angestellt." Er verbarg sein Gesicht in meiner Halsbeuge. „Ich möchte alles sein, was du brauchst."

„Scheiße, Adam. Das bist du doch schon. Du musst dich nicht für mich anstrengen oder mir etwas beweisen." Er war schon alles gewesen, was ich brauchte, bevor ich seine Lippen wieder schmecken konnte oder herausgefunden hatte, wie schön er aussah, wenn er sich einem Orgasmus hingab.

„Ich weiß, dass ich das nicht muss, aber wie die Spermalache unter mir beweist, ist mein Körper mehr als bereit, zu experimentieren."

„Okay, wir versuchen es später, wenn du bereit bist", meinte ich.

„Ich bin schon bereit dazu." Er schlug sein Bein über meines und zeigte mir, wie sehr er wirklich bereit war.

„Er wird warten müssen, denn wir gehen duschen, und während ich uns Frühstück mache, wirst du die Bettwäsche wechseln. Dann gehen wir aus und haben das beste Date aller Zeiten."

„Warum muss ich die Bettwäsche wechseln?", fragte er mit gespielter Entrüstung.

„Weil du sie schmutzig gemacht hast."

Ich gab ihm einen Klaps auf den Hintern und sprang aus dem Bett in Richtung Badezimmer.

Der Morgen begann mit einem gemütlichen Frühstück aus Pfannkuchen, Sirup und Speck, ertränkt in einer Gallone Kaffee.

„Was machen wir denn heute, damit es das beste Date aller Zeiten wird?", fragte er und verschlang den letzten Rest seines Frühstücks.

„David Lima ist in Cliffborough, um sein neues Koch-buch vorzustellen", begann ich und beobachtete, wie die Erkenntnis über Adams Züge flackerte. „Er ist bekannt dafür, dass er überall, wo er hingeht, Pärchenerlebnisse anbietet. Ich habe uns angemeldet. Es könnte Spaß machen, gemeinsam ein neues Rezept zu lernen. Was hältst du davon?"

Adams Lächeln wurde breiter, seine Aufregung war spür-bar. „Du meinst *den* David Lima?"

Ich nickte.

„River, das ist … unglaublich." Er setzte sich auf, seine Hand fand meine und drückte sie ganz fest. „Ich kann nicht glauben, dass du das geplant hast. Mom wird so neidisch sein, wenn ich es ihr erzähle."

Er stand auf, um die Teller abzuräumen, während ich verblüfft dasaß. Es war das erste Mal, dass er seine Familie im Zusammenhang mit dem, was zwischen uns passiert war, erwähnte. Würde er ihnen sagen, dass wir zusammen waren?

War es das, was wir taten? Scheiße. Abgesehen davon, dass wir unsere Anziehung und Verbindung zueinander akzeptierten, hatten wir überhaupt nicht über die Außenwelt gesprochen.

Es war nicht an der Zeit, wegen etwas in Panik zu gera-ten, das noch nicht passiert war, also schob ich diese Gedanken beiseite, nahm meinen Teller und meine Tasse und brachte sie zur Spüle, wo Adam gerade abspülte.

Unser Nachmittagskurs mit David fand in einer Testküche in der Innenstadt statt. Wir klopften an die Tür und wurden von David persönlich begrüßt.

„Willkommen", sagte er. „Ich bin David. Kommt doch rein. Ich freue mich schon sehr auf diese Erfahrung mit euch."

Als wir in den voll ausgestatteten Raum traten, spürte ich, wie Adams Hand meine berührte. Unsere Blicke trafen sich, und wir lächelten uns an. Der Raum duftete nach Kakao und Gewürzen, als hätte hier jemand seit dem Morgen gekocht.

„Wir sind auch sehr aufgeregt. Ich bin River, und das ist Adam. Danke, dass du dir die Zeit genommen hast, das mit uns zu machen." Ich sah mich um. „Sind wir die Einzigen?"

„Ja, entschuldigt die Planänderung …", begann David, wurde aber unterbrochen, als ein kleines Mädchen aus dem Nichts auftauchte und gegen seine Beine stieß und verlangte, abgeholt zu werden. Ein großer blonder Mann folgte ihr und schüttelte den Kopf.

„Sílvia, Süße, was hatten wir abgemacht?"

Das kleine Mädchen schaute ihren Vater mit den größten blauen Augen an. „Aber, Dada. Sílvia kocht."

„Tut mir leid, Kleines", sagte der große Mann. „Ich habe es versucht, aber du weißt ja, wie sie ist."

David lachte und drehte sich dann zu uns um. „Das ist Joel, mein Mann. Unser Sohn musste wegen der Schule zu Hause bleiben, also hat sie niemanden, den sie herumkommandieren kann. Wie auch immer, lasst uns loslegen. Die kleine Dame wird sich irgendwann langweilen."

„Du brauchst dich nicht zu entschuldigen. Ich bin mir sicher, dass dein Sous-Chef uns noch viel beibringen kann, nicht wahr, Baby?"

David lächelte, während ich mir auf die Zunge biss und hoffte, dass mein Versprecher Adam nicht verärgert hatte. Als ich ihn ansah, hatte sein Gesicht einen süßen Rosaton, und er lächelte.

Wir versammelten uns um einen Tisch in der Mitte des Raumes. Auf der einen Seite stand ein Haufen Zutaten, daneben ein paar Schüsseln und Rührlöffel.

Joel saß auf einem Hocker neben dem Tisch, Sílvia auf seinem Schoß.

„Heute machen wir portugiesische Schokoladensalami", sagte David. Seine Augen funkelten amüsiert, als er Joel anschaute. „Es ist ein superleichtes Rezept, aber es kann ein bisschen unordentlich werden."

„Wir mögen es unordentlich", sagte Adam. „Ich bin damit aufgewachsen, dass ich mit meinen Brüdern darum gekämpft habe, den Löffel abzulecken, wenn meine Mom gebacken hat."

„Heute muss man sich mit niemandem mehr darum streiten, wer den Löffel ablecken darf", sagte David und schaute seinen Mann an, dessen Gesicht die gleiche Farbe wie das von Adam annahm.

Das Rezept war ganz einfach. Wir begannen damit, Zucker und Eier in einer Schüssel zu vermischen. David sagte, wir wollten den Zucker so weit wie möglich auflösen, bevor wir das Schokoladenpulver hinzufügten.

Mir entging nicht das wissende Lächeln von David und Joel, als wir das Rezept befolgten

Es war offensichtlich, wie sehr sie sich liebten. Waren Adam und ich auch so offensichtlich? Konnten die Leute das daran erkennen, dass Adams Lachen mich zu umschmeicheln schien oder unsere Blicke immer einen Hauch zu lange verweilten?

„Okay, jetzt wird es schmutzig", wies David uns an und

führte uns durch die Schritte, um die geschmolzene Schokolade und Butter hinzuzufügen.

„Ich muss ein Geständnis machen", sagte Adam. „Meine Mom hat Hunderte davon gemacht, aber ich habe immer nur geleckt."

Ich schnaubte, und Adam stieß mich mit dem Ellbogen an.

„Wie wird das hier zu einer Salamiform?", fragte ich.

„Bist du portugiesischer oder italienischer Abstammung?", fragte David Adam.

„Moms Familie ist portugiesisch. Dads Familie ist amerikanisch."

„Genau wie meine", sagte Joel, während er den kleinen Pferdeschwanz im Haar seiner Tochter richtete.

„Ach wirklich? Das wusste ich gar nicht."

„Ja, wir wollten eigentlich ein portugiesisches Restaurant für ein frühes Abendessen besuchen. Das heißt, wenn wir einen Tisch bekommen, ohne zu reservieren. Habt ihr schon vom Lusitana gehört? Wir haben viel Gutes über ihr Essen gehört. Wollt ihr euch uns anschließen?", fragte Joel.

Adam und ich tauschten einen kurzen Blick aus. Er lächelte, also wusste ich, dass er mit dem, was ich vorschlug, einverstanden war.

„Eigentlich bin ich der Manager des Lusitana. Es gehört Adams Eltern. Ich bin sicher, dass ihr einen Platz am Tisch des Küchenchefs ergattern könnt." Ich zwinkerte ihm zu und sagte: „Ich muss nur kurz anrufen, sobald meine Finger nicht mehr mit Schokolade bedeckt sind."

Adam nahm meine Hand und führte sie zu seinem Mund, um jedes Stückchen Schokolade abzulecken. Mein Schwanz versteifte sich, als ich an die Ereignisse von heute Morgen dachte.

„Adam." Ich versuchte, entrüstet zu klingen, aber es kam nur heiser heraus.

„Jetzt kannst du den Anruf machen." Er zuckte mit den Schultern.

Mein Kinn schlug fast auf dem Boden auf. Ich konnte David und Joel nicht einmal ansehen. Plötzlich fingen sie an zu lachen.

„Wenn du uns den Tisch besorgst, erzählen wir dir beim Essen, wie David mit seinem Schokoladensalami-Kurs in den sozialen Medien berühmt geworden ist." Joel biss sich auf die Lippe, während David trotz seiner gebräunten Haut sichtlich errötete.

Ich holte mein Handy heraus und rief Fir an, um in der Küche einen Tisch für vier Personen zu decken. Das war etwas, was wir gelegentlich für besondere Gäste machten.

„Okay, zurück zum Unterricht", sagte David.

Er zeigte uns, wie man die Keks-Schokoladen-Mischung mithilfe von zwei Blättern fettdichtem Papier in eine Wurstform rollt.

„Sieht perfekt aus", verkündete David. „Es muss ein paar Stunden im Kühlschrank fest werden, am besten über Nacht. Wir haben ein Geschenk für euch." Er überreichte uns eine maßgefertigte Kühlbox, deren Seiten mit verschlungenen Mustern verziert waren, die an portugiesische Fliesen erinnerten. „Für eure Schokoladensalami, damit ihr sie später genießen könnt."

„Danke", meinte ich. „Das ist sehr großzügig."

„Die Freude ist ganz meinerseits. Es gibt eine Menge Dinge, die ich nicht mehr tun kann. Zwischen Buchtouren und Kochshows vermisse ich den Kontakt mit Menschen. Angefangen habe ich im Café meiner Mom. Sie hat mir alles beigebracht, was ich weiß. Eine meiner Lieblingsbeschäftigungen ist es, für andere Menschen zu kochen", sagte David.

„River", flüsterte Adam leise, nachdem David und Joel sich um ihre Tochter gekümmert hatten, die in den Armen ihres Vaters eingeschlafen war. „Danke für das hier. Es hat so viel Spaß gemacht.“

„Und jetzt weiß ich, wie du so gut lecken und saugen gelernt hast“, neckte ich ihn.

Er ergriff meine Hand und flüsterte leise: „Denk an dein Versprechen von vorhin.“

26

———

ADAM

WIR STOLPERTEN IN RIVERS WOHNUNG, unsere Lippen verschlossen sich in einem verzweifelten Tanz von Zungen und warmem Atem. Meine Hände wanderten mit einem Verlangen über seinen Körper, wie ich es noch nie erlebt hatte, und zogen ihn gierig näher zu sich heran. Jede seiner Liebkosungen entfachte ein Feuer, das schon seit heute Morgen schwelte, als er meinen Hintern wie die beste Mahlzeit seines Lebens verehrt hatte.

„Adam", murmelte er zwischen den Küssen. Seine Hände waren genauso begierig, erforschten meinen Rücken und glitten unter mein Hemd, um die Haut zu erkunden, die er dort fand.

Den ganzen Tag über hatte ich an die Art und Weise gedacht, wie er mich umspielt hatte, an die Art und Weise, wie mein Körper vor Vergnügen gesungen hatte, und an die Vorfreude auf sein Versprechen, mich zu nehmen.

Auf dem Weg ins Schlafzimmer hinterließen wir eine Spur von abgelegten Klamotten.

„River", keuchte ich, als wir endlich nach Luft schnappten, und meine Stimme klang rau vor Verlangen. „Ich habe nicht aufgehört, darüber nachzudenken, über … du weißt schon.“

„Ich brauche Worte, Adam.“

„Und ich will, dass du mich fickst, River.“ Da, ich hatte es gesagt.

Seine Augen, umrahmt von dunklen Wimpern, trafen meine. „Bist du sicher?“ Seine Stimme war sanft und doch entschieden.

„Mehr als alles andere“, flüsterte ich, und es stimmte. Ich hatte mich informiert. Ich wusste, dass es wehtun würde, und das machte mir Angst, vor allem, weil ich befürchtete, dass ich es am Ende nicht schaffen würde. Gleichzeitig wusste ich, dass sich nichts jemals richtiger angefühlt hatte, als bei River zu sein und sich der Anziehungskraft hinzugeben, von der ich vermutete, dass sie schon immer zwischen uns bestanden hatte, für die ich aber blind gewesen war.

„Leg dich aufs Bett und zieh die Beine an die Brust“, befahl er.

Ich sprang praktisch darauf, mein harter Schwanz klatschte gegen meine erhitzte Haut. „Scheiße, das ist so heiß.“

Mein Herz hämmerte, als er sich zu mir herabsenkte und es mir gleich richtig besorgen würde. Ich schrie vor Vergnügen, als er mit seiner Zunge von meinem Loch bis hinauf zur Spitze meines Schwanzes fuhr. Als er ihn bis in den hinteren Teil seiner Kehle saugte, sprang ich fast vom Bett.

„River!“, schrie ich.

„Du schmeckst so verdammt gut, Baby.“

„O nein, du musst damit aufhören, sonst komme ich noch, bevor wir richtig loslegen können.“

Er lachte, als er mein Loch küsste und sich mit einem sanften Hauch zurückzog, der es nicht schaffte, meine erhitzte Haut zu kühlen. „Oh, es läuft definitiv.“

Mein Körper fühlte sich an, als stünde er kurz vor etwas

Weltveränderndem, aber ich konnte sein Zögern an der Art spüren, wie seine Finger Muster auf meiner Haut nachzeichneten.

„Adam", sagte er. „Ich denke, wir sollten warten."

Ich erstarrte bei seinen Worten.

Nein. Warten kam nicht in Betracht. Nicht, wenn jede Faser meines Wesens von dem Bedürfnis durchdrungen war, so mit ihm zusammen zu sein.

„River", hauchte ich aus, und meine Entschlossenheit wurde härter, als ich ihn näher zu mir zog, damit wir uns in die Augen sehen konnten. „Ich kann nicht warten. Ich war mir noch nie einer Sache so sicher."

Die Wahrheit war, dass ich mich nach der Intimität sehnte, nach der Verbindung, wenn er mich ausfüllte. Ich konnte es nicht erklären, aber ich musste herausfinden, wie sich das anfühlte.

Er studierte mich, seine Augen suchten nach einer Lücke in meiner Entschlossenheit. „Ich habe einen Vorschlag für dich."

„Nur zu …"

„Bespring mich zuerst. Wenn keiner von uns beiden kommt, dann … dann werde ich dich flachlegen."

Ich sah die Herausforderung in seinen Augen. Er forderte mich zu einem Spiel mit Geduld und Kontrolle heraus. Es war egal, wie es endete, denn jedes Ergebnis war ein Gewinn für mich.

„In Ordnung", stimmte ich zu, obwohl jeder Zentimeter in mir danach schrie, stattdessen von ihm beansprucht zu werden. „Du weißt, wie ehrgeizig ich sein kann. Du bist dran."

Er küsste mich sanft. „Ich weiß, wie ehrgeizig du sein kannst. Das ist eines der Dinge, die ich an dir so anziehend finde. Du gibst nicht auf, auch wenn alles auf das Gegenteil hindeutet."

„Also bin ich im Grunde stur."

„Wenn der Hut passt."

Meine Hände wanderten über seinen Rücken, kartierten jede Kurve und jeden Muskel, bis ich in der Lage war, seinen Hintern zu ertasten und seine Backen zu trennen. Ich fuhr mit dem Finger seine Falte hinunter, bis ich die runzlige Haut seines Lochs spürte. „Das wird heute Nacht mir gehören."

„Adam", hauchte er aus, und in seiner Stimme schwang dasselbe Verlangen mit, das durch meine Adern pulsierte.

Er schloss die Augen, als ich meinen Finger in ihn hineindrückte, als ob ich versuchen würde, in ihn einzudringen. Ohne Gleitmittel würde ich das nicht tun, aber als ich sah, wie seine Lippen vor Verlangen nach mehr zitterten, war ich plötzlich voll und ganz mit dem neuen Plan einverstanden.

Ich drehte uns um, bis er derjenige war, der auf dem Rücken lag. Ich stürzte mich auf seinen Schwanz und genoss die Salzigkeit seiner Haut. Der einzigartige Geschmack, der unverkennbar nach River schmeckte. Sein Schwanz war hart an meiner Zunge, und es tropfte Sperma heraus, das ich gierig aufsaugte. Wer hätte gedacht, dass ein Schwanz so gut schmecken konnte?

Doch dann, inmitten des Dunstes der Erregung, flackerte ein praktischer Gedanke auf. „Kondome. Hast du welche?"

„Auf dem Nachttisch. Und Gleitgel." In seiner Stimme schwang Erregung mit, die jetzt mit Ungeduld gemischt war.

Ich zog mich gerade so weit zurück, dass ich die benötigten Dinge herausfischen konnte, und die Packung zerknitterte in meinen eifrigen Händen. Er sah mich an, seine Augen verdunkelten sich vor Verlangen und etwas Tieferem, etwas, das mein Herz zum Stottern brachte.

Mit dem Gleitmittel in der Hand verteilte ich etwas davon auf meine Finger und umkreiste seinen Eingang, bevor ich einen von ihnen hineinschob. Er zuckte zusammen, ein leises Stöhnen entkam seinen Lippen. „Adam", hauchte er aus, jede Silbe war von Lust durchdrungen.

„Gott, River", hauchte ich, meine eigene Erregung geriet außer Kontrolle.

Als er sich gegen meinen Finger zu bewegen begann, fügte ich einen zweiten hinzu.

„Krümme deine Finger so", befahl er und zeigte mir, was er meinte. Kaum hatte ich es getan, sprang er fast vom Bett, als hätte er einen Stromschlag bekommen.

„Was ist passiert? Habe ich dir wehgetan?", fragte ich und zog mich zurück.

„Nein, verdammt. Bitte mach das noch mal. Mit drei Fingern."

Ich tat es, und Rivers Reaktion war die gleiche. Jedes Mal, wenn meine Finger über den schwammigen Knoten im Inneren strichen, drehte er völlig durch.

„Scheiße, das ist deine Prostata, stimmt's?"

Er nickte, biss sich auf die Unterlippe, sein Atem kam in kurzen Stößen. „Ich bin so weit. Verdammt, ich bin so bereit, Baby."

„Bist du sicher?"

Er nickte, und mit einer zitternden Hand zog ich mich an und richtete mich auf seinen Körper aus. Ich stieß langsam und bedächtig in ihn hinein und zwang mich, jedes einzelne Gefühl in mich aufzunehmen – die sengende Hitze, die samtige Enge. Es war anders als alles, was ich je gefühlt hatte, dieses überwältigende Gefühl der Richtigkeit, als ich auf die intimste Weise Teil von ihm wurde.

„Adam …", flüsterte er, seine Stimme brach bei meinem Namen. Als ich mich zu bewegen begann, wurde mir klar, dass es nicht nur körperlich war. Jeder Stoß in ihn war der Höhepunkt jedes unausgesprochenen Wortes, jeder gemeinsame Blick war der Beginn von etwas Unumkehrbarem, und ich wollte nicht, dass es endete.

Wir verfielen in einen Rhythmus, der vom Geräusch des Aufeinandertreffens von Haut auf Haut unterbrochen wurde, während der Rest der Welt verblasste.

„Adam", keuchte er, und seine Stimme überschlug sich, als ich die perfekte Stelle in ihm erreichte, „es ist … unglaublich."

„Ich spüre es auch, River. Verdammt, ich fühle es." All die Jahre der Freundschaft flossen in diesem einen Moment zusammen, verwandelten sich in etwas Tieferes, etwas Heftiges und Unzerbrechliches.

Verdammt! Ich wollte ihn auch in mir spüren.

Ich wollte wissen, wie es sich anfühlte, wenn River sich in mir bewegte, wenn sein starker Körper über meinem lag und mich beanspruchte. Aber als ich sah, wie sein Gesichtsausdruck zwischen Entzücken und schierer Glückseligkeit schwankte, wurde mir klar, dass ich ihm das geben musste, bevor ich das erreichte.

Ich veränderte meinen Winkel, suchte die perfekte Tiefe, als River seinen Kopf zurückwarf. Er hielt sich an meinen Armen fest, und meine Augen verengten sich auf sein wunderschönes Tattoo der Kaffeemoleküle, das unter seinem linken Arm hervorlugte. Chemie. Es schien seltsam passend, denn wir hatten reichlich davon.

„Mach weiter", drängte er, und seine Beine zogen sich um mich zusammen.

Und das tat ich. Ich verlor mich in dem Stoßen und Ziehen, in der Hitze, der Reibung und dem zunehmenden Druck an der Basis meiner Wirbelsäule. Bald stöhnte ich genauso laut wie er, und mein Stöhnen hallte von den Wänden seines Schlafzimmers wider.

„River, ich bin …" Ich konnte den Satz nicht einmal beenden. Die Welt verengte sich auf das explosive Gefühl, das mich durchfuhr und meinen Orgasmus in die Länge zog. Er traf mich wie eine Flutwelle, intensiv und alles verzehrend. Sein Körper spannte sich unter mir an, als er nachzog.

Wir keuchten, schwitzten, unsere Herzen schlugen wild aus dem Takt und waren doch irgendwie perfekt aufeinander abgestimmt. Als ich neben ihm zusammensackte, griff ich nach seiner Hand und verschränkte unsere Finger ineinander.

„Danke", flüsterte ich und küsste jeden Knöchel seiner Hand. „Das war mehr als perfekt." Ich wollte mehr sagen, aber die einzigen Worte, die ich für meine Gefühle hatte, waren viel zu groß.

Ob als Freunde oder Liebhaber, wir hatten heute Abend eine Schwelle überschritten.

„Du hast keine Ahnung, wie perfekt es für mich war, Schatz", flüsterte er, seine Stimme blieb ihm im Hals stecken, und da war sie wieder, diese Zärtlichkeit, die mein Herz jedes Mal zum Singen brachte, wenn er mich so nannte.

Er hatte das perfekte Date arrangiert. Wir hatten mit neuen Freunden gelacht und uns über unser gemeinsames portugiesisches Erbe ausgetauscht, das River mit meiner Familie aus erster Hand erfahren hatte.

Es war aufmerksam, so verdammt aufmerksam, wie es nur River vermochte.

„Der heutige Tag war fantastisch", sagte ich, als ich das Kondom loswurde und ins Bad ging, um ein Handtuch zu holen und das Chaos zu beseitigen, das wir angerichtet hatten. Ich wollte auf keinen Fall wieder die Laken wechseln.

„Weil ich mit dir zusammen war", antwortete er, als ich mich neben ihn legte. Er schlang seine Arme fest um mich, als wollte er mich nie wieder loslassen.

„Das macht mir Angst, weißt du?", gestand ich.

„Es macht mir auch Angst, Adam. Mehr als du denkst."

27

RIVER

„Bist du wach?", flüsterte Adam gegen meine Brust.

„Ja, jetzt schon."

„Tut mir leid, ich wollte nicht …"

Ich nahm sein Gesicht in den Arm und hob es an. In der Dunkelheit konnte ich ihn nicht sehen, aber ich brauchte kein Licht, um den Ausdruck zu erkennen, den er trug. Seine Stimme verriet mir alles.

„Hey, Schatz. Was geht in deinem Kopf vor?"

Er seufzte.

„Du."

Ich gluckste.

„Du denkst an mich, weil du wach bist? Vielleicht habe ich das vor ein paar Stunden nicht gut genug gemacht." Ich zog ihn näher zu mir und schloss meine Lippen auf seine. Er reagierte sofort, öffnete sich mir und gab mir einen Vorgeschmack auf seinen süßen Mund.

„Warum ist es so gut mit dir?", fragte er, seine Stimme war voller Staunen. „Ich verstehe es nicht. Ich habe versucht, herauszufinden, was ich bin, aber …"

„Kann ich das Licht anmachen?", fragte ich.

Ich spürte, wie Adam nickte, also streckte ich mich zum Tisch auf meiner Seite und schaltete das Licht ein.

„Da bist du ja", meinte ich und zog ihn wieder an mich heran.

Er stützte sein Kinn auf meine Brust, seine Augen waren fest auf meine gerichtet. „War es schwer für dich, dich zu outen?"

„Nein. Ich wusste immer, dass meine Mom mich lieben würde, egal was passiert, und ich habe mich bei deiner Familie immer sicher gefühlt. Noah hatte sich bereits geoutet, als ich mich geoutet habe, also war es einfach."

„Und was ist mit der Demisexualität? Davon hast du mir nie erzählt."

Ich wusste, dass diese Frage irgendwann kommen würde. Es war eine berechtigte Frage. Warum hätte ich so etwas vor meinem besten Freund verheimlichen sollen? Die Antwort war, dass ich das nicht tun würde. Es sei denn, mein bester Freund war der Grund dafür, dass ich diesen Teil von mir herausgefunden hatte.

„Es tut mir leid. Ich wollte es dir nicht vorenthalten. Ich schätze … es schien mir nicht so wichtig zu sein. Ich bin immer noch schwul, und ich bin immer noch ich."

Er biss sich auf die Lippe und stieß einen nachdenklichen Seufzer aus.

„Stört es dich, dass ich nichts gesagt habe?", fragte ich.

Er zeichnete mit seinem Finger ein Muster auf meiner Brust nach. „Nein. Ich meine, ich glaube, am Anfang schon, aber dann, als ich anfing, anders für dich zu empfinden, habe ich es verstanden. Deine Sexualität ist deine Sache, und du schuldest weder mir noch sonst jemandem die volle Offenlegung."

„Ich danke dir." Ich verschränkte unsere Finger ineinander, führte seine Hand zu meinen Lippen und küsste seine warme Haut. „Was bedrückt dich wirklich?"

„Ich weiß nicht, wer ich bin. Bin ich schwul? Bi? Pansexuell? Ich habe mir überlegt, dass ich vielleicht demisexuell bin wie du, denn diese Sache, diese Verbindung, die ich mit dir habe … ich glaube nicht, dass ich sie mit einem anderen Mann haben könnte. Aber andererseits glaube ich auch nicht, dass ich sie mit irgendjemandem haben könnte, was alles, was ich über mich wusste und die Tatsache, dass ich im Begriff war, Victoria zu heiraten, in Stücke reißt und —"

„Hey", unterbrach ich ihn sanft und strich mit meiner freien Hand über seinen Rücken. „Sexualität ist fließend. Das weißt du doch, oder?"

Er nickte, also fuhr ich fort: „Erstens musst du das nicht alles auf einmal herausfinden, und du musst dir auch kein Etikett verpassen. Wenn du dich ohne ein Etikett besser fühlst, ist das okay. Wenn du dich mit einem Etikett definieren musst, ist das auch in Ordnung. Du kannst dir Zeit nehmen, um herauszufinden, was dieses Etikett ist."

„Ich schätze schon. Ich wünschte, es wäre einfacher."

„Das kann es sein, Schatz. Bist du glücklich hier mit mir?"

Adam sah auf, und sein Lächeln erreichte die Tiefe meines Herzens. Es umspielte es und ließ es ein paar Schläge aussetzen. „Mehr als ich mir jemals hätte vorstellen können. Ich hätte nie gedacht, dass ich jemals nackt mit dir in einem Bett liegen würde und das Gefühl habe, dir so nah kommen zu wollen, dass ich in deiner Haut stecke."

Ich lachte. „Jetzt bin ich ein wenig besorgt."

Er hakte sein Bein bei meinem ein, und bevor ich reagieren konnte, lag er auf mir.

„Was macht dir Sorgen? Dass du und dein Körper meinen Schwanz jetzt hart zu machen scheinen?", fragte er und bewegte sich gegen mich und machte *meinen* Schwanz hart. „Oder ist es, dass du mich so unwiderstehlich findest?"

Ich stöhnte. „Du bist unwiderstehlich, ganz genau. Und ein Dämon. Ich muss morgen arbeiten, weißt du das?"

„Hmm, aber es ist immer noch heute, also sind wir technisch gesehen immer noch bei unserem Date."

Ich würde behaupten, dass drei Uhr morgens schon der nächste Tag ist, aber warum sollte ich das tun, wenn mein ganzer Körper auf Adam eingestellt war und ich kaum Lust auf Schlaf hatte?

„Da hast du wohl recht."

Danach schaltete ich mein Gehirn und unser Gespräch ab, um mich ausschließlich darauf zu konzentrieren, dass wir beide wieder kommen konnten. Zum Teufel mit dem Schlaf.

Das laute Geräusch von Elefantenschritten außerhalb des Zimmers durchbrach die frühmorgendliche Stille und riss mich aus einem traumlosen Schlaf. Mein Herz klopfte heftig, als ich blinzelnd zu Bewusstsein kam. Adams Atem war ein gleichmäßiger Rhythmus an meinem Hals. Sein Körper schmiegte sich auf eine Weise an meinen, die mir jetzt so vertraut war. Wer hätte gedacht, dass er ein Kuschler ist?

Als der Lärm lauter wurde, weckte mein Gehirn den Rest auf.

Mist. Sie sind da.

Adam, der immer noch fest schlief, bekam von dem bevorstehenden Chaos, das seine Brüder über uns bringen wollten, nichts mit. Ich zögerte einen Moment, gefangen zwischen dem Wunsch, ihn sanft zu wecken, und der Notwendigkeit der Dringlichkeit. Aber Zeit war ein Luxus, den wir uns nicht leisten konnten. Sie verstrich mit jedem schweren Schritt auf dem Holzboden.

„Scheiße", murmelte ich leise, eine Mischung aus Angst,

Vorfreude und der Ahnung, dass unser Geheimnis bald gelüftet werden würde.

Adam regte sich neben mir, ein leiser Seufzer entrang sich ihm, als ob auch er den Wendepunkt spürte, an dem wir uns befanden. Seine Augen öffneten sich langsam, und er lächelte.

„River?" Das Wort war schlaftrunken, seine Stimme war ein groggy wirkendes Gebrabbel, das mich normalerweise zum Lächeln gebracht hätte. „Was ist das für ein Geräusch?"

Ich wünschte mir nichts sehnlicher, als meine Lippen auf die seinen zu pressen, um einen ruhigen guten Morgen zu wünschen, die Weichheit seines Mundes zu genießen und die Art, wie er sich an mich schmiegte. Aber das donnernde Herannahen seiner Brüder verwehrte uns selbst dieses einfache Vergnügen.

„Adam! River! Wacht auf, verdammt."

„Was zum …"

„Sie sind hier", hauchte ich aus.

Ich setzte mich abrupt auf und zog mit einer fließenden Bewegung die Bettdecke über Adams Körper. Die Tür knallte gerade auf, als ich es schaffte, die Bettdecke in ein scheinbar unschuldiges Durcheinander zu bringen.

Noah tauchte in der Tür auf: „Wo ist Adam? Wusstest du, dass er nicht in seinem Zimmer ist?" Seine Frage war weniger eine Erkundigung als vielmehr ein Vorwurf.

„Vielleicht ist er schon früh laufen gegangen", antwortete ich mit ruhiger Stimme, obwohl mein Herz so heftig klopfte. Es war eine plausible Lüge. Ich hatte Adam noch nie laufen sehen, es sei denn, er wurde gejagt, aber das konnte doch passieren, oder?

Lex trat hinter Noah ein. „Wo ist Adam?"

Ich begegnete Lex' Blick. Er war derjenige, den ich nicht anlügen konnte. Nicht ganz, denn er würde mich sofort durchschauen.

„Adam ist in der Nähe", sagte ich vorsichtig. „Nur ... im Moment gefesselt."

Unter der Bettdecke blieb Adam ruhig liegen.

Emery folgte ihm, seine Schritte stockten, als er mich sah, als hätte er nicht erwartet, dass ich in meinem eigenen Bett lag. Seine dunklen Augen flackerten zum Bett, ein schneller, durchdringender Blick, der die Gestalt unter der Bettdecke erfasste. Seine Lippen zuckten, nicht ganz ein Lächeln, nicht ganz ein Stirnrunzeln, aber er sagte nichts, zog nur eine Augenbraue hoch.

„Sieht aus, als hättet ihr einen Mann weniger", kommentierte ich, wobei ich versuchte, meine Stimme leicht zu halten.

„Lior ist im Wohnzimmer", sagte Noah und ließ seinen Blick über die weggeworfenen Klamotten schweifen, die auf dem Boden meines Schlafzimmers lagen. „Er will nichts damit zu tun haben."

„Womit?", fragte ich und täuschte Unwissenheit vor, während mein Puls gegen meine Kehle pochte. Adam blieb regungslos unter der Bettdecke liegen, die Stille seiner Gestalt war fast überzeugend.

„An unserem Hauseinbruch." Er rollte mit den Augen. „Er ist immer noch ein wenig traumatisiert von dem, was ihr mit uns gemacht habt. Wie auch immer. Warum hast du so viele Kissen unter deinen Decken?" Die Frage blieb zwischen uns hängen. Ich musste sie loswerden, denn es war nur eine Frage der Zeit, bis sie es herausfanden.

„Mein Rücken tut weh", log ich sanft, oder ich hoffte zumindest, dass es sanft war.

„Seit wann?" Schließlich meldete sich Emery zu Wort, seine Stimme war leise, aber mit einem wissenden Unterton versehen. Er war zu aufmerksam für sein eigenes Wohl – oder meines.

„Seit ... kürzlich. Ähm ... Kisten tragen im Restaurant."

„Schlechter Rücken, hm?", sagte Lex, der die brennende Präsenz seines Zwillings an meinen Beinen immer noch nicht bemerkte. „Du solltest dir von Adam eine Massage geben lassen. Ich habe gehört, er hat magische Hände."

„Vielleicht später", antwortete ich und versuchte, lässig zu klingen.

Adam kicherte neben mir, woraufhin ich laut hustete und ihn zum Schweigen brachte.

„Wie auch immer", sagte Noah. „Adam ist nicht hier, also können wir dich fragen. Wir wollen wissen, wie du und Adam es geschafft habt, gestern Abend mit David Lima und seinem Mann im Lusitana zu Abend zu essen."

„*Das* ist der Grund, warum ihr in meine Wohnung eindringt?", fragte ich und hoffte, dass die Beantwortung ihrer Fragen sie dazu bringen würde, bald weiterzugehen.

Noah sah zu Lex und Emery und dann wieder zu mir. „Warum sonst sollten wir in dein heiliges …", er blickte auf die Kleidung auf dem Boden, „und extrem unordentliches Heiligtum eindringen?"

„Du solltest mal die Definition von Heiligtum nachlesen", meinte ich.

„Bish, bosh. Gestehe, Hartley", meinte Lex.

„Adam und ich waren bei einem von Davids Erlebnissen dabei. Wie sich herausstellte, hatten sie gehofft, einen Tisch im Lusitana zu bekommen, also habe ich sie eingeladen, mit uns zu essen. Das ist alles."

„Sind diese Erlebnisse nicht nur für Paare?", fragte Emery.

Die Frage hing wie ein saftiges Steak in der Luft und wartete darauf, dass ich zubiss.

„Ist er im wirklichen Leben auch so umwerfend?", fragte Lex.

„David Lima?", erwiderte ich und ergriff den Themenwechsel wie eine Rettungsleine. „Er ist … markant, sicher.

Aber weißt du, er ist ein echt netter Kerl. Sein Ehemann auch.“

„Ich wünschte, ich wäre dabei gewesen“, seufzte Lex.

„Woher wisst ihr überhaupt davon?“, fragte ich.

„Drew“, antwortete Noah, bevor sein Blick auf dem Formular neben mir ruhte. „Warum atmen deine Kissen?“, fragte Noah.

„Atmen?“ Ich tat so, als wäre ich verwirrt und amüsiert.

„Ja, atmen …“ Seine Stimme verstummte, als Liors Ruf aus dem Wohnzimmer widerhallte.

„Ihr seid alle wirklich dumm, wenn ihr immer noch nicht herausgefunden habt, was hier passiert ist. River, ich werde mir einen Kaffee machen.“

Noahs Lippen öffneten sich, dann schlossen sie sich. Wenn er noch mehr die Stirn runzelte, würde er über Botox nachdenken müssen.

Lex schnappte nach Luft, als er endlich zu begreifen schien, was hier vor sich ging.

„Mach drei Kaffees daraus, Lior!“, rief ich, ein bisschen lauter als nötig. Lachen ertönte unter der Bettdecke.

28

ADAM

„Lior hat recht. Wie kann es sein, dass ihr alle nicht kapiert, was hier vor sich geht?" Die schockierten Blicke meiner Brüder trafen mich, als ich mich aufsetzte und das Laken an meinen Körper zog.

Ich fühlte mich bereits nackt, als ich unter der Decke hervorkam. Es gab keinen Grund, auch noch völlig nackt zu sein.

Ich sah River an, seine Augen trafen meine, und in seinem Blick lag eine stumme Frage. Ich wünschte mir nichts sehnlicher, als wieder in seine warmen Arme zu fallen und die Welt jenseits dieses Bettes zu vergessen, aber ich konnte die Anwesenheit meiner Brüder und Emerys nicht ignorieren.

„Ich hätte es euch sagen können, wenn ihr gefragt hättet", durchbrach Liors Stimme die Stille im Wohnzimmer. Sein „Ich habs dir ja gesagt"-Ton brachte mich fast zum Lachen.

„Baby, wir werden ein ernstes Gespräch führen, wenn wir nach Hause kommen!", rief Noah zurück.

Lex' Gesichtsausdruck war ein verzerrtes Puzzle aus

Verwirrung und Neugier, als er dastand und seinen Blick zwischen River und mir hin und her schweifen ließ. „Was ist das alles? Nur eine Übernachtung, die … wild geworden ist?" Er deutete vage auf das verworrene Bettzeug und unsere nackte Haut.

„Lex, hast du jemals nackt bei deinen besten Freunden übernachtet?", fragte ich und sah ihm in die Augen.

Er bewegte sich unbehaglich, seine Mundwinkel zuckten. „Nun, Emery ist mein bester Freund, also … sozusagen, ja."

„Ein typischer Fall", sagte ich und rollte mit den Augen. „Das ist es, was wir tun."

River legte seine Arme um meine Taille und hielt mich fest. Nach dem Gespräch von gestern Abend wusste ich, dass er verständlicherweise besorgt sein würde, aber ich hatte es satt, mich zu verstecken.

Wenn ich vor meinen Brüdern nicht ich selbst sein konnte, zu wem sollte ich dann ehrlich sein?

„Habs dir ja gesagt", sagte Noah und wandte sich an Lex. „Das hast du nicht."

„Du hast gesagt, du hast sie küssen sehen, als du vierzehn warst. Wie kann dich das überraschen?"

„Du hast es gesehen?", fragte ich schockiert. „Warum hast du nichts gesagt?"

Lex zuckte mit den Schultern. „Ich dachte, du würdest es mir irgendwann sagen, und als du es nicht getan hast, dachte ich, es wäre nur ein Experiment, das nichts zu bedeuten hat." Er schmunzelte. „Wir haben alle experimentiert, oder?"

„Einige mehr als andere", meinte Noah, das ansässige sexuelle Wunderkind.

Ich wandte mich an River. „Es tut mir leid, dass unser erster Kuss … nicht unser erster Kuss war …"

River führte seine Hand zu meinem Gesicht und strich mit dem Daumen über meine Wange. Meine Augen flatterten zu, bevor ich sie wieder öffnete und in seine grünen

Tiefen blickte. „Nein, Baby. Unser erster Kuss war *mein* erster Kuss. Dein erster Kuss mit mir war definitiv nicht der Kuss, als wir vierzehn waren."

„Wie soll das denn gehen?", lachte ich.

„Du kennst doch das Gefühl, das du hattest, als wir uns geküsst haben? Das hatte ich auch, vor all den Jahren. Es hat nur ein bisschen länger gedauert, bis du es nachgeholt hast. Das ist schon in Ordnung. Deine Fähigkeiten haben sich seither sehr verbessert."

„Ach ja?" Ich lächelte, mein Blick wanderte zurück zu seinen weichen Lippen und dem kurzen Bart, der sein Gesicht perfekt umrahmte.

Ein Husten erinnerte mich daran, dass wir nicht allein waren.

So ein Mist.

„Hey", flüsterte ich. „Wie legal ist es, seine Geschwister zu töten?"

„Überhaupt nicht legal."

Ich drehte mich wieder zu meinen Brüdern und Emery um.

„Könnt ihr euch vielleicht verpissen, damit wir uns anziehen können?"

Die drei verschränkten ihre Arme und blieben stehen.

„Was muss denn noch passieren, damit ihr Wichser aus dem Zimmer verschwindet?", fragte ich verärgert, bevor sie anfingen, Kussgeräusche zu machen.

Ich drehte mich zu River um, der mir zuzwinkerte, bevor er seinen Mund auf den meinen presste und mir den schmutzigsten Kuss aller schmutzigen Küsse gab.

Mein Gehirn schaltete völlig ab, als mein Blut zu meinem Schwanz schoss.

Ich wusste nicht, wann sie alle den Raum verließen, aber ich hoffte, dass es war, bevor ich mich auf River spreizte und die Decke mit mir nahm.

„Hmm, verdammt, Baby, ich wollte ihnen nur eine Kostprobe ihrer eigenen Medizin geben, keine Show", sagte er auf meine Lippen, als ich seine für einen weiteren Kuss erwiderte.

„Dann hättest du mich nicht so küssen sollen. Du weißt, dass dein Mund mich dumm macht."

Er kicherte. „Das ist nicht mit Absicht."

„Klar, ist es das nicht." Ich küsste seinen Kiefer und seinen Hals hinunter, saugte an einem Stück warmer Haut. „Also, vierzehn …"

„Hm?"

Ich zog mich zurück und sah ihn an. „Du hast den Kuss mit vierzehn wirklich gemocht."

„Seitdem lebt er mietfrei in meinem Kopf, obwohl er in letzter Zeit durch andere Lebensereignisse ersetzt wurde."

„Wie ich in deinen Körper eindringe und dich beanspruche?"

Er legte seine Hände auf meinen Hintern, zog mich näher heran und presste unsere Schwänze aneinander.

„Das verstehe ich als ein Ja", sagte ich und befreite die zwischen uns eingeklemmte Decke. Ich stöhnte auf, als ich endlich Haut auf Haut spürte. „Scheiße, River. Das fühlt sich so gut an."

„Deine Tür ist noch offen. Wir können alles hören!", rief Noah.

„Dann habt ihr die Wahl: Geht oder haltet euch die Ohren zu!", rief ich zurück, bevor ich mich an River wandte. „Meinst du, wenn wir richtig laut sind, gehen sie endgültig weg?"

Sein Lachen war ein satter Klang. „Ich muss heute arbeiten, schon vergessen? Aber um fair zu sein, wir haben die Revanche verdient."

Ich schmollte, als ich auf unsere immer noch harten

Schwänze blickte, die aneinander gepresst waren. „Tut mir leid, Jungs. Nicht meine Schuld.“

River lachte, aber dann streichelte er sanft mein Gesicht. „Geht es dir gut? Für ein Coming-out war das ziemlich spektakulär.“ Seine Frage war sanft, seine Augen suchten meine nach Anzeichen von Panik ab.

„Ja, ich glaube schon.“ Die Realität dessen, was vor mir lag, war entmutigend. Das Gespräch, das uns außerhalb von Rivers Zimmer erwartete, war voller Erklärungen und Eingeständnissen, aber ich wusste, dass meine Brüder mich liebten, egal was passierte. Sie würden verstehen, vielleicht mehr als jeder andere außer River, was ich gerade durchmachte.

Wir zogen uns schweigend an, eine einfache Routine, an die wir uns gewöhnt hatten. Als ich eines seiner T-Shirts aus der Schublade zog, wurde mir klar, dass ich das in letzter Zeit oft getan hatte.

Als ihm die sauberen ausgegangen waren, war er ins andere Schlafzimmer gegangen und hatte meine in seine Schublade geholt, sodass sie jetzt alle gemischt waren.

Ich hielt in der Bewegung inne, mein Gehirn brachte mich zurück zu dem Zeitpunkt, als ich bei Victoria eingezogen war. Damals hatte es eine klare Abgrenzung gegeben, welche Bereiche zu ihr gehörten und welche zu mir.

River knöpfte sein Arbeitshemd zu und krempelte die Ärmel hoch, bis ich einen Blick auf seine Tätowierungen erhaschen konnte. Er bemerkte, dass ich ihn anstarrte, sagte aber nichts. Er schenkte mir nur ein kurzes Lächeln, das mehr aussagte als alle Worte, die er vielleicht gesagt hätte.

„Zeit, sich der Musik zu stellen“, sagte ich und wandte mich der Schlafzimmertür zu.

Wenn ich erwartet hätte, dass die Luft vor Erwartung schwer sein würde oder die neugierigen Blicke meines Bruders jede unserer Bewegungen verfolgen würden, wenn wir das Wohnzimmer betreten, hätte ich mich getäuscht.

„Wir haben euch Kaffee gemacht", meinte Lex und deutete auf die beiden Tassen auf dem Couchtisch.

„Die Pfannkuchen kommen sofort!", rief Emery aus der Küche. „Tut mir leid, ich hatte Hunger."

Rivers Hand fand meine, ein stummes Zeichen der Unterstützung ... das ich wohl nicht brauchte, denn es sah so aus, als ob der Schock, uns im selben Bett zu finden, abgeklungen war und sie wieder ganz sie selbst waren.

„Guten Morgen, Lior", sagte ich.

„Morgen", antwortete er mit seiner Kaffeetasse in der Hand, während Noah quer auf seinem Schoß saß. „Ich entschuldige mich noch einmal für den heutigen Morgen."

Ich lächelte. „Ich denke, man kann mit Sicherheit sagen, dass wir es verdient haben."

„Verdammt richtig", sagte Lex. „Ich muss Emery danach nach Hause bringen, um meine Augen zu enttraumatisieren."

„Du hast kein Eis", schimpfte Emery und kam mit einem Stapel Teller in der einen und einem Teller mit einem riesigen Stapel Pfannkuchen in der anderen Hand aus der Küche.

„Das ist schon okay, Schatz. Wir haben alles Eis zu Hause", sagte Lex und hielt Emery seine Hand hin, der sie nahm, nachdem er die Last, die er trug, auf den Tisch gestellt hatte.

„Also", begann Noah. „Seid ihr zusammen?"

„Wir hatten zwei Dates, also ja, denke ich", sagte ich.

„Ich glaube nicht, dass wir das Streichen von Räumen als Date zählen können", meinte River.

„Sicher können wir das. Zuerst habe ich dich zum Frühstück ausgeführt, und dann haben wir uns geküsst."

Wir tauschten einen Blick aus und lächelten.

„Verdammt, das ist ernst", sagte Noah.

Ich starrte ihn an. „Was meinst du?"

Er zuckte mit den Schultern. „Hör zu, ich kann nicht

behaupten, dass ich weiß, wie es ist, ein Spätzünder zu sein, denn wir alle wissen, dass ich es nicht war."

Lior schnaubte.

Noah schlug sich leicht auf die Brust, bevor er fortfuhr: „Aber ihr standet euch schon immer sehr nahe. Mehr als beste Freunde es tun. Es war nur eine Frage der Zeit, bis alle Teile eures Körpers zueinanderfinden würden. Und ausnahmsweise meine ich nicht eure Schwänze."

„Das wusste ich wirklich nicht, wisst ihr?", sagte ich, und sie lächelten mich alle verständnisvoll an. „Es war, als wären wir an einem Tag Freunde, und am nächsten Tag starrte ich auf seinen Arsch und hatte all diese anderen Gedanken."

„Oh, Schatz, du bist so romantisch", scherzte River.

„Warte mal, wann ist es denn passiert? Weil … du weißt schon … die Hochzeit", meinte Lex.

Meine Hand hielt inne, als ich mir ein paar Pfannkuchen auf den Teller legen wollte.

Auch wenn sich mein Nicht-Hochzeitstag als Segen erwiesen hatte, konnte ich immer noch nicht alles abschütteln, was geschehen war. Ich hatte es allen erzählen müssen, die ich kannte, und dann hatte Victoria Funkstille gehalten. Das war immer noch ein wunder Punkt.

„Die Flitterwochen", murmelte ich.

Lex schnappte nach Luft. „Also, all die Witze, die wir gemacht haben …"

Ich schüttelte den Kopf. „Ein paar Wochen lang ist nichts passiert. Da habe ich erst angefangen, aufmerksam zu werden."

„Wie auch immer", sagte River und wechselte das Thema. „Weshalb seid ihr hergekommen? Ich weiß, dass es nicht darum ging, uns im Bett zu erwischen, und es kann nicht nur um unser Abendessen mit David Lima und seinem Mann gehen."

„Wir haben ein paar Fäden gezogen, sodass Drew und

Wests Benefizauktion in zwei Wochen stattfindet. Wir haben viel zu tun, also lassen wir das Sonntagsessen ausfallen und fahren ins Büro. Wir holen uns später was zu essen. Wir wollten dich abholen.“

Ich lachte. „All diese Dinge hätte man auch per Nachricht übermitteln können.“

„Ja, aber wir wollten euch etwas über David Lima fragen.“

Wir tauschten den ganzen Klatsch und Tratsch aus, bis River zur Arbeit musste und ich mit meinen Brüdern, Emery und Lior zum Büro fahren musste, wo West uns treffen würde, da Drew auch arbeitete.

„Bis später, mein Freund“, sagte ich und schmeckte das Wort in meinem Mund, und verdammt, es fühlte sich richtig an.

River starrte mich schockiert an. „Adam …“

„Es muss nicht jetzt sein, River, aber ich würde es gern irgendwann tun.“

Er zog mich in seine Arme und küsste mich fest. „Bis später, mein Freund.“

Die Zurufe meiner Brüder, als wir uns küssten, waren völlig unnötig, aber ich konnte nicht leugnen, dass es sich gut anfühlte, die Anerkennung der Menschen zu bekommen, die mir am meisten bedeuteten.

Es fühlte sich verdammt gut an. Jetzt musste ich sie nur noch davon überzeugen, mich bei der Spendenaktion nicht zu versteigern, denn ich wollte auf keinen Fall etwas von meiner zukünftigen Freizeit an jemanden verschenken, der nicht River war.

29

———

RIVER

Ich richtete die Platten mit den Vorspeisen aus, mehr um beschäftigt zu sein, als um sicherzustellen, dass jede Präsentation perfekt war. Das waren sie bereits, dank meines Teams. Während Fir und der Küchenchef das Lusitana heute Abend offen hielten, waren der Sous-Chef und ein Team von Kellnern der Agentur mit mir bei der Wohltätigkeitsauktion und -gala der Star Finders Foundation.

Bei einer letzten Kontrolle spürte ich, wie eine Hand in meine glitt. Der Lärm der Gäste, die den Veranstaltungsort betraten, wurde zu einem entfernten Summen, als Adam mich aus dem Getümmel herausführte, wobei sich seine Finger mit meinen verschränkten.

Wir schlüpften durch eine Seitentür in die Baumpfingstrosen-Sammlung.

Adam zögerte nicht. Seine Lippen eroberten meine mit einer Leidenschaft, die mir den Atem raubte. „Ich habe dich vermisst", sagte er, als er sich von mir löste.

Ich suchte sein Gesicht ab, und das Blau seiner Augen verdunkelte sich. Vermisste er mich in dem Chaos der Vorbereitungen für die Veranstaltung, oder war es mehr? Wir waren immer noch jede Nacht zusammen, obwohl ich mich in den letzten zwei Wochen nur in wenigen gestohlenen Momenten an ihm sattgesehen hatte, bevor der Schlaf uns fortgetragen hatte.

„Ich will nicht versteigert werden“, meinte er und schmollte.

„Komm schon“, lachte ich, „du verkaufst nicht deinen Körper, du stellst nur deinen Geist für einen guten Zweck zur Verfügung.“

„Ich weiß, aber das bedeutet, dass ich meine Zeit mit jemand anderem verbringen muss. Das bedeutet weniger Zeit mit dir.“

„Baby“, begann ich, und mein Ton wurde sanfter, als ich seinen Arm berührte. Mein Daumen strich über den Stoff seines Ärmels. „Wir leben zusammen, weißt du noch? Du bist jeden Tag und jede Nacht bei mir zu Hause.“

Sein Schmollmund wurde noch größer, wenn das überhaupt möglich war, also beugte ich mich vor und saugte seine Unterlippe in meinen Mund, wobei ich meine Anerkennung für seine weichen Lippen und seinen süßen Geschmack summte.

„Bist du dort glücklich?“; fragte ich. „In meiner Wohnung, meine ich. Oder hast du darüber nachgedacht, dir einen anderen Ort zum Leben zu suchen?“

Warum fing ich jetzt damit an? Ich hasste es, dass meine Unsicherheit und meine Angst, Adam zu verlieren, jetzt, wo ich ihn hatte, die Oberhand gewannen, aber es war schon Wochen her, dass Lex und Noah von uns erfahren hatten, und er hatte es seinen Eltern immer noch nicht gesagt.

„Falls es noch nicht deutlich geworden ist, weil ich sogar im Schlaf nach dir suche: Ich bin sehr glücklich, mit dir zusammenzuleben.“ Seine Augenbrauen verengten sich. „Es sei denn … willst du, dass ich ausziehe? Machen wir das falsch? Ist es zu schnell?“

Ich legte ihm einen Finger auf den Mund. „Hey, ich habe dich gern bei mir, und ich schlage definitiv nicht vor, dass du ausziehst. Es ist nur etwas schwierig für mich, mit deinen Eltern zu arbeiten und das Gefühl zu haben, dass ich sie belüge, wenn sie nach dir fragen."

Er öffnete den Mund, um etwas zu sagen, aber ich hielt meinen Finger in Position. „Du musst dir Zeit nehmen, um zu entscheiden, wie und wann du es ihnen sagen willst. Ich drücke nur meine Gefühle aus, weil du mir so viel bedeutest, Adam. Ich möchte, dass wir miteinander kommunizieren können."

„River", flüsterte er, und die Art, wie er meinen Namen aussprach, fühlte sich an wie eine Liebkosung und eine Entschuldigung.

„Heute Abend", flüsterte ich gegen die Wärme seiner Lippen, „wenn das alles vorbei ist, werden wir allein sein, und wir werden die verlorene Zeit der letzten zwei Wochen aufholen."

„Ich verspreche es dir", murmelte Adam mit heiserer Stimme.

Widerwillig löste ich mich von ihm und fuhr mit den Fingern die Linie seines Kiefers nach, bevor ich mich auf die Seite fallen ließ.

„Komm schon, ich habe zu arbeiten, und du musst da rausgehen und charmant sein."

„Gut." Er schmollte, richtete sich dann aber auf und schenkte mir sein charmantestes Lächeln.

Ich würde jeden Tag eine Million Dollar dafür bezahlen, aber zu wissen, dass er es freiwillig schenkte, wann immer sich unsere Blicke trafen, ließ mein Herz sofort höher schlagen.

Ich stecke so verdammt tief in der Scheiße.

Außerhalb unseres Verstecks brodelte die Veranstaltung vor Erwartung. Während Adam mich verließ, um sich mit

West und Drew zu treffen, bewegte ich mich durch die Menge und suchte nach bekannten Gesichtern unter dem Personal. Sie waren ein gut ausgebildetes Team, aber ohne Fir an meiner Seite spürte ich die zusätzliche Verantwortung auf meinen Schultern.

„Jenna, denk daran, zu lächeln und die Kanapees mit beiden Händen anzubieten", wies ich eine der Serviererinnen der Agentur an. Ihr Nicken war ernst, ihre Augen leuchteten.

„Mark, halte dich mit dem Einschenken des Weins zurück – großzügig, aber nicht zu großzügig", erinnerte ich einen anderen, der mir wissend zuzwinkerte.

Als die Auktion näher rückte, schaute ich mich ein letztes Mal um. Der botanische Garten hatte sich in eine elegante Kulisse für den Abend verwandelt.

Ich nahm meinen Platz an der Seite des Raumes ein, mit vollem Blick auf die Küchentür und die Kellner, die sich wie bei einem choreografierten Tanz umeinander bewegten.

Die Menge verstummte, als der Moderator die Bühne betrat, seine Stimme war voll und einladend.

Adam stand als Erster auf der Liste, was mich sowohl freute als auch erschreckte. Trotz meiner früheren Beruhigung nagte die Realität, andere auf seine Zeit bieten zu sehen, mit scharfen Zähnen an mir.

„Beginnen wir mit der Versteigerung von Mr. Adam Spencer", verkündete der Moderator, dessen Worte von Begeisterung geprägt waren. „Ein Wortschmied, dessen Fähigkeiten nur von seinem Mitgefühl und seiner Menschenfreundlichkeit übertroffen werden. Der Bieter, der den Zuschlag erhält, wird nicht nur seine Gesellschaft genießen, sondern auch Zugang zu einem der größten Marketing- und PR-Köpfe dieser Stadt haben."

Ich beobachtete Adam, der aufrecht und selbstsicher dastand, eine leichte Röte auf seinen Wangen verriet die Ruhe, die er ausstrahlte. Seine Augen trafen für einen Augenblick meine, ein stummes Flehen um Gewissheit. Ich nickte dezent, meine Unterstützung war unerschütterlich, doch mein Magen verdrehte sich zu einem Knoten.

„Fünfhundert Dollar!", rief eine Stimme und entfachte damit den ersten Funken des Bieterwettstreits.

„Siebenhundert!", konterte eine andere schnell.

„Adam Spencer, Leute, ein Unternehmer, der mit seinen Brüdern frisch vom College eine PR-Firma gegründet hat und entschlossen ist, neue Unternehmen in unserer Gemeinde aufzubauen", fuhr der Moderator fort.

„Zweitausend!", ertönte ein neues, selbstbewussteres Gebot.

„Dreitausendfünfhundert!" Die Zahlen wuchsen, und mit jeder Erhöhung war ich stolzer und stolzer, dass das Talent meines Mannes mit Worten von so vielen anerkannt wurde.

„Können wir vier hören?", stachelte der Moderator mit einem raubtierhaften Lächeln an.

„Zehntausend!" Der Raum schnappte kollektiv nach Luft, gefolgt von einer Welle von Geplapper.

„Fünfundfünfzigtausend!" Die Stimme schnitt wie ein Messer durch die Luft und brachte das Gemurmel im Saal zum Schweigen.

„Siebenhundertfünfzig mehr!" Es war dieselbe Stimme, sodass sich die Gesamtsumme auf ungewöhnliche fünfundfünfzigtausendsiebenhundertfünfzig Dollar belief. Was für eine zufällige Zahl.

Mein Puls hämmerte in meinen Ohren, das Geräusch übertönte den letzten Hammerschlag, als der Moderator verkündete: „Verkauft!"

Mein Blick schweifte über das Meer von Gesichtern und landete auf der Gestalt hinter der Stimme.

Ich hätte das Profil schon von weitem erkannt, auch

wenn ich die Stimme nicht sofort mit ihr in Verbindung gebracht hätte.

Victoria stand am Rande der versammelten Menschenmenge, ein verschmitzter Triumph war in die feinen Züge ihres Gesichts gezeichnet. Ihr Blick blieb an dem von Adam hängen.

Sein Adamsapfel wippte, während er wie erstarrt auf der Bühne stand. Der Moderator lobte Adams Fähigkeit, ein so hohes Gebot zu erzielen, und betonte, dass das gesammelte Geld den benachteiligten Kindern von Cliffborough und ihren Familien zugutekommen würde.

Victoria ging in die Knie, um die Schleppe ihres perfekt sitzenden Kleides zu heben. Ihr Haar war zu einer Seite gestylt, und ihr Porzellan-Teint wies keinen einzigen Makel auf.

Sie schlenderte um die breiten Säulen am Rande des Raumes herum. Ihr Blick blieb auf Adam gerichtet, doch vor mir blieb sie langsam stehen und lächelte.

„Eine recht großzügige Spende", bemerkte ich, in der Hoffnung, jede Art von Emotion aus meiner Stimme herauszuhalten.

„Adam ist jeden Penny wert", antwortete sie.

Wut kochte in mir hoch.

Jeden Penny wert?

War er jeden Penny wert gewesen, als sie mir an ihrem Hochzeitstag den Zettel unter die Tür geschoben hatte? War er jeden Penny wert gewesen, als er sich auf einen verdammten Stuhl hatte stellen müssen, um ihren beiden Familien zu sagen, dass sie ihn verlassen hatte?

Mein Blick huschte durch den Raum zu Adams Brüdern. Allein Noahs Blick gab mir die Kraft, meine Fassung zu bewahren.

Der Moment dehnte sich zwischen uns aus. Wenn sie

mich zu einer Reaktion ködern wollte, hatte sie verdammt viel Pech.

„Sieht so aus, als hättest du einiges zu planen", bemerkte ich, wobei meine Stimme nichts von meiner inneren Wut verriet. Oder den Wunsch, Adam offen zu fordern.

„Es scheint so", antwortete sie und setzte ihren gemessenen Gang zu Adam fort.

Ich verschränkte die Hände neben mir, als sie Adam auf die Wange küsste.

„River?"

Ich drehte mich zu einem der Kellner um. „Ja?"

„Uns sind die Vorspeisen mit Räucherlachs ausgegangen."

„Frag in der Cafeteria-Küche nach. Wir benutzen ihren Kühlschrank für Extras, da sie geschlossen ist. Wenn wir wirklich nichts mehr haben, sucht euch etwas anderes aus."

Als ich mich wieder zu Adam und Victoria umdrehte, sah ich nur noch das Rot ihres Kleides, als sie durch eine Seitentür verschwand.

Ich suchte den Raum nach Adam ab, aber ich konnte ihn nicht finden.

„Gehst du nicht hinter ihnen her?", fragte Noah, der wie aus dem Nichts auftauchte.

„Ich ..." Ich war wie erstarrt auf meinem Platz, so wie Adam vorhin auf der Bühne.

„Du musst gehen", sagte Emery.

„Was ist, wenn sie ..."

„Nein." Noah unterbrach mich. „Das ist nicht der richtige Zeitpunkt, um wieder ins Abseits zu geraten. Wir haben dich dein ganzes Leben lang dabei beobachtet. Adam gehört zu dir, nicht zu dieser besenlosen Hexe."

„Bitte, River", flehte Lex.

Es war nicht so, dass ich nicht gehen wollte, aber als ich den Schmerz in Adams Augen gesehen hatte, als er Victoria erblickt hatte, und als ich ihr überhebliches Selbstvertrauen miterlebt hatte, hatte ich all mein Selbstvertrauen verloren.

Noah schüttelte mich. „Entweder du gehst oder ich werde gehen, und wir beide wissen, dass das nicht gut ausgehen wird.“

„Und du glaubst, es wird besser enden, wenn ich gehe?“ Ich lachte.

„Ja, du wirst keinen wirklichen Mord begehen.“

Ich starrte auf die Tür, durch die sie gegangen waren, und erinnerte mich dann an die Angst und Traurigkeit in Adams Augen. Meine Füße bewegten sich, bevor mein Gehirn sie einholen konnte.

30

———

ADAM

Sobald ich den Schock überwunden hatte, der mich als Geisel hielt, während ich auf der Bühne stand und Hunderte von Augen auf mich gerichtet waren, war es ein anderes Gefühl, das mich in Bewegung brachte.

Wut.

Wie konnte Victoria es wagen, ausgerechnet heute aufzutauchen und *dieses* Gebot abzugeben. Die Zahl bedeutete für alle im Publikum nichts, aber für mich war es der letzte Stich in den Rücken.

Ich hatte den Bruchteil einer Sekunde gezögert und Victoria dabei beobachtet, wie sie sich aus der Menge löste. Die Art und Weise, wie sie sich bewegte, mit choreografierter Anmut und jedem gemessenen Schritt, war mir schmerzlich vertraut.

Mit einem tiefen Atemzug, der wenig dazu beitrug, die Enge in meiner Brust zu lindern, war ich ihr gefolgt. Ich hatte einen kurzen Blick auf River geworfen, aber ich konnte meinen Blick nicht auf ihm halten, denn wenn er meinem begegnet wäre, wäre es zu verlockend gewesen, ihn um Unterstützung zu bitten.

Er war für mich da gewesen, als ich ihn am meisten gebraucht hatte, und jetzt war er mir wichtiger denn je, deshalb musste ich das allein schaffen. Zumindest würde ich mir damit beweisen, dass ich wirklich über Victoria hinweg war.

Außerdem war das eine Sache zwischen Victoria und mir.

Als sich die Tür hinter uns schloss, verstummte das Gemurmel der Gäste und das Klirren der Gläser. Die Sicherheit von River und die Unterstützung meiner Brüder waren auf der anderen Seite der schweren Tür.

Ich blieb an einem Blumenstrauß stehen. Die Rosen, so schön und zart mit ihrem beruhigenden Duft, konnten mit ihren Dornen auch Blut saugen. Das war Victoria. Und in *diesem* Kleid. Das Kleid, von dem sie mir monatelang erzählt hatte, bis ich es ihr gekauft hatte. Das Kleid, das sie am Abend unseres Hochzeitstages tragen wollte. Sie sah … tödlich aus.

Sie war genauso eine dornige Rose wie die Auslagen um uns herum.

Ich sah ihr in die Augen und suchte nach der Frau, die ich zu kennen glaubte, aber in diesem Moment, als ich vor ihr stand, wurde es mir klar. Wir waren Fremde, mit nichts als Erinnerungen, die darauf hindeuteten, dass wir einmal mehr gewesen waren.

„Victoria", sagte ich und war überrascht, wie sicher meine Stimme klang.

„Adam", antwortete sie, ihre Stimme war sanft, selbstbewusst und selbstsicher.

„Warum bist du hier?"

Sie schaute sich in der Rosenausstellung um. „Wir haben hier unsere Verlobungsparty gefeiert. Es war ein wunderschöner Abend."

Ja, einer, der meinen Zwillingsbruder auf den Plan gerufen hatte, weil er Emery hier einen Antrag machen wollte, bevor er verschwand. Damals hatte ich geglaubt, dass Victoria Lex nicht verletzen wollte und einfach nur unsere Party in einer schönen Umgebung feiern wollte.

Der Gedanke, dass ich ihr so sehr vertraut hatte, dass ich alles geglaubt hatte, was sie sagte, nur um dann das zu tun, was sie mir und meiner Familie angetan hatte, machte mir Bauchschmerzen.

„Ich bin nicht hier, um in Erinnerungen zu schwelgen. Was willst du, Victoria?"

„Ich will reden", sagte sie schließlich, und ihr Blick richtete sich wieder auf mich.

„Reden?" Ich lachte. „Und das ausgerechnet jetzt? Mitten in einer öffentlichen Veranstaltung? Auf einer Wohltätigkeitsveranstaltung?" Ich konnte nicht verhindern, dass Ungläubigkeit in meinen Tonfall sickerte. „Hättest du mich nicht anrufen können? Ein Treffen irgendwo … privat vereinbaren können?"

Sie schob sich eine nicht vorhandene Haarsträhne hinters Ohr. „Hättest du geantwortet, Adam?"

Ich atmete aus und löste langsam die Anspannung, die sich aufgebaut hatte, seit ich mich auf einen Stuhl stellen musste, um unseren Familien mitzuteilen, dass sie weg war. Sie kannte mich gut genug, um die Antwort zu kennen.

„Exakt", flüsterte sie.

„Wo bist du gewesen, Victoria?" Meine Stimme fand ihren Halt, diesmal fester, mit einer leisen Forderung nach längst überfälligen Antworten.

„Ich war weg", sagte sie schließlich. „Ich habe über das Leben nachgedacht … über einige der Dinge, die ich getan habe. Die Entscheidungen, die wir manchmal treffen und die das Leben anderer Menschen beeinflussen können."

Die Luft zwischen uns war aufgeladen, jede unausgesprochene Anschuldigung knisterte in der Stille. Ich verschränkte meine Arme vor der Brust. „Wie den Mann, den du angeblich geliebt hast, an deinem Hochzeitstag im Stich zu lassen", sagte ich, und die Worte fielen wie Blei zwischen uns, „und ihn mit den Folgen allein zu lassen."

Victorias Augen, einst warm und vertraut, waren nun kühl und distanziert. „Ich habe das Geld für die Hochzeitskosten auf dein Konto überwiesen", verkündete sie, ihre Stimme war ruhiger, als ich erwartet hatte. Die Enthüllung hätte ein Gefühl der Gerechtigkeit, eine Abrechnung bringen sollen, aber stattdessen fühlte es sich hohl an. „Und ich habe das mit einer Spende an Star Finders ergänzt", fuhr sie fort. War das ein hohler Versuch der Wiedergutmachung? „Ich weiß, dass mich das nicht von meinen Taten freisprechen wird, aber es ist ein Anfang, die Dinge wieder in Ordnung zu bringen."

Eine Vielzahl von Antworten lag mir auf der Zunge: Wut, Sarkasmus, vielleicht sogar Dankbarkeit für die Geste, aber sie blieben alle ungesagt.

Die Stille des Raumes wurde durch die leisen Schritte, die sich näherten, durchbrochen.

Rivers plötzliche Anwesenheit löste die von Victoria hervorgerufene Spannung.

„Adam?" In seiner Stimme lag ein Hauch von Sorge. Er stand da, seine Augen suchten meine, eine stumme Frage schwebte zwischen uns. „Geht es dir gut?"

Die Worte waren einfach, aber sie trugen das Gewicht unserer jahrelangen Freundschaft, jedes geteilte Geheimnis, jeden stillen Moment des Verständnisses. Noch vor wenigen Wochen war diese Frage ein Stein in meinem Schuh gewesen. Jeder wollte wissen, wie Adam Spencer mit der Tragödie zurechtkam, an seinem Hochzeitstag sitzen gelassen worden zu sein.

Ich hatte mich daran gewöhnt, die Frage zu hassen, denn es gab nur eine einzige akzeptable und erwartete Antwort. Ich brachte ein Lächeln zustande. „Es geht mir gut, River", versicherte ich ihm, obwohl sich ‚gut' wie ein fremdes Konzept anfühlte.

Rivers Blick wich nicht von mir. Er kannte mich zu gut.

Ich wollte die Hand nach ihm ausstrecken, seine Hand nehmen, ihn umarmen und wieder Frieden spüren. Konfrontation war nichts, was ich gern tat, und von Victoria so überrascht zu werden, verunsicherte mich.

Victorias Blick flackerte zwischen River und mir hin und her, die Luft knisterte, als sie sich plötzlich anders verhielt. „O. Mein. Gott. Ihr zwei fickt doch, oder?" Die Worte glitten aus ihrem Mund, giftig und scharf. „Ich wusste es", spuckte sie und verengte die Augen mit einem Triumph, der mir eine Gänsehaut bereitete. „Die ganze Zeit, die ihr zusammen verbracht habt. Ich hatte immer den Verdacht, dass da etwas … nicht stimmt. Beste Freunde, von wegen."

River stand neben mir, sein ruhiges Äußeres verriet nichts von dem, was er in seinem Inneren fühlte.

„Hast du das die ganze Zeit geplant, River? Hast du in den Kulissen gewartet wie ein erbärmlicher Geier, bereit, in dem Moment zuzuschlagen, in dem ich ihm den Rücken zugekehrt habe?", fuhr sie fort.

„Victoria, hör auf", warf ich ein, aber sie redete unerbittlich weiter.

„Oder hast du ihn verführt? Seine Verletzlichkeit ausgenutzt?" Sie trat näher an River heran, der trotz des Ansturms standhaft blieb. „Wie fühlt es sich an, die zweite Wahl von jemandem zu sein?"

Jedes Wort, das Victoria ausstieß, fühlte sich wie ein Schlag an, und ich konnte sehen, wie sich die Muskeln in Rivers Kiefer anspannten. Er atmete langsam aus, ein gemessener Atemzug der Zurückhaltung, aber sein Schweigen war lauter als jede Verteidigung, die er hätte anbieten können.

„Genug, Victoria", sagte ich und stellte mich vor River.

Ihre Worte waren vielleicht an ihn gerichtet, aber sie durchbohrten mich genauso tief.

Sie hob trotzig ihr Kinn. „Ich schätze, ich habe alles, was ich von heute Abend brauchte." Sie stürmte davon, ihr Kleid flatterte, während sie sich bewegte, ohne ihre Haltung zu verlieren.

Es dauerte einen Moment, bis mein Blutdruck wieder auf ein halbwegs normales Niveau gesunken war, bevor er erneut in die Höhe schoss.

„River", sagte ich, „sie wird es allen erzählen. Sie wird daraus eine verdrehte Geschichte machen."

Als sich der Gedanke in meinem Kopf formte, bildete sich ein Knoten in meiner Kehle bei der Vorstellung, wie schnell sie uns enträtseln könnte.

All die Male, die wir unschuldig bei ihm abgehangen hatten, um ein Spiel zu sehen. Oder als wir mit meinen Brüdern zu Tanner's gegangen waren. Sie könnte sogar die späten Nächte, in denen ich allein im Büro gearbeitet hatte, verdrehen.

Ich griff nach ihm und fand Erleichterung in seinem vertrauten Blick. Unsere Lippen trafen sich, und für einen flüchtigen Moment hörte die Welt um uns herum auf zu existieren.

„Adam", flüsterte er an meinem Mund und zog sich gerade so weit zurück, dass er meinen Blick erwiderte. „Es ist mir egal, was sie sagt. Du und ich kennen unsere Wahrheit. Das ist alles, was zählt."

Ich wollte das glauben, aber jetzt, wo ich die Scheuklappen abgenommen hatte, konnte ich keine Entschuldigungen mehr für Victoria finden. Sie würde das aus Bosheit tun, und plötzlich wäre ich nicht mehr der sitzen gelassene Bräutigam. Ich wäre der Betrüger, der endlich den Mut gefunden hatte, sie zu verlassen.

War sie nicht mutig? Es muss ihr das Herz gebrochen haben, als sie erfuhr, dass ihr Verlobter sie betrügt. Und dann auch noch mit einem Mann.

Das würden die Leute sagen.

Ich konnte nicht zulassen, dass sie unseren Ruf ruiniert. „Ich muss ihr nachgehen, River. Ich kann nicht zulassen, dass sie die Geschichte kontrolliert. Das ist unsere Geschichte." Meine Hände verweilten auf seinen Armen, zeichneten die Umrisse seiner Tattoos unter den hochgekrempelten Ärmeln nach.

„Geh." Er nickte, mit einer sanften Festigkeit in seinem Ton. „Aber, Adam, vergiss nicht, dass wir mehr sind als das, was sie – oder irgendjemand anders – sagt."

„Danke", antwortete ich, und in meiner Stimme schwang Dankbarkeit mit. Mit einem letzten Blick auf ihn versprach ich: „Ich sehe dich später zu Hause."

„Das solltest du besser."

Dann machte ich auf dem Absatz kehrt und rannte in Richtung Parkplatz, fest entschlossen, Victoria zu erwischen, bevor sie ihr Netz aus Lügen spinnen konnte.

31

ADAM

„ADAM!" LEX' Stimme durchbrach meine Entschlossenheit, zu meinem Auto zu gelangen. „Hey, warte doch!"

Ich drehte mich um und sah ihn mit besorgter Miene auf mich zu joggen.

„Was ist los?", fragte ich und zwang mich zu einem Lächeln, das ich nicht fühlte.

„Wir haben Victoria gesehen." Er hielt vor mir inne, seine Atemzüge kamen in schnellen Stößen heraus. „Was ist passiert?"

Seine Frage hing in der Luft, und für einen kurzen Moment wollte ich sie abtun, aber er war Lex, mein Zwilling, der einzige Mensch außer River, der mich in- und auswendig kannte.

„Sie kam, um zu reden", begann ich, und die Worte schmeckten bitter auf meiner Zunge. „Aber die Dinge … liefen nicht wie geplant."

Lex' Stirn legte sich in Falten, und er verschränkte die Arme, eine stumme Aufforderung, fortzufahren.

„Victoria, sie …" Ich brach ab, das Geständnis schnürte

257

mir die Kehle zu. „Sagen wir einfach, sie hat einige Vermutungen über River und mich angestellt."

„Was zum Beispiel?"

„Sie denkt, ich hätte sie betrogen."

„Das ist Quatsch", meinte er und erhob seine Stimme.

„Ich weiß, aber mit dieser Lüge kann sie eine Menge Schaden anrichten, und sie wird mir mein Coming-out nicht wegnehmen."

„Verdammt." Lex atmete aus. „Es tut mir leid, Mann. Bist du okay?"

Ich nickte. „Ich werde mich darum kümmern. Im Moment muss ich dafür sorgen, dass sie nicht noch mehr Ärger verursacht."

„Sei vorsichtig, Adam. Lass sie nicht an dich heran. Du weißt, dass wir alle hinter dir stehen, oder?"

„Immer", sagte ich.

Mit einem letzten Klaps auf meine Schulter trat Lex zurück.

Ich rannte zu meinem Auto und hoffte, dass ich richtig lag, wo sie war.

***

Ich zögerte an der Türschwelle meines einstigen Zuhauses, meine Finger zitterten, als sie über der Klingel schwebten.

Die Tür schwang auf, und da stand sie, Victoria, ihr Gesichtsausdruck war eine Mischung aus Überraschung und etwas Unleserlichem. Einen Moment lang sprach keiner von uns beiden.

„Adam", sagte sie, ihre Stimme war zaghaft. „Ich … habe dich nicht erwartet."

„Darf ich reinkommen?"

„Natürlich." Sie trat einen Schritt zur Seite.

Als ich das Wohnzimmer betrat, wirkten die Erinnerungen an unser Lachen und die Planung unseres gemeinsamen Lebens wie die Geister eines vergangenen Lebens. Die Couch, auf der wir gekuschelt, geknutscht und Sex gehabt hatten, war nur eine Couch. Die Wände, die mit Bildern aus unserem gemeinsamen Leben tapeziert waren, waren kahl.

Es war surreal, inmitten der Überreste eines Lebens zu stehen, von dem ich dachte, dass ich es wollte.

Ich setzte mich auf die Couch und versuchte, meine Worte zu ermessen.

„Du hast gesagt, du hättest im Botanischen Garten bekommen, was du wolltest, aber ich habe nicht das gleiche Privileg“, meinte ich.

„Was meinst du?“

„Warum hast du mich an unserem Hochzeitstag verlassen? Was war so schrecklich, dass du nicht mit mir reden konntest?“ Die Frage bahnte sich ihren Weg aus mir heraus, nachdem sie wochenlang von innen heraus an mir genagt hatte.

Sie bewegte sich unbehaglich und sah alles andere als mich an. Ihre Hände zitterten und verrieten das ruhige Äußere, das sie zu zeigen versuchte. Als ihr Blick schließlich meinen traf, sah ich ein Aufflackern von etwas Rohem und Unbewachtem, bevor sie es schnell verbarg.

„Adam, es tut mir so leid“, flüsterte sie. „Ich habe einen Fehler gemacht.“

„Was für einen Fehler?“

„Ich … ähm … mit … Liam Harper. Es war nur ein Ausrutscher, eine Fehleinschätzung“, fügte sie schnell hinzu.

„Um es mit deinen eigenen Worten zu sagen, du hast unseren Hochzeits-Caterer *gefickt*?“

„Es war nicht …“

Ich hielt einen Finger hoch. „Fehler sind verschüttete Milch oder vergessene Jahrestage. Du bist nicht zufällig gestolpert und auf seinen Schwanz gefallen.“

„Na ja, wenn du es so ausdrückst."

Ich lachte. „Kann man es auch anders ausdrücken?" Und dann holte ich tief Luft. „Victoria, wir müssen ein wenig zurückspulen, denn vor einer Stunde hast du mich einen Betrüger genannt und jetzt erzählst du mir das."

„Erinnerst du dich an den Familienbrunch? Der, bei dem du mit River verkatert aufgetaucht bist und kaum einen Satz zusammensetzen konntest, ohne zu grinsen?"

Ich erschauderte. „Natürlich erinnere ich mich." Das war eines der wenigen Male, die ich seit Monaten mit River zusammen gewesen war, und die Dinge waren ein wenig aus dem Ruder gelaufen. Trotz allem war ich immer noch wütend auf mich, weil ich mich vor einer Familienfeier so betrunken hatte. „Aber was hat das damit zu tun, dass du auf Liams Spaßstock geritten bist?"

Sie rollte mit den Augen. „Sei nicht so kindisch."

„Du hast mir gerade gesagt, dass du mich betrogen hast, nachdem du mich beschuldigt hast, dich zu betrügen. Ich werde so sein, wie ich sein will."

Victoria rollte die Augen, als hätte sie nicht erwartet, dass ich für mich selbst einstehen würde. Ich verdrängte diese Information und deutete ihr an, fortzufahren.

„Dieser Brunch war ein Albtraum. Die mitleidigen Blicke, die ich deinetwegen erntete, waren mehr als peinlich. Ein paar Wochen später traf ich Liam bei einer Arbeitsveranstaltung, die er ausrichtete. Ich wusste nicht, dass er dort sein würde. Wir haben danach noch etwas zusammen getrunken und hauptsächlich über die Pläne für die Hochzeit gesprochen, aber ..."

„Irgendwann ging es dann nicht mehr um Cocktailstäbchen, sondern darum, dass er dir seins zeigte."

„Ja", sagte sie und klang verärgert. „Hör zu, ich war nicht gut drauf. Die Arbeit hat mich gestresst, deine Familie hat mich gehasst ..."

„Wage es nicht, das auf meine Familie zu schieben, Victoria. Niemand hat dich gezwungen zu betrügen."

„Nein, das ist wahr."

„Wie lange ging das so?"

„Ich habe sofort Schluss gemacht, Adam", erklärte sie, und ihre Stimme war ein leises Flehen um Verständnis. „Es war nur ein einziges Mal."

„Warum hast du es mir dann nicht früher gesagt? Warum hast du bis zum Hochzeitstag gewartet?"

„Er kam am Abend vor der Hochzeit zu mir, um mit mir zu sprechen." Ihr Blick senkte sich, unfähig, den meinen zu treffen. „Er wollte, dass wir zusammen sind."

„Was?"

„Ich konnte es nicht tun", fügte sie schnell hinzu. „Aber in dem Moment, als ich darüber nachdachte, wusste ich, dass ich dich nicht heiraten konnte. Wenn ich mir vorstellen könnte, mit jemand anderem zusammen zu sein ... dann liebte ich dich vielleicht nicht genug, um eine solche Verpflichtung einzugehen."

„Bist du jetzt mit ihm zusammen?"

„Nein." Sie schüttelte den Kopf. „Es ist vorbei. Es hat nie richtig angefangen."

„Warum hast du es getan? Habe ich die Zeichen übersehen, dass du unglücklich bist?"

Sie seufzte. „Ich wusste nicht, dass ich unglücklich war, bis ich es Liam gegenüber zum Ausdruck gebracht hatte. Ich wusste nicht einmal, dass ich fähig war, fremdzugehen. Aber ... ich hatte es satt, zu versuchen, mich in deine Familie einzufügen und zu versagen. Ich fühlte es jedes Mal, wenn wir zusammen waren. Es war, als wäre ich immer eine Außenseiterin. Ich habe es so sehr versucht, weißt du? Deine Familie, deine Freunde ... ich habe alles getan, was ich dachte, dass ich tun sollte, aber es fühlte sich nie genug an. Es ist, als hätten sie mich nie wirklich gemocht."

Ihr Geständnis hing in der Luft, roh und verletzlich. Hatte sie diese Erfahrung wirklich gemacht? Ich dachte darüber nach.

An die Enttäuschung im Gesicht meiner Mutter, als Victoria sich weigerte, ihren Auflauf zu probieren, weil das Fleisch zu fett aussah. Oder wie mein Vater so sehr versuchte, eine gemeinsame Basis zu finden, indem er Victoria nach ihren Hobbys fragte, und sie sagte, sie sei zu sehr mit ihrer Arbeit beschäftigt, um Hobbys zu haben. Ich hatte es genau andersherum erlebt. Victoria war diejenige, die meine Familie nicht zu mögen schien, so sehr sie sich auch bemühte, sie willkommen zu heißen.

„Victoria, um in eine Familie zu passen, braucht man keine Checkliste von Dingen, die man tut. Es ist eine ständige Anstrengung, ja, aber es geht mehr darum, seine Liebe zu zeigen und offen dafür zu sein, sie zu empfangen. Nach dem ersten Sonntagsessen mit meiner Familie, bei dem du kaum etwas gegessen hast, hast du dich monatelang geweigert, mit uns zu essen. Du hast nie einen Hehl aus deiner Abneigung gegen River gemacht, aus welchem Grund auch immer. Was hast du denn erwartet? Dass du anfängst, Kuchen zu backen und dich in die Familiendynamik einfügst, als wärst du schon immer dabei gewesen?"

„Okay, ja, ich gebe zu, es war eine Lernkurve. Ich habe nie verstanden, dass dich deine ganze Familie so unterstützt. Es war, als könnten wir sonntags nie Pläne machen, weil du immer die Familiensache erledigen musstest."

Ich starrte sie an. „Ich werde mich nicht dafür entschuldigen, dass ich meine Familie liebe oder dafür, wie nahe wir uns stehen."

„River gehört nicht zur Familie, oder?"

„Was ist das mit dir und River? Was hat er dir je angetan, dass du so eine Feindseligkeit gegen ihn hegst?"

Ihre Miene verfinsterte sich. „Ich war eifersüchtig", gab

sie zu und ließ ihren Blick auf ihre Hände sinken. „Auf ihn. Darauf, dass er immer deine Priorität zu sein schien.“

„Eifersüchtig?“

„Ja. Du hast immer nur von River geredet, von River hier und River da. Wir konnten nicht einmal einen Filmabend machen, ohne dass du ihn erwähntest.“

„Dachtest du …?“ Ich brach ab, unfähig, den Gedanken zu Ende zu führen. Die Anschuldigung, die folgen könnte.

Sie blickte auf und ihre Augen trafen wieder meine. „Es scheint, ich hatte Grund dazu.“

„River war mein ganzes Leben lang mein bester Freund. Es ist mir egal, ob du mir glaubst oder nicht, aber zwischen uns ist nichts passiert, bis du gegangen bist.“

„Wie ist es dann passiert? Bist du eines Tages schwul aufgewacht?“

„Nicht, dass ich mich vor dir oder irgendjemand anderem rechtfertigen müsste, aber ich bezeichne mich nicht als schwul. Ich könnte bisexuell sein, pansexuell oder eine der vielen queeren Identitäten. Es spielt keine Rolle. River war für mich da, als ich ihn brauchte, und irgendwann hat sich die Art, wie ich ihn sah, in etwas verwandelt, das ich nicht erwartet oder kommen sehen habe.“

Sie atmete tief ein und aus. „Ich glaube dir, und es tut mir leid, was ich vorhin gesagt habe … über River und dich.“ Sie hielt inne, ihr Blick senkte sich, bevor er meinen wiederfand. „Ich wünsche dir nur das Beste. Und wer weiß? Vielleicht gibt es bald wieder eine Hochzeit, die du planen kannst.“

„Was meinst du?“, fragte ich und lachte.

„Verstehst du das nicht? Du willst so verzweifelt das Haus mit dem weißen Lattenzaun und den zwei-fünf-Kindern haben, dass du alle red flags ignorierst. Du hast es bei mir getan, und wenn du nicht aufpasst, wirst du es auch bei River tun.“

„Soll das heißen, River ist ein Warnsignal?" Was sollte der Scheiß?

„Nicht er", sagte sie. „Die Art, wie du andere Menschen brauchst, ist es. Du … Du bist eine red flag, Adam."

Das brachte mich zum Schweigen. Ich war das Problem? Nicht ihr Verrat, nicht ihre Geheimnisse, sondern ich und mein Bedürfnis nach etwas mehr in meinem Leben? Mein Atem ging stoßweise, und ich hatte das Gefühl, dass der Boden unter mir schwankte, unsicher wurde.

„Victoria", begann ich, aber die Worte blieben mir im Hals stecken. Es gab nichts mehr zu sagen. Sie hatte ihre Wahl getroffen, und jetzt hatte sie ihren Standpunkt klargemacht.

„Auf Wiedersehen, Victoria", sagte ich schließlich. Ich stand auf und verließ das Haus ohne einen einzigen Blick zurück. Ich atmete erst wieder auf, als ich in meinem Auto saß.

Zuerst fuhr ich ziellos, die Lichter der Stadt verschwammen. Victorias Worte hallten in meinem Kopf wider. Red flag. Verzweiflung. Der Vorwurf stach, weil ich Angst hatte, dass sie recht hatte. War ich von einer falschen Beziehung in die nächste gesprungen?

Beim letzten Mal hatte ich Victoria verloren, aber ich hatte immer noch meine Familie und meinen besten Freund. Wenn es mit River nicht klappte, wen hätte ich dann noch?

Ich würde meine Familie nicht verlieren, aber eine Trennung wäre für sie genauso hart wie für mich. River würde auch eine Familie verlieren, was ihm gegenüber nicht fair war. Jetzt gab es kein Zurück mehr, nicht angesichts des Sturms von Gefühlen, der mich zu verschlingen drohte. Also fuhr ich auf Autopilot zu Lex' Haus.

Alle Lichter waren aus, also waren sie vielleicht noch nicht von der Veranstaltung zurück. Ich holte mein Handy heraus und rief Lex an.

„Adam?“, antwortete er verschlafen. In seiner Stimme schwang Verwirrung mit. „Was ist los? Es ist schon spät.“

Verdammt, wie lange bin ich schon herumgefahren?

„Kann ich bei dir pennen?“ Meine Stimme war heiser, fast fremd in meinen eigenen Ohren.

„Natürlich“, sagte er ohne zu zögern, und ich konnte die Besorgnis hören, die in seinem Ton mitschwang.

Als ich seine Tür erreichte, schwang sie auf, bevor ich klopfen konnte. Lex stand da, sein Haar war vom Schlaf zerzaust, und er trug ein altes Cliffborough High Sweatshirt.

„Komm her“, sagte er sanft und zog mich in eine erdende Umarmung. „Rede mit mir“, drängte Lex.

Seine Wohnung war ein Spiegelbild seiner großen Liebesgeschichte. Die Wände, die vor Monaten noch kahl gewesen waren, bevor Emery in sein Leben zurückkam, waren jetzt wieder mit Fotos gefüllt.

Meine Brüder gaben mir die Hoffnung, dass die große Liebe möglich war. Selbst Noah, der der Liebe abgeschworen zu haben schien, war nun mehr als glücklich verheiratet. Er hatte mir gezeigt, dass man seine Welt auf den Kopf stellen und trotzdem glücklicher sein konnte, wenn man seinen Partner gefunden hatte.

Ich ließ mich auf die Couch sinken, das Leder war kühl auf meiner Haut. Lex saß neben mir, nah genug, um mich zu trösten, aber auch, um mir Raum zum Atmen zu geben.

„Ich habe mit Victoria gesprochen. Sie hat Dinge über mich gesagt, über River, aber hauptsächlich über mich. Sie hat mich betrogen, Lex. Und jetzt sagt sie, dass ich … das Problem bin. Dass ich mich zu sehr an sie klammere und die red flags nicht sehe.“

„Adam“, antwortete er, seine Stimme war ruhig. „Zu wollen, dass man liebt und geliebt wird, ist keine red flag. River war dein sicherer Hafen in all den Zeiten, in denen du ihn gebraucht hast. Vielleicht ist das, was jetzt passiert, der Höhepunkt der jahrelangen Entwicklung eurer Beziehung."

„Aber das ist es ja. Wie kann ich sicher sein, dass ich nicht nur in sein Bett gefallen bin, weil ich verletzt war und sonst niemanden hatte? Woher soll ich wissen, dass es echt ist? Wie kann ich ihn nicht verletzen?" Meine Kehle drohte sich zuzuschnüren, als meine Gedanken in die falsche Richtung kullerten.

„Hey. Erstens, hör auf dein Herz, nicht auf das, was diese Frau gesagt hat. Zweitens: Ruh dich aus", sagte Lex und stand auf, um eine Decke zu holen. „Wir werden uns morgen früh darüber klar werden."

„Danke", murmelte ich, als er die Decke über mich legte.

Als Lex sich in sein Zimmer zurückzog, schloss ich meine Augen, nicht um zu schlafen, sondern um mir Rivers Gesicht vorzustellen, sein Lächeln, seinen Körper, seine Freundlichkeit, seinen Sinn für Humor, seinen Musikgeschmack.

Bevor mich der Schlaf übermannte, war ich geistesgegenwärtig genug, um ihm eine Nachricht zu schicken.

ADAM

Ich bin bei Lex. Können wir morgen nach deiner Schicht reden?

Seine Antwort kam sofort, und der Gedanke, dass er neben seinem Handy auf meinen Anruf gewartet haben könnte, beunruhigte mich. Ich fühlte mich schlecht, weil ich ihn beunruhigt hatte, aber ich war auch froh, dass ich noch jemanden hatte, der sich so sehr um mich sorgte.

RIVER

Ja, natürlich. Geht es dir gut?

ADAM

Das wird es.

32

RIVER

Das Klirren des Geschirrs und das Gemurmel der glücklichen Gäste hätte Musik in meinen Ohren sein sollen, vor allem nach der erfolgreichen Spendenaktion von gestern Abend. Doch da stand ich nun, hinter der Bar, und nahm das Treiben um mich herum kaum wahr.

„River, Mann, was machst du für ein langes Gesicht?" Drews Stimme durchbrach die Geräusche des Speisesaals, seine Stirn legte sich besorgt in Falten. Er lehnte sich an den Tresen, die Ärmel seines weißen Hemdes bis zu den Ellbogen hochgekrempelt. „Die letzte Nacht war der Hammer. Die Leute haben ununterbrochen über das Essen geredet. Du solltest jetzt eine Siegesrunde drehen, aber du siehst aus, als hätte man dir Shrimp Scampi serviert, obwohl du Hummerschwanz erwartet hast."

Ich zuckte halbherzig mit den Schultern. „Ich schätze, ich bin einfach nur müde, weißt du. Es war für alle ein großer Abend. Ich hatte schon fast erwartet, dass du heute Abend absagst. Du und West, ihr müsst mit der Verwaltung der vielen Spenden ganz schön auf Trab sein."

Er grinste breit. „Wir werden ziemlich viel zu tun haben. Die letzte Nacht hat mich umgehauen."

„Ich habe gesehen, dass du auch ein gutes Angebot bekommen hast."

Er lachte. „Ja. Wer hätte gedacht, dass Cocktailkurse so beliebt sein würden?"

Wahrscheinlich waren es nicht so sehr die Cocktailstunden, die ihm den großzügigen Zuschlag verschafft hatten, sondern die Art und Weise, wie der Bieter von Drews Charme auf der Bühne gefesselt schien, als er die Fragen des Moderators beantwortete.

Zu jeder anderen Zeit hätte ich ihn damit aufgezogen, aber dazu war ich nicht in der Stimmung.

„Warum machst du nicht mal eine Pause? Sieht aus, als hättest du es nötig, und so wie ich das sehe, hat das Team alles unter Kontrolle."

Er hatte recht. Ich schlüpfte an den Kellnern und dem Küchenteam vorbei in mein Büro. Drinnen ließ ich mich in meinen Stuhl sinken und ließ mich von der Stille einhüllen. In Gedanken ließ ich die Ereignisse der letzten Nacht Revue passieren.

Adams Lächeln und sein kaum merkliches Nicken, das nur für mich bestimmt gewesen war, als er auf der Bühne stand. Die Art, wie sein Lächeln bei Victorias Anblick schwächer geworden war. Ihre bissigen Kommentare. Seine Abwesenheit.

Unser ganzes Leben lang war er in Zeiten der Not immer zu mir gekommen. Ich war immer der sichere Ort gewesen, an dem er Dinge verarbeiten konnte, und in letzter Zeit war das, was er zu verarbeiten hatte, für jeden zu viel gewesen.

Aber letzte Nacht ging er zu seinem Zwillingsbruder, nicht zu mir.

„Argh. Das ist sinnlos." Ich schaltete meinen Computer aus und schnappte mir meine Schlüssel. Auf dem Weg nach draußen fragte ich Fir, ob er ein Auge auf das Restaurant werfen könnte. Er war natürlich mehr als glücklich, einspringen zu können. Fir war ein toller Kerl und ein hervorragender stellvertretender Manager. Das Lusitana könnte während meiner Abwesenheit nicht in besseren Händen sein.

Als ich nach Hause fuhr, wusste ich, dass ich mich der Wahrheit stellen musste, egal, wie ungewiss der Ausgang war.

Wenn ich mich selbst und Adam belügen würde, würde ich uns die beste Chance auf ein glückliches Leben verwehren.

Die Tür knarrte, als ich sie aufstieß, und der vertraute, angenehme Geruch meiner Wohnung umhüllte mich.

Adam war noch nicht zu Hause.

Ich schlurfte durchs Wohnzimmer, vorbei an der Couch, auf der wir unzählige Stunden damit verbracht hatten, zu reden, Musik zu hören, uns in ein Buch zu vertiefen oder zu lachen.

Ich durchquerte den Raum und näherte mich dem Schrank, in dem ich all den wichtigen Papierkram aufbewahrte. Ich schob die Schublade auf und blätterte durch den Inhalt, bis ich den Umschlag fand.

Ich nahm ihn heraus. Unter der Klappe befand sich ordentlich gefaltetes Papier mit Worten, die ich geschrieben, aber nie mitgeteilt hatte. Es war die Entscheidung, die ich vor Adams Hochzeit getroffen hatte und die ich unbedingt hatte umsetzen wollen, bis Adams Welt auf den Kopf gestellt worden war, und infolgedessen auch meine.

Das Geräusch des Schlüssels in der Tür kündigte Adams Rückkehr an. Ich steckte den Brief in meine Gesäßtasche und blickte auf, wobei mir der Atem stockte, als er aus dem Flur kam. Er trug nicht den Anzug von gestern, also nahm ich an, dass die Jeans und das Hemd, die ich nicht erkannte, wahrscheinlich von Lex stammten.

„Hey", sagte Adam, seine Stimme war leise, die übliche Wärme wurde durch ein müdes Raspeln ersetzt.

„Hey", erwiderte ich. Sein Anblick, so sichtlich erschöpft, zerrte tief in mir. Es war klar, dass er letzte Nacht genauso wenig Ruhe gefunden hatte wie ich.

Adams Augen trafen meine, und ich sah die Schatten unter ihnen. Sein Haar war zerzaust, wahrscheinlich, weil er mit den Fingern hindurchgefahren war. Welches Gespräch er auch immer mit Victoria geführt hatte, es hatte seine Spuren hinterlassen.

Er ging mit langsamen Schritten auf mich zu und blieb wie angewurzelt auf der Stelle stehen. Sobald er in Reichweite war, umarmte ich ihn fest. Er drehte seinen Kopf zu mir, und mir wurde wieder klar, wie sehr ich diesen Mann verdammt noch mal liebte, so wie ich es für den Rest meines Lebens wusste.

Ich hatte versucht, es mir auszureden. Es war eine Schwärmerei. So wie das Gras auf der anderen Seite immer grüner zu sein scheint, hatte ich gehofft, dass sich Adam, der meine Zuneigung erwiderte, nicht so perfekt anfühlen würde, wie es in meiner Vorstellung gewesen war.

Ich hatte mich geirrt. Verdammt geirrt.

„Ich habe mit Victoria gesprochen", begann er und hielt inne, um meine Reaktion abzuschätzen.

„Okay", erwiderte ich behutsam.

„Das hat mir eine Menge klargemacht", gab er zu.

„Adam …"

Er hielt inne, seine Augen trafen meine mit einer Mischung aus Müdigkeit und Erwartung. „Was ist es?"

Mit einer Entschlossenheit, die sich bestenfalls prekär anfühlte, griff ich in meine Gesäßtasche. Das Papier zerknitterte, als ich es herauszog. „Bevor du weitermachst", begann ich, „solltest du etwas wissen." Meine Hand zitterte leicht, als ich ihm den Brief überreichte.

Adam nahm den Umschlag mit einer gerunzelten Stirn entgegen. Er entfaltete den Brief, und seine Augen überflogen die Worte, die ich in einem Moment des Mutes geschrieben hatte, der nun wie eine ferne Erinnerung erschien.

Als er las, veränderte sich sein Gesichtsausdruck, Verwirrung zog seine Brauen zusammen. Er sah zu mir auf. „River, dies ist ein Kündigungsschreiben. Du verlässt das Lusitana?"

„Nein ... oder nicht im Moment."

„Warum hast du dann das hier?"

Ich begann, meine Stimme kaum über ein Flüstern hinaus, „Vor deiner Hochzeit habe ich ... eine Entscheidung getroffen." Mein Blick fand seinen und hielt ihn fest. „Ich hatte vor, das Restaurant und Cliffborough zu verlassen."

Seine Augen weiteten sich leicht, und ich sah, wie sich die Zahnräder hinter dem tiefen Blau drehten.

„Verlassen? Wofür?"

„Reisen. Ich wollte die Welt erkunden, neue Orte sehen, neue Speisen probieren. Ich wollte mich für neue Möglichkeiten öffnen."

„Du glaubst nicht, dass du hier Möglichkeiten hast?", fragte er.

„Nicht die, die ich brauchte." Mein Lachen war kurz und selbstironisch. „Es war die einzige Lösung, die mir einfiel, um einen Weg zu finden, damit zurechtzukommen ... weiterzumachen."

„Zurechtkommen? Womit?" Er beugte sich vor, die Sorge zeichnete sich in seinen Augen ab.

„Damit, dass du heiraten wirst", antwortete ich und verdrängte den Kloß in meinem Hals. „Victoria. Mit dem Gedanken, dass du einer anderen gehörst."

Das Schweigen, das folgte, war schwer. Ich beobachtete, wie Verständnis aufkam, wie er die Tiefe dessen erkannte, was ich unter der Oberfläche unserer täglichen Interaktionen verborgen hatte.

„River", hauchte er aus, und in der Art, wie er meinen Namen aussprach, lag eine ganze Welt von Gefühlen. Es klang wie eine Bitte, eine Frage und eine Offenbarung auf einmal.

„Nach der Hochzeit dachte ich, ich würde diesen Brief nie mehr brauchen. Aber gestern Abend, als ich dich mit Victoria sah und nicht wusste, was heute passieren würde, wurde mir klar, dass du die Wahrheit wissen musst. Ich will dir das nicht verheimlichen, und ich weiß, dass ich dich verlieren könnte, aber ich werde dich auch nicht kampflos gehen lassen."

„Die Wahrheit? Worüber?"

„Darüber, wie viel du mir bedeutest, Adam. Von dem Moment an, als wir uns trafen, warst du mein Ein und Alles. Zuerst warst du mein Freund, dann der erste Mensch, dem ich mich geoutet habe. Wir wuchsen zusammen auf, und immer wenn du lachtest, zog sich mein Bauch plötzlich zusammen. Ich habe gemerkt, wie schön du bist." Ich hob meine Hand und streichelte seine Wange. „Mir ist aufgefallen, dass du manchmal an deinen Nägeln kaust, wenn du überlegst, was du sagen sollst, oder dein Haar nie so ordentlich ist wie das von Lex, auch wenn es am Anfang genauso aussieht. Ich liebe dich, Adam. Und das schon so lange, dass ich gar nicht mehr weiß, wie es ist, dich nicht zu lieben."

Eine kleine Träne lief ihm über die Wange. Ich beugte mich vor und küsste ihn, schmeckte die salzige Flüssigkeit auf meiner Zunge.

„Es tut mir leid", sagte ich. „Ich verstehe, dass dein Gespräch mit Victoria die Dinge für dich verändert hat, also musst du wissen, dass das, was wir getan haben, mir nicht nichts bedeutet hat. Es hat mir die verdammte Welt bedeutet. Es war der Schluck Wasser, den ich in der Wüste, in der ich seit Jahren lebe, gesucht habe."

33

ADAM

„Du wolltest von allem weggehen? Von mir?"

„Nur, weil ich es versuchen musste", fuhr River fort, seine Stimme war jetzt ruhig, „um etwas Neues zu finden, neu anzufangen und vielleicht – nur vielleicht – mein Herz für jemand anderen schlagen zu lassen."

„Und trotzdem", drängte ich, weil ich es verstehen wollte, „bist du geblieben. Warum?"

„Victoria ist gegangen, und du hast mich gebraucht." Sein Eingeständnis stand zwischen uns.

Er hatte recht. Ich hatte ihn gebraucht. Ich würde ihn immer brauchen, und das war das Problem.

„River", brachte ich hervor, meine Stimme war kaum mehr als ein Flüstern.

„Du musst nicht sagen, dass du mich liebst. Du brauchst es nicht einmal zu fühlen. Aber ich muss wieder atmen können. Mit dir zusammen zu sein, war in den letzten Wochen alles. Wenn das alles ist, was ich je bekommen werde, ist das okay, aber du musst mich dann gehen lassen und weiterziehen. Wenn es auch nur einen kleinen Teil von

275

dir gibt, der das Gleiche fühlt, dann bleibe ich und kämpfe für dich, Adam.“

Ich blickte in seine Augen, in seine Wahrheit. River hatte mich nie um etwas gebeten. Er hatte mir seine Unterstützung und seine Liebe freiwillig gegeben. Ich dachte, ich hätte sie zurückgegeben, aber meine Liebe war in Freundschaft verpackt gewesen, weil ich blind gewesen war.

Die Erkenntnis durchströmte mich und spülte alle Zweifel weg, die ich noch hatte. Ich liebte ihn. Ich liebte River Hartley mit einer Intensität, die alles in den Schatten stellte, was ich je für eine andere Seele empfunden hatte, einschließlich Victoria.

Ich verringerte den Abstand zwischen uns. Rivers Atem stockte, als ich nach ihm griff und meine Arme seinen festen Körper umschlangen. Unsere Lippen trafen sich, und der Kuss war eine Offenbarung. Es war mehr als nur die Entdeckung, dass ich gern Männer küsste, insbesondere diesen einen Mann. Es war mehr als ein Erwachen oder etwas, das in mir geschlummert und auf den richtigen Zeitpunkt gewartet hatte.

Als sich mein Mund gegen seinen bewegte, ließ ich jedes unausgesprochene Wort, jedes verborgene Verlangen in diesen einen Moment einfließen.

Rivers Hände legten sich auf meinen Rücken, erst zögernd, dann mit wachsender Gewissheit, als er meinen Kuss mit einem Bedürfnis erwiderte, das dem meinen entsprach. Ich legte meine Hand in seinen Nacken, hielt ihn fest und prägte mir den Geschmack seiner Lippen und die Sanftheit seiner Zunge ein.

Es war nicht nur ein Kuss. Es war der Anfang von allem.

Meine Großmutter hatte einmal gesagt, dass neue Anfänge auch neue Enden mit sich brächten. Das Ende konnte sich wie ein Verlust anfühlen, aber wenn wir unser

Herz für die Welt öffneten, würde die Welt uns neue Möglichkeiten bieten.

Der Kuss endete damit, dass sich unsere Lippen berührten und sich unsere Atemzüge in dem Raum zwischen uns vermischten.

Rivers Augen suchten meine. „Adam, warum hat sich das wie ein Abschiedskuss angefühlt?"

Seine Verletzlichkeit, roh und ungeschützt, traf mich mehr als jeder Schlag es könnte.

„Vertraust du mir?", fragte ich.

„Natürlich."

Das Gewicht dessen, was ich sagen wollte, drückte auf mich wie ein Felsbrocken. „Ich muss ausziehen." Die Worte hingen zwischen uns, deutlich und unbestreitbar.

Er blinzelte, ein Stirnrunzeln legte sich auf seine Stirn. „Wenn es das ist, was du willst …" Seine Stimme war praktisch ein Flüstern, aber ich hörte die Resignation und den Kummer, den er zu verbergen versuchte.

„Als ich herkam, hatte ich keinen Plan. Ich wusste, dass ich dich sehen musste und hoffte, dass ich das Richtige tun würde."

„Und jetzt weißt du es?"

Ich lächelte, griff nach seinem Gesicht und streichelte seine Stoppeln.

„Die Worte, die du hören willst, River, ich will sie sagen. Ich fühle sie so verdammt tief, dass ich kurz davor bin, diese ganze *ich brauche Freiraum, um mich selbst zu finden*-Idee abzubrechen."

„Dann bleib. Ich kann dir hier Raum geben. Du kannst zurück ins Gästezimmer ziehen. Wir würden uns dann kaum sehen …"

Ich brachte ihn mit meinem Mund zum Schweigen und ließ meine Lippen ein wenig länger auf seinen verweilen, als ich wollte. Das würde so verdammt schwer werden.

„River", sagte ich, als ich mich zurückzog. „Als ich anfing, deine Liebesromane zu lesen, sagtest du, dass du es am meisten hasst, wenn die Jungs vor dem Ende Schluss machen."

„Ja. Du nanntest es die Trennung im dritten Akt oder so einen Scheiß. Ich glaube, du wolltest nur mit deinen Englischkenntnissen angeben."

Ich lachte. „Ja, das ist richtig. Das ist es, nur, dass es keine Trennung gibt. Es ist nur eine Pause, okay? Das Gespräch mit Victoria hat mich gezwungen, mich einigen Wahrheiten über mich selbst zu stellen." Das Eingeständnis schmeckte bittersüß auf meiner Zunge. „Und ich brauche etwas Zeit, um das alles zu verarbeiten. Du verdienst das Beste von mir, und ich kann nicht das Beste für dich sein, wenn ich mir selbst nicht vertraue."

In seinen Augen dämmerte das Verständnis, aber es trug nicht dazu bei, die Anspannung zu lindern, die in seinem Körper herrschte.

„Du hast schon so viel für mich getan", fuhr ich fort, und in jedem Wort steckte die Schuld von tausend Entschuldigungen. „Aber ich habe noch eine egoistische Bitte. Wirst du auf mich warten?"

„So lange du brauchst."

Diese Worte waren alles. Ich hatte keinen Zweifel daran, dass ich zu ihm zurückkehren würde, aber wenn ich nicht auf eigenen Füßen stand, würde ich nie der Mann sein, den River verdiente.

„Danke", brachte ich hervor.

Als ich zurücktrat, um körperlichen Abstand zwischen uns zu bringen, hielt ich mich an dem Vertrauen fest, das er in mich setzte. Er würde hier sein und auf meine Rückkehr warten.

Er folgte mir, als ich in sein Zimmer ging – unser Zimmer – und einen Seesack mit so vielen Kleidern füllte, wie hineinpassten, wobei es mir völlig egal war, ob es meine oder seine waren.

„Adam“, brach seine Stimme schließlich durch.

Meine Hände zitterten, als ich den Reißverschluss zuzog. Ich hievte mir die Tasche über die Schulter, das Gewicht war weniger schwer als die Last des Weggehens, aber irgendwie bedeutungsvoller.

„Es ist nur eine Pause“, wiederholte ich, mehr um mich selbst zu beruhigen als alles andere.

„Wo wirst du wohnen?“

„Ich werde bei Lex und Emery sein.“

Ich blieb vor der Tür stehen und drehte mich um. Ich wollte das nicht tun, aber ich musste es tun.

„Ich liebe dich“, sagte er.

Ich liebe dich auch.

34

———

RIVER

Ich starrte auf den abkühlenden Kaffee in der Tasse vor mir. Er schmeckte nicht mehr so wie früher. Nichts tat es.

Früher hatte ich mich nach meinen freien Tagen gesehnt, aber jetzt fühlte sich meine Wohnung ohne Adam zu leer an. Ich warf wieder einen Blick auf mein Handy, aber ich wusste, wenn ich zur Arbeit ging, würde Fir sein Versprechen einlösen und alle Schlösser im Restaurant auf eigene Kosten austauschen.

Aber was zum Teufel sollte ich zu Hause allein machen? Mir war nicht nach Lesen zumute, weil ich mit Adam hätte darüber reden wollen. Ich hatte keine Lust zu kochen, weil ich die Reste nicht für ihn aufheben konnte.

War das der Grund, warum er gegangen war? Hatte er das Gefühl, dass er Abstand von mir brauchte?

Er hatte gesagt, er wolle mit sich selbst ins Reine kommen, aber was, wenn ich das Problem war?

Ich stand auf und ließ die Tasse in die Spüle fallen.

Du vermisst ihn einfach. Du hast versprochen, dass du wartest, also lass dir ein verdammtes Rückgrat wachsen und geh raus an die frische Luft.

Es war schon einen Monat her, seit Adam gegangen war. Vier Wochen, und wir hatten uns nur einmal gesehen, als er sich mit seinen Eltern zum Mittagessen im Restaurant getroffen hatte. Ich hatte ihn aus der Ferne beobachtet, zu ängstlich, um ihm noch näherzukommen und ihn schließlich anzuflehen, zurückzukommen.

Drew war ein echter Freund und hatte mir versichert, dass Adam in Ordnung zu sein schien.

Wir tauschten Textnachrichten aus, und manchmal war es so, als wäre nichts passiert, während ich bei anderen Gelegenheiten feststellen konnte, dass er immer noch etwas zu verarbeiten hatte.

Ich wollte mich nicht darüber beschweren, dass ich keine Kommunikation mit ihm hatte, aber ich brauchte mehr als nur Worte auf einem Bildschirm.

Ich hatte versprochen, für ihn zu kämpfen, aber was tat ich? Ich hatte ihn gehen lassen und wartete. Ich hatte mich in Arbeit vergraben, als ob das helfen könnte, die Leere zu füllen, wo Adam sein sollte.

Ein Klopfen an der Tür, scharf und eindringlich, durchbrach meine grüblerischen Gedanken. Ich zögerte, bevor ich schließlich zur Tür stapfte. Als ich sie aufschwang, stand Noah da, und der vertraute Bogen seiner Augenbraue verriet Besorgnis und Ungeduld.

„Das hast du nicht wirklich an", sagte er.

Ich blickte auf mein T-Shirt, meine Jogginghose und meine nackten Füße hinunter. „Ich bin definitiv nicht nackt, also ja, ich habe das an. Was machst du denn hier?"

Er schob sich an mir vorbei und ging den Flur entlang zu meinem Schlafzimmer.

„Noah. Was zum Teufel ist hier los?", fragte ich.

„Du ziehst dich an. Das ist es, was verdammt noch mal los ist. Und dann kommst du mit mir."

Ich stöhnte auf. „Wenn das eine Art Intervention von dir

und Lex ist, kannst du es sein lassen. Es ist alles in Ordnung. Adam kommt zurück, und es ist alles gut."

„Ja, es ist alles gut. Das hast du zweimal gesagt."

„Weil es wahr ist." Er öffnete und schloss Schubladen, bis er etwas Passendes zu finden schien. Ich wollte lachen, weil er Adams Lieblingsjeans ausgesucht hatte. Ich wusste das, denn jedes Mal, wenn er sie trug, beschwerte er sich über den kleinen Riss am Knie, der ihn davon abhielt, sie als Teil eines legeren Outfits zu tragen.

Noah verschränkte die Arme und starrte mich an.

Als er sich nicht rührte, ließ ich meine Jogginghose fallen.

„Was soll der Scheiß, Alter? Du bist nackt", meinte er und hielt sich die Augen zu.

„Du bist in meinem Zimmer und verlangst, dass ich mich anziehe. Ich ziehe mich jetzt an."

Nachdem er eine Bemerkung über die Größe meines Sackes gemacht hatte und wie viel Glück sein Bruder hatte, schloss ich mich im Bad gegenüber ein und zog mich an. Perversling.

Ich wusste nicht, was er vorhatte oder welche Art von Intervention er und wahrscheinlich auch Lex geplant hatten, aber wie ich die Spencer-Brüder kannte, konnte ich nicht viel dagegen tun.

„Wohin gehen wir?", fragte ich, als ich aus dem Bad kam.

„Vertrau mir einfach", antwortete er mit demselben Lächeln, das er hatte, wenn er Pläne schmiedete. Ich wollte ihm sagen, dass er lernen sollte, die Wünsche seines Bruders zu respektieren, wenn er Adam zwingen wollte, mich zu sehen, aber andererseits wollte ich Adam auch unbedingt sehen, also konnte ich vielleicht mitfahren.

Als ich auf den Beifahrersitz seines Autos rutschte, reichte er mir eine schwarze Stoff-Augenbinde.

„Ist das dein Ernst?"

„Das ist die Rache dafür, dass ihr mich mit glattem Haar dazu gebracht habt, mein Eheversprechen mit Lior zu erneuern, nachdem ihr mich entführt habt."

„Ich habe dich nicht gekidnappt. Das waren Drew und West. Außerdem sah dein Haar gut aus", konterte ich, doch mein Protest stieß auf taube Ohren.

„Setz es auf."

Mit einem resignierten Seufzer kam ich der Aufforderung nach, und die Dunkelheit hüllte mich ein, als sich der weiche Stoff über meine Augen legte. Da ich nichts sehen konnte, fühlte ich mich verletzlich. Aber hey, wenigstens lenkte es mich davon ab, darüber nachzudenken, wie sehr ich Adam vermisste oder dass ich es Noah nicht zutraute, mich mitten auf einem Feld mit einer Flasche Wasser und einem Zettel abzusetzen, auf dem Stand, dass er mich zum Abendessen einlud, wenn ich es nach Hause schaffte.

„Hier, die werden dir Gesellschaft leisten", sagte Noah und drückte mir ein Paar Ohrstöpsel in die Hand. Ich fummelte daran herum, um sie in meine Ohren zu stecken, und sobald sie richtig saßen, flutete Musik durch sie hindurch.

Fünf Lieder liefen, bis das Auto schließlich zum Stehen kam und die Wiedergabeliste anhielt.

„Wir haben angehalten?", fragte ich. „Kann ich die Augenbinde abnehmen?"

„Ja, wir sind da." In Noahs Stimme lag ein Maß an Aufregung, das mich nervös machte. „Du kannst sie jetzt abnehmen."

Ich griff nach oben, um die Augenbinde abzunehmen, bereit, mich dem zu stellen, was Noah und wahrscheinlich auch Lex sich ausgedacht hatten.

Als sich meine Augen an das Licht gewöhnt hatten, nahm ich das vertraute Gebäude vor uns in Augenschein und sah dann Noah an. „Ernsthaft, Noah, du hast mich an meinem freien Tag zur Arbeit gebracht. Danke."

Er stieg aus dem Auto und umrundete es, bevor er mir die Beifahrertür öffnete. „Wie du gesagt hast, arbeitest du heute nicht. Heute bist du der Ehrengast."

„Ich bin was?" Er zerrte mich praktisch aus dem Auto und in Richtung Lusitana.

Drinnen brummte das Restaurant vor Energie. Überall waren Leute, die Tische waren umgestellt worden, und im Hintergrund lief Musik, die sich wie eine Fortsetzung der Playlist anhörte, die ich im Auto gehört hatte.

Ich erkannte ein paar meiner Lieblings-Stammgäste, einige Freunde, und als ich an der Bar stand, war das Lächeln von Adams Eltern wie ein Leuchtfeuer, das sich durch das Meer von Gesichtern zog.

Hatte ich irgendeine Art von Feier im Kalender verpasst?

Wie aufs Stichwort wich Noah plötzlich von meiner Seite, die Musik verstummte, und die Menge teilte sich, ging um die geschmückten Tische herum und ließ den Mittelgang, der normalerweise von den Bedienungen, die in der Küche ein- und ausgingen, bevölkert war, leer.

Diesmal waren keine Bedienungen da. In der Küche läuteten keine Glocken.

Adam stand am anderen Ende und hielt sich an einem Stuhl neben sich fest.

Mein Herz pochte gegen meinen Brustkorb, sein Rhythmus klang laut in meinen Ohren. Meine Handflächen wurden feucht, und ich wischte sie unauffällig an meiner Jeans ab.

Adams blaue Augen fanden meine über die Entfernung hinweg, und ich sah, wie sich seine Brust weitete, als er einen tiefen Atemzug nahm.

Er stellte sich auf den Stuhl und erinnerte mich an das letzte Mal, als er das Gleiche getan hatte.

Es war, als ob der ganze Raum den Atem anhielt, als Adams Stimme durch das Restaurant schallte.

„Das Leben", begann er, „ist eine Reihe von Momenten, in denen man sich entscheiden muss, ob man festhält oder loslässt." In einem Raum voller Gesichter verließ sein Blick mich nicht.

„Manchmal", fuhr Adam fort, und seine Stimme gewann an Kraft, „findet man Teile von sich selbst an Orten, an denen man nie zu suchen gedacht hätte. Und manchmal hat man das Glück, diese neu entdeckten Orte mit jemandem zu erforschen, bei dem man sich sicher fühlt."

Die Menge lauschte gebannt seinen Worten, ohne zu wissen, was sie bedeuteten.

„Die letzten Monate waren eine Reise", fuhr er fort, „eine Reise, auf der ich etwas über Tapferkeit gelernt habe. Über den Mut, den es braucht, um der Wahrheit ins Auge zu sehen, dass manche Dinge nicht mehr zu reparieren sind. Aber die härtesten Kämpfe", betonte er, „sind die, die am wichtigsten sind."

Ein zustimmendes Gemurmel ging durch die Anwesenden, aber für mich gab es nur Adam und die Worte, die nur für mich gesprochen wurden.

„Ich fand Gefühle in mir, lebendig und unbestreitbar. Gefühle, die ich mit der einen Person, die immer mein Kompass, mein Vertrauter, mein bester Freund war, navigiert habe." Er verließ den Stuhl und trat ein paar Schritte vor.

Ich schluckte und presste meine Hände an die Seiten, weil sie so sehr zitterten.

„River", sagte er, und meinen Namen so zärtlich auf seinen Lippen zu hören, jagte mir Schauer über den Rücken, „du hast ein Stück von mir bewahrt – ein Stück, von dem ich nicht einmal gemerkt habe, dass ich es weggegeben habe. Irgendwie, ohne Absicht oder Erwartung, hattest du die ganze Zeit mein Herz. Vielleicht sogar bevor ich wusste, dass es für dich schlägt."

Ich machte einen langsamen Schritt nach vorn, weil ich Angst hatte, unsere Verbindung zu unterbrechen.

„Behalte es", meinte er, „behalte mein Herz, denn ohne deine Nähe fühlt sich jeder Atemzug geliehen an, jeder Moment halb gelebt."

„Adam …", flüsterte ich, aber es kam wohl gar nicht heraus.

„Ich musste einen Schritt zurücktreten, um herauszufinden, ob ich dich gesucht habe, weil du da warst, oder ob es so war, dass du es immer sein solltest. Du verdienst jemanden, der dich von ganzem Herzen und ohne jeden Zweifel liebt. Ich habe mir all unsere Lieder angehört und alle unsere Bücher noch einmal gelesen. Mir ist nichts mehr geblieben. Ich zweifle nicht mehr daran, dass das, was ich für dich empfinde, echt und ewig ist."

Die Menge brach in leisen Beifall aus. Adam Spencer hatte sich entschlossen, mit seinen stechend blauen Augen und seinem entblößten Herzen vor allen, die wir kannten, zu stehen und seine Liebe zu erklären.

Ich steuerte durch das Meer von Gesichtern, jeder Schritt brachte mich näher zu ihm. Als ich vor ihm stand, konnte ich das leichte Zittern in seinen Händen sehen, die Verletzlichkeit, die nur ich zu sehen bekommen hatte. Mit einer einzigen fließenden Bewegung hob ich ihn hoch, und er schlang seine Beine instinktiv um meine Taille.

Menschenmenge hin oder her, ich brauchte ihn. Unsere Lippen trafen sich in einem Kuss, der die Krönung jedes Moments war, der uns hierhergeführt hatte. Er war chaotisch und voller Emotionen.

„Und das ist der Grund, warum es in Liebesromanen eine verdammte Trennung im dritten Akt gibt", sagte er, als ich ihn endlich nach Luft schnappen ließ. Die Menge um uns herum sollte verdammt sein. Sie konnten wegschauen.

Ich lachte. „Ich habe dich so verdammt vermisst, Adam."

Seine Augen fixierten meine mit einer Intensität, die keinen Raum für Zweifel ließ. „Gott, ich habe dich auch vermisst. Und falls es in meiner erstaunlichen Rede nicht klar war: Ich liebe dich."

„Deine erstaunliche Rede, was?" Ich gluckste. Er rutschte auf die Füße, was meine Hände freigab, sodass ich sein Gesicht streicheln und mit den Daumen über seine Unterlippe fahren konnte. „Ich liebe dich auch, Baby."

Unsere Seifenblase platzte, als wir von Adams Brüdern, ihren Partnern und dann von ihren Eltern und ihrer Großmutter umringt waren.

„Wir freuen uns so sehr für euch beide", meinte Carla und zog mich in eine Umarmung. „Weißt du, ich habe mich immer gefragt, ob ihr beide jemals zusammen sein würdet, aber ich dachte, ich hätte mich geirrt. Wie es scheint, hatte mein Mutterinstinkt recht."

„Du hättest mich vorwarnen können, Mom", erklärte Adam.

„Du musst diese Dinge selbst herausfinden, Schatz."

Adam starrte mich an. „Ich war ein bisschen schwer von Begriff, aber ich habe vor, die verlorene Zeit wieder aufzuholen."

Die nächsten zwanzig Minuten fühlten sich an wie dreihundert Wochen, die wir damit verbrachten, Glückwünsche von Leuten entgegenzunehmen, zu hören, wie süß wir zusammen aussahen, und über all die Fragen zur Hochzeit zu lächeln.

Jedes Mal, wenn ich einen Blick auf Adam warf, merkte ich, dass er es langsam satthatte.

Seine Hand ließ meine nie los, also zog ich ihn bei der ersten Gelegenheit in die Küche. Ich benutzte eine Ausrede, die ich mir nicht selbst ausgedacht hatte, also erwartete ich auch nicht, dass unsere Freunde sie mir abnahmen, aber sie sagten nichts.

„Das ist eine tolle Party und so, aber ich kenne die Qualität des Essens, und es gibt niemanden in der Menge, mit dem ich gerne nackt sein möchte außer dir. Müssen wir bleiben?" Ich zog Adam näher zu mir, vergrub mein Gesicht in seinem Nacken und saugte leicht an seiner Haut. Genug, um ihn zu reizen, aber keine Spuren zu hinterlassen.

Er warf einen Blick auf die versammelte Menge. Er schüttelte den Kopf und ein spielerisches Grinsen tanzte auf seinen Lippen. „Die kommen auch ohne uns zurecht. Komm, lass uns durch die Hintertür verschwinden", drängte er, und sein Grinsen war der Inbegriff von Freude, als er mich zur Tür zerrte.

Wir entkamen fast unversehrt, bevor wir mit Fir zusammenstießen.

„Verdammt", sagte er. „Ich habe gerade zwanzig Dollar verloren."

„Was?"

„Es gab eine Wette unter den Angestellten. Ich sagte, du würdest eine Stunde durchhalten. Drew wettete auf zwanzig Minuten. Der Koch sagte, du würdest zwei Stunden durchhalten, aber ich glaube, das liegt daran, dass er glaubt, dass niemand seinem Essen widerstehen kann."

Ich lachte. „Das tut mir leid. Ich werde es mit einem zusätzlichen freien Tag wiedergutmachen."

„Nicht nötig, Boss. Geh und sei glücklich mit deinem Mann."

Ich sah Adam an. „Das ist der Plan."

35

___

ADAM

Ich konnte mich nicht davon abhalten, River noch einen Kuss zu geben, bevor ich ihn auf dem Beifahrersitz meines Autos zurückließ. Ich war ein ausgedörrter Mann, und River war der Drink, nach dem ich mich sehnte.

„Wohin fahren wir?", fragte er, als ich den Wagen startete.

„Zum Hotel in der Innenstadt. Du weißt, dass meine Brüder, sobald sie merken, dass wir verschwunden sind, uns höchstens ein paar Stunden Zeit lassen, bevor sie bei dir einbrechen und sagen, dass wir irgendwohin müssen. Der einzige Ort, an dem ich sein muss, ist in dir. Oder du in mir. Das sind die einzigen beiden Möglichkeiten für die nächste … Woche."

River kicherte leise, ein Geräusch, bei dem sich meine Mundwinkel zu einem halben Lächeln verzogen.

„Deine Brüder sind seltsam."

„Die Äpfel fallen nicht weit vom Stamm", meinte ich.

„Was meinst du damit?"

Ich hielt an einer roten Ampel an und schaute ihn kurz

291

an. Er nahm meine Hand, führte sie an seinen Mund und drückte mir einen sanften Kuss auf die Handfläche.

„Letzte Woche habe ich mich mit meinen Eltern getroffen … um mich ihnen gegenüber zu outen und ihnen von uns zu erzählen. Ich hatte gehofft, dass es noch ein Wir geben würde."

„Es wird immer ein ‚uns' geben, wenn es nach mir geht", erwiderte River. „Ich war schon so oft ohne dich, dass es für ein ganzes Leben reicht, also kleben wir fortan wie Leim aneinander."

Er lachte. „Wie romantisch."

„Wie auch immer, du wolltest deine Geschichte erzählen."

„Ja. Erinnerst du dich, dass Mom etwas über meinen … Hochzeitstag zu sagen begann und nie zu Ende kam?"

„Ja, daran erinnere ich mich. Worum ging es da?"

„Also, Dad hat Mom am Tag ihrer Hochzeit entführt, weil er Angst hatte, dass Moms Vater ihre Hochzeit verhindern würde."

„Er hat was?"

„Ja, das hat er. Mom hat ihn überredet, zum Veranstaltungsort zurückzukehren und wie ein normaler Mensch zu heiraten. Nach der Hochzeit erzählte Dad Mom, dass ihr Vater einige verschleierte Drohungen ausgesprochen hatte. Sie sprachen mit Großvater, und wie sich herausstellte, war das alles ein Trick von Großvater, um Dad zu testen. Wenn er mit Mom weglief, bedeutete das, dass er sie wirklich liebte. Wenn er allein weglief, dann war es ein Glücksfall für Mom."

„Ich wette, deine Mom war sehr froh, das zu erfahren."

„Oma hat gesagt, dass Opa eine Zeit lang Hausarrest hat, aber ich habe nicht gefragt, was das bedeutet." Ich lachte.

„Worauf lasse ich mich da ein?", fragte er, aber dann wurde seine Stimme leiser. „Du weißt, dass wir das auch bei mir zu Hause hätten machen können, oder? Das hätte dir die große Geste erspart …"

Ich schaute ihn an. „Ja, aber dann wäre es keine große Geste gewesen, oder? Ich wollte, dass jeder, den wir kennen, sieht und versteht, was zwischen uns passiert und wie besonders es ist."

Auf dem Weg zum Hotel warfen wir uns hitzige Blicke zu. Als wir ankamen, ließ ich das Auto beim Parkservice und schnappte mir unsere Übernachtungstasche. Es sprach viel dafür, dass River und ich praktisch die gleiche Größe hatten.

Drinnen gingen wir an der Rezeption vorbei zu den Aufzügen. „Ich habe den Schlüssel schon", erklärte ich.

River lachte. „Wer hätte gedacht, dass du so ein Pfadfinder bist."

Als sich die Fahrstuhltüren hinter uns schlossen, drückte ich ihn gegen die Wand. „Mein Motto ist, immer vorbereitet zu sein, und vertrau mir, Baby. Ich bin mehr als vorbereitet."

Sein Adamsapfel wippte, als er begriff, was ich meinte.

„Bist du sicher?", fragte er und suchte in meinem Gesicht nach absoluter Gewissheit.

„Ich war mir noch nie einer Sache so sicher."

Das Schloss der Tür klickte, und ich schob sie auf, um die luxuriöse Einrichtung der Suite zu sehen. Weicher Teppich, teure Gemälde an den Wänden, raumhohe Fenster mit Blick auf die Stadt … Es war die beste Suite, die das Hotel zu bieten hatte.

Aber all das spielte keine Rolle, denn mein Blick blieb an dem großen Bett in der Mitte des Raumes hängen. *Das* war der Ort, an dem ich sein musste. Mit River. Nackt.

Ich ließ die Tasche auf den Boden fallen. River ging direkt zum Fenster, um die Aussicht zu bewundern. Während er abgelenkt war, schnappte ich mir das Gleitgel und die Kondome, in der Hoffnung, dass wir letztere nicht brauchen würden.

„Das ist wirklich schön, Adam. Du weißt, dass du das nicht musstest", sagte er. „Ich wäre an einem weniger schicken Ort glücklich." Er ging auf mich zu. „Ein Bett und vier Wände ist alles, was wir brauchen. Verdammt, wir brauchen nicht einmal das Bett."

Ich kam ihm auf halbem Weg entgegen und hatte plötzlich Heißhunger auf seine Berührung. Der Raum zwischen uns verschwamm, als wir gegen das Bett stießen, und meine Hände wanderten über seinen Körper, als wollten sie die verlorene Zeit wieder aufholen.

„Adam … ich liebe …" Sein Atem stockte, als meine Lippen seinen Hals fanden.

„Sag es noch einmal", flüsterte ich.

„Adam", wiederholte er, diesmal mit festerer Stimme, sicherer. „Ich liebe dich."

Die Worte überschlugen sich. River liebte mich, hatte mich immer geliebt, und jede Faser meines Wesens reagierte darauf mit einer Intensität, die an Ehrfurcht grenzte.

Unsere Körper bewegten sich zusammen, hungrig und beharrlich.

„River", keuchte ich und zog mich gerade so weit zurück, dass ich seinen Anblick in mich aufsaugen konnte, errötet und begehrend. „Ich habe von diesem Moment geträumt." Ich schüttelte den Kopf. „Ich habe fast Angst davor, wie sehr ich das will."

Er befreite mich von meinem Hemd, küsste meine Brust und leckte meine Brustwarzen, bis sie wie zwei rosafarbene Kieselsteine waren und nach mehr verlangten. „Jahre, Adam. Ich wollte dich schon seit Jahren …"

Ich schob mich aufs Bett, legte mich in die Mitte und öffnete meine Beine. River verstand den Wink und bedeckte meinen Körper mit seinem, um meinen Mund zu einem brennenden Kuss zu verführen.

„Ich habe mich testen lassen", sagte ich, und die Worte purzelten wie ein Geständnis heraus. „Ich bin negativ."

Wir hatten nie darüber gesprochen, keine Kondome zu benutzen, aber ich hatte mich testen lassen, nachdem wir Sex gehabt hatten und ich im Kondom in ihm gekommen war. Danach hatte ich nur noch daran gedacht, dass ich nichts zwischen uns haben wollte. Der Gedanke, dass mein Sperma danach aus seinem Arsch laufen würde, machte mich jedes Mal hart, wenn ich daran dachte.

„Bist du sicher?"

„Ich war mir noch nie bei etwas so sicher. River, jede einzelne Zelle in meinem Körper will dich."

Er stöhnte auf. „Verdammt, Adam, du weißt wirklich, wie man einen Mann in Fahrt bringt."

„Das hoffe ich, aber es gibt nur einen Kerl, an dem ich interessiert bin."

Ich drehte uns um, sodass ich auf ihm lag, und nun war ich an der Reihe, seine Haut zu erforschen, das Salz und die Hitze von ihm zu schmecken, während ich mich an seinem Körper herunterbewegte. Als mein Mund seinen Schwanz umschloss und ihn in sich aufnahm, wurde sein Stöhnen zur Musik in meinen Ohren.

„Sag mir, dass du auch negativ bist", bat ich und ließ meine Zunge über seinen Schaft gleiten, um den Bereich zu erforschen, der zu seinem Loch führte. Ich hatte mich auch über Rimming und andere Möglichkeiten, einen Mann zu befriedigen, informiert.

„Adam ..." Seine Hände verkrallten sich im Laken, während seine Hüften sich aufbäumten und nach mehr verlangten. „Ich bin negativ. Verdammte Scheiße, du bringst mich noch um." Er hob seinen Kopf und zog mich hoch, sodass wir uns gegenüberstanden. „Ich habe mich testen lassen, nachdem ich das letzte Mal mit jemandem Sex hatte ... Das ist schon eine Weile her."

„Wirklich? Wie lange?"

Er stöhnte auf. „Können wir nicht darüber reden?"

„Du hast meine Neugierde geweckt."

„Achtzehn Monate, okay? Es war, nachdem du mir gesagt hast, wie ernst es dir mit Victoria ist. Da war dieser Typ, mit dem ich gesprochen hatte. Wir verstanden uns gut, also hoffte ich, dass er vielleicht der Richtige sein könnte, weißt du? Kurzmeldung: Er war nicht der Richtige."

„Weil der Sex schlecht war?", neckte ich.

„Nein, du Wichser, denn es gab immer nur einen, *der der Richtige* war, und das bist du. Und jetzt gib mir das Gleitmittel, damit ich dir diesen selbstgefälligen Blick aus dem Gesicht wischen kann."

Ich lachte. „Du glaubst, dass deine Finger und dein Schwanz in meinem Arsch mein selbstgefälliges Lächeln vertreiben werden? Baby, willkommen bei Adam 2.0, der Bi-Edition."

Er schnappte sich das Gleitgel vom Nachttisch und legte es neben das Kissen, dann hielt er meine Hände fest, drückte sie über meinen Kopf und küsste mich sanft.

„Hast du ein Etikett gefunden?", fragte er.

„Nicht wirklich. Ich spiele mit ein paar verschiedenen, aber es ist nicht einfach, denn bis zu dir hatte ich kein Interesse an Männern."

„Ahh", sagte er, „der magische Schwanz."

„Der was?" Ich lachte.

„Der magische Schwanz, der Heteros schwul macht, Spieler in heterosexuelle, monogame Männer verwandelt. Du weißt schon, in Liebesromanen?"

„O mein Gott." Ich hätte vor Lachen fast geweint. „Du hast keinen magischen Schwanz."

Er wackelte mit den Augenbrauen. „Wollen wir wetten?"

Ich schlang meine Hand um seinen Hals und zog ihn zu

einem Kuss heran. „Dafür bin ich doch da. Und jetzt lass uns aufhören zu reden und zur Sache kommen."

„Ja, Sir", flüsterte er gegen meine Lippen.

„Oh, daran könnte ich mich gewöhnen."

Er gab mir einen Klaps auf den Hintern und legte dann mein Bein über seine Hüfte.

„Ich muss sehen, wie du dich entblößt, Baby. Zeig mir alles, okay?"

Ich nickte und schluckte trocken, als er seine Finger mit Gleitgel einschmierte und meinen Rand massierte.

„Mach weiter", drängte ich, als seine Finger tiefer eindrangen. „Ich habe … geübt", gab ich zu und spürte, wie die Röte über meine Haut kroch.

„Was hast du gemacht?", fragte er, seine Stimme heiser vor Lust.

„Mit meinen Fingern, mit Spielzeug …"

Er knurrte, als ob der Gedanke, dass ich üben würde, um mit ihm zusammen zu sein, eine Ebene tief in ihm erreichte.

„Baby, du machst mich so hart für dich. Kannst du es fühlen?"

Ich nickte, als er seinen Schwanz gegen meinen Oberschenkel drückte. Die Dicke, die mich bald ausfüllen würde.

Mein Atem stockte, als er mit seinen Fingern in mich eindrang.

„Ich werde es langsam angehen, okay?", versicherte er mir.

Ich nickte. „Nicht zu langsam."

Ich spürte bereits, wie die Hitze meinen Körper hinaufkroch. Als ich gesagt hatte, dass ich geübt hatte, hatte ich es ernst gemeint. Die ganze Zeit, in der Noah von Prostata-Orgasmen geschwärmt hatte, hatte ich gedacht, er würde mich auf den Arm nehmen.

Ich hatte Rivers Reaktion auf meinen Druck auf seine Prostata bereits mit eigenen Augen gesehen, aber als ich mein kleines Nervenbündel mit einem Spielzeug, das ich gekauft hatte, erkundet hatte, hatte ich Sterne gesehen.

Und dann hatte ich mich glücklich schätzen können, dass ich mit meinen Experimenten gewartet hatte, bis Lex und Emery weg gewesen waren, denn ich war nicht leise gewesen.

„Adam", flüsterte er, seine Stimme war voller Ehrfurcht. „Sieh dich an. Wie du meine Finger so wunderbar aufnimmst. Du wirst es lieben, meinen Schwanz in dir zu haben, nicht wahr?"

„Scheiße, ja." Ich konnte es nicht abwarten. Ich drückte mich gegen seine Finger. „Mehr, River, bitte", flehte ich, meine Finger gruben sich in seine Schultern.

Ich spürte die Abwesenheit seiner Finger, aber bald drückte sein geschmierter Schwanz gegen mein Loch. Ich entspannte mich, bereit für das größere Eindringen.

River hielt mein Bein höher an seiner Taille und öffnete mich. „Das nächste Mal, wenn wir das tun, möchte ich sehen, wie mein Schwanz in dein Loch ein- und ausfährt, Schatz. Ich will sehen, wie du dich um mich herum dehnst. Aber heute will ich dein Gesicht sehen, wenn ich dich mit meinem Sperma fülle."

„Wieso ist dieser Dirty Talk so verdammt sexy?"

„Willkommen bei River 2.0, der Boyfriend-Edition. Ich werde mich so gut um dich kümmern, Baby, dass du nie wieder jemand anderen wollen wirst."

„Verdammt …" Ich stöhnte, als er mich langsam ausfüllte. Das war so viel besser als die Spielzeuge oder meine Finger.

Rivers Augen blieben auf meinem Gesicht haften, genau wie er es versprochen hatte, und ich brauchte ihn nicht zu bitten, sich zu bewegen, denn er las meinen Körper, als wäre er sein Lieblingsbuch.

In meinem Bauch kochte die Hitze, und die Leidenschaft

geriet außer Kontrolle, als wir uns keuchend und stöhnend zusammen bewegten.

„Verdammt, Adam, du fühlst dich so gut an, so unglaublich eng.“

Unser Rhythmus wurde immer unberechenbarer, rasender, während wir dem Abgrund entgegenjagten, der süßes Vergessen versprach. Mit jedem Stoß von Rivers Schwanz über meine Prostata verlor ich die Fähigkeit zu sprechen oder gar zu denken. Mein Körper war wie aufgespannt und bereit, zu explodieren.

„River!“, schrie ich, unfähig, ihm mehr als ein paar Sekunden Vorwarnung zu geben.

Er hörte nicht auf, in mich hinein- und wieder herauszustoßen, zog meinen Orgasmus in die Länge, was mir wie eine Ewigkeit vorkam, und schluckte meine Schreie mit seinem Mund, als er ein letztes Mal in mich eindrang und in mir kam.

Danach klammerten wir uns aneinander, wobei wir schwer atmeten und nicht loslassen wollten, unsere Augen fixierten einander. Selbst als ich spürte, wie Rivers Erlösung an meinem Bein herunterlief, gab es kein Ekel, keine Scham, nur das gute Gefühl, ein kleines Stück meiner Person in mir zu haben, und er war auf die eine oder andere Weise meine Person gewesen, seit wir fünf gewesen waren.

Ich lag in dem verworrenen Bettzeug und fuhr mit einem Finger, der noch immer vor Anstrengung zitterte, die Linie von Rivers Schlüsselbein nach. Der Raum war erfüllt von dem berauschenden Duft von Sex, und die Klimaanlage surrte leise. Seine Brust hob und senkte sich in einem beruhigenden Rhythmus gegen meine.

„Baby“, murmelte er, „heißt das, du ziehst wieder ein?“

„Meine Tasche ist schon im Auto. Wenn es für dich in Ordnung ist, so schnell umzuziehen, würde ich gern bei dir wohnen.“

Er lachte. „Schnell? Schnell impliziert Plötzlichkeit, Unvorbereitetheit. Adam, ich bin bereit, seit ich entdeckt habe, dass meine Sexualität nicht nur ein Teil dessen ist, was ich bin. Sie ist untrennbar mit dir verbunden, Adam Spencer."

„Dann lass uns keine Zeit mehr verschwenden", flüsterte ich.

„Aber zuerst sollten wir dich säubern, bevor wir für immer aneinander kleben."

„Du sagst das, als wäre das etwas Schlechtes."

Ich wusste, dass River nie aufhören würde, sich um mich zu kümmern, denn das war seine Liebessprache. Während ich weg war, hatte ich viel darüber nachgedacht. Zuerst hatte ich mich nicht würdig gefühlt, aber jetzt hatte ich es verstanden. Die gleichen Worte, die ich zu Victoria gesagt hatte, galten auch für mich. Zugehörigkeit bedeutete, sich genauso lieben zu lassen, wie man selbst liebte.

Wir nahmen uns Zeit unter der Dusche, reinigten uns gegenseitig und holten Informationen nach, die wir verpasst hatten. Offenbar war nach der Wohltätigkeitsauktion etwas zwischen Drew und West vorgefallen.

Da ich im letzten Monat mehr Zeit damit verbracht hatte, zu arbeiten oder über River und unsere Zukunft nachzudenken, hatte ich die Nachwehen des Ereignisses verpasst. Ich hoffte, dass die beiden endlich das überwunden hatten, was sie daran gehindert hatte, zusammen zu sein, denn es war offensichtlich, dass sie sich liebten.

Wenn ich darüber nachdachte, erinnerten mich Drew und West an River und mich. Wir hatten eine so starke Beziehung aufgebaut, dass wir Angst hatten, etwas Neues könnte unser Fundament zerstören, aber wir waren stärker als jede Erschütterung.

Wir legten uns zurück ins Bett, einander zugewandt, und unser Lächeln wollte nicht nachlassen. River streichelte meinen Rücken, während ich die Linien seiner schönen Tätowierungen nachzeichnete.

Unsere beiden Handys klingelten zur gleichen Zeit und störten unsere Ruhe. Wir lachten und nahmen sie in die Hand.

„Lex", sagte ich.

„Noah."

Ich nickte ihm zu, damit er sein Handy nahm und lehnte den Anruf von Lex ab.

„Warum seid ihr Wichser nicht in eurer Wohnung?", fragte Noah über den Freisprecher.

„Woher weißt du, dass wir nicht in meiner Wohnung sind?", fragte River und runzelte eine Braue.

„Weil …" Er stöhnte. „Vergiss es."

Lex' Stimme meldete sich am Hörer. „Du weißt, dass das nicht fair ist, oder?"

„Du meinst, es ist nicht fair, dass wir gegen euch gespielt und gewonnen haben?", fragte ich.

„Wir werden deine Wohnung mit TP ausstatten, nur so zum Spaß", sagte Noah.

„Müssen wir das? Ich würde lieber zu Margot gehen", meinte Emery im Hintergrund.

„Da stimme ich Emery zu", fügte Lior hinzu.

„Hey, Leute", sagte River. „Hört sich an, als wäre es eine tolle Party, wo ihr seid, aber wir lassen sie ausfallen. Schließt die Tür ab, bevor ihr geht."

River legte auf, bevor sie antworten konnten.

Wir lachten eine ganze Minute lang, bevor wir uns gegenseitig abklatschten.

„Dir ist klar, dass wir nicht zu stoppen sind, oder? Sie haben beide Außenseiter rekrutiert, aber wir sind OG", erklärte ich.

Wir tauschten träge Küsse aus, bis mein Bauch knurrte.

„Soll ich die Speisekarte vom Zimmerservice holen?",
fragte River.

„Es ist, als ob du meine Gedanken lesen könntest."

„Oder deinen Bauch hören …"

Meine Augen folgten River und zeichneten jede Linie
seines Körpers nach, als er aus dem Bett stieg, um die Speisekarte vom Tisch in der Sitzecke gegenüber den Fenstern zu
holen. Zum Glück waren wir hoch oben und konnten nicht
gesehen werden.

Als er mit der Speisekarte zurück ins Bett kam, legte er
sich neben mich, sodass ich einen perfekten Blick auf die
Kurven seines Hinterns und seines Rückens hatte.

„Ich muss dir ein kleines Geständnis machen",
meinte ich.

„Ach ja?", fragte er und drehte sich zu mir um.

Ich biss mir auf die Lippe. „Über meine … Flitterwo-
chenreise."

„Okay …"

„Am Morgen nach unserem gemeinsamen Abendessen
im Strandrestaurant bin ich vor dir aufgewacht. Du lagst da
und hast so friedlich geschlafen. Ich konnte nicht umhin,
deinen Körper zu betrachten, die Art, wie sich die Muskeln
in deinem Rücken bei jedem tiefen Atemzug bewegten.
Etwas veränderte sich. Ich war so verwirrt, dass ich ins Bad
rannte. Mein Schwanz war so hart, dass ich mir einen runterholen musste. Ich hatte fast einen Herzinfarkt, als du mich
aus dem Schlafzimmer riefst, weil du pinkeln musstest."

Er starrte mich mit offenem Mund an.

„Das ist nicht alles, was ich getan habe."

Er hob eine Braue.

„Ich habe dich einmal gehört."

„Du hast mich gehört?"

„Beim Wichsen … unter der Dusche. Du hast meinen
Namen gerufen. Ich glaube, das war der Punkt, an dem es

kein Zurück mehr gab. Ich war wie besessen von dir. Ich war auch sehr verwirrt und hatte Angst, etwas zu tun, was unserer Freundschaft schaden würde.“

„Aber du hast mich trotzdem geküsst“, meinte er und sah dümmlich selbstgefällig aus.

„Du bist ziemlich unwiderstehlich.“

Er zog mich näher an sich heran, und ich spürte, wie sich sein Schwanz für Runde zwei bereitmachte, genau wie meiner. „Ich schätze, wir werden in den Flitterwochen nach Maui fahren müssen, um die alten Zeiten wieder aufleben zu lassen“, sagte er. „Aber dieses Mal darf ich zusehen, wie du dir für mich einen runterholst.“

„Fragst du mich, was ich denke, was du mich fragst, River Hartley?“

„Lutsche meinen Schwanz, als ob du es für den Rest deines Lebens tun willst, und ich werde es dir sagen.“

Das Zimmerservice-Menü war für eine Weile vergessen, während ich meinem Freund genau zeigte, wie ich den Rest meines Lebens verbringen wollte.

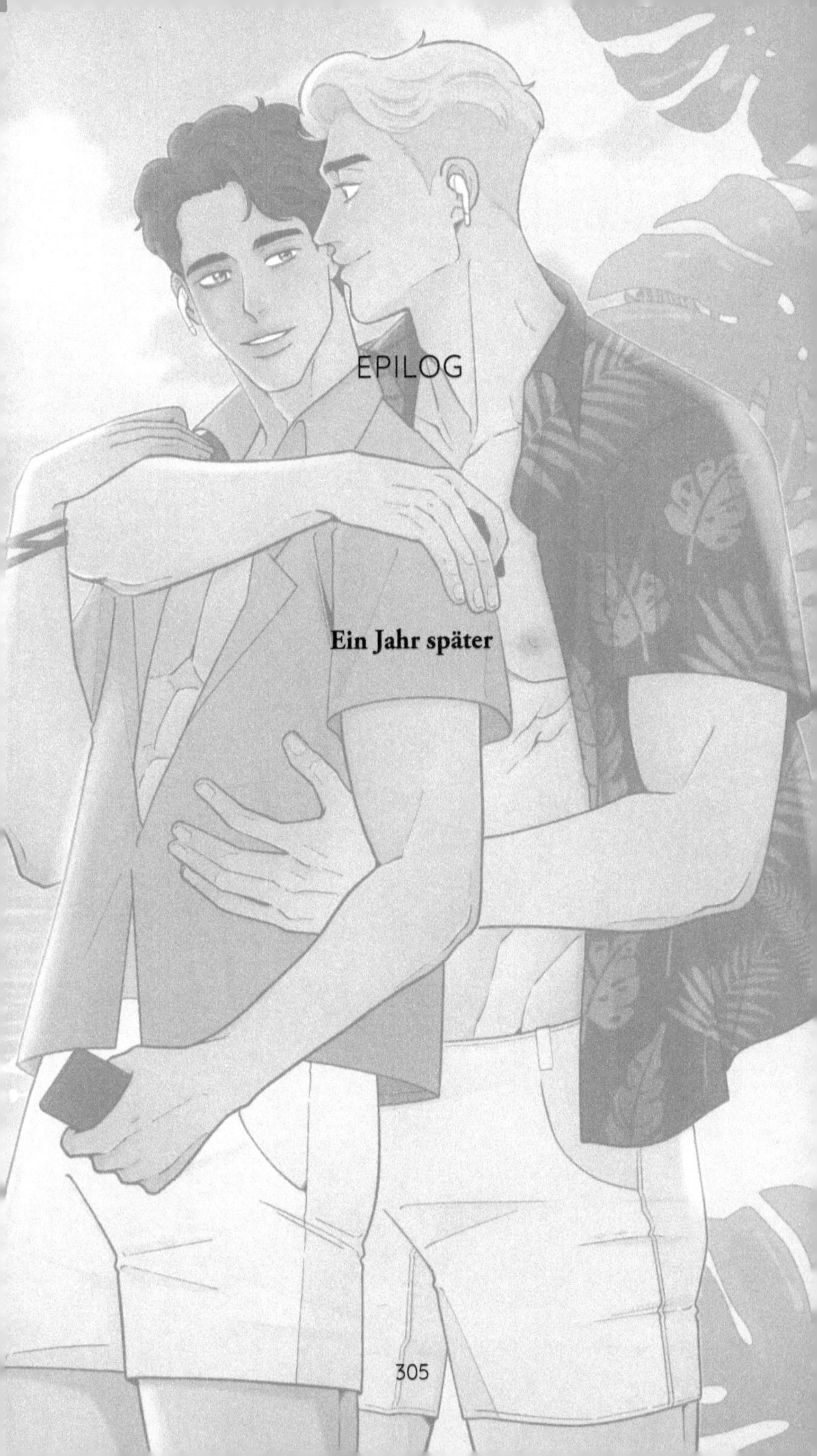

EPILOG

Ein Jahr später

Ich kicherte, als ich mit den silbernen Manschettenknöpfen herumfummelte, meine Finger waren ungeschickter als sonst. Am anderen Ende des Raumes lachte Emery. „Die trägst du nicht an unserem Hochzeitstag, sonst warte ich am Altar auf dich, bis ich alt genug bin, um in den Ruhestand zu gehen", stichelte er.

„Das wird kein Problem sein, denn ich werde mich in meiner eigenen Suite fertig machen und nicht davon abgelenkt werden, dass du nur in Unterwäsche mit diesem Eis Liebe machst."

Er warf mir einen hitzigen Blick zu. „Ich könnte sie ausziehen." Und dann leckte er den Löffel ab und ließ ihn über seine Zunge gleiten. Mein Schwanz wurde sofort hart. In der Gegenwart meines Verlobten war das gar nicht so schwer.

„Du bist ein Scherzkeks", meinte ich und schlenderte zu ihm hinüber, wo er sein Lieblingsfrühstück, Pfannkuchen mit Eis, genoss. Ich kniete mich zwischen seine Beine, nahm seinen Löffel und schaufelte ihn voll Eis in meinen Mund. Bevor ich schluckte, presste ich meine Lippen auf Emerys.

Er stöhnte auf, als ich ihm den Mund öffnete und das noch kalte Eis von meinem Mund in seinen beförderte.

„Hmm, du schmeckst gut, Baby", meinte ich und wärmte seine kalten Lippen mit meinen.

Er antwortete mit einem weiteren Stöhnen, also küsste ich ihn, bis ich das Eis nicht mehr schmecken konnte, sondern nur noch den Geschmack meines Lieblingsmenschen.

„Kannst du dir vorstellen, dass wir das nächsten Sommer machen?", fragte Emery, sein Blick traf meinen, während er mit den Fingern durch mein Haar fuhr. „Vor allen, die wir lieben, zu stehen und es offiziell zu machen?"

„Manchmal fühlt es sich surreal an", gab ich zu. „Wie ein Traum, aus dem ich Angst habe aufzuwachen, denn was ist, wenn ich es tue und sich herausstellt, dass du immer noch weg bist?"

„Hey." Er legte seine Hände auf beide Seiten meines Gesichts. „Ich bin hier, und wir haben genug gemeinsame Erinnerungen geschaffen, um die zu ersetzen, die ich verloren habe."

„Ich liebe dich so verdammt sehr, Emery."

„Ich liebe dich auch, Lex", erwiderte er nach einem Moment und zog sich mit einem Lächeln zurück, das Ewigkeit versprach. „Komm, knöpfen wir dich zu. Adam und River zählen darauf, dass wir bereit sind." Er stand auf und zog mich mit sich.

„Sagt der, der praktisch nackt ist."

Er stemmte die Hände in die Hüften und streckte die Zunge heraus.

„Glaubst du, sie werden es aushalten, sich vor der Zeremonie nicht zu sehen?", fragte Emery, dessen Stimme vor

Schalk triefte, während er sich gegen die Kommode des Hotelzimmers lehnte.

„Das würde ich nicht."

„Ist das so?" Sein Lachen war ein leises Grollen, das mir einen Schauer der Begierde über den Rücken jagte.

„Das ist so. Und ich würde nicht einmal die Regeln brechen."

„Wie?"

Ich blinzelte. „Ich habe meine Wege."

„Vielleicht würde ich dich nicht in meine Suite lassen. Ich bin ein netter Junge, der sich an die Regeln hält, weißt du?", sagte er.

Es war keine Lüge, und ich liebte es, wenn er all die richtigen Dinge tat, wie seine Lehrerkollegin zu einer Konferenz außerhalb des Landes zu fahren, nur weil sie Flugangst hatte. Ich fand es aber auch toll, wenn er die Regeln brach.

Ich hockte mich neben meinen Koffer und suchte nach der Krawatte, die ich beim Probeessen getragen hatte. „Du würdest mich anflehen, die Regeln zu brechen, Baby."

„Beweise es."

Ich trat an ihn heran, die Seidenkrawatte glitt durch meine Finger wie ein Versprechen. „Schließe deine Augen", forderte ich ihn auf, wobei mein Herz mit jedem Schritt schneller schlug.

Er gehorchte, und ich verband ihm sorgfältig die Augen, wobei ich darauf achtete, dass sich der Stoff genau an seinen Kopf anschmiegte und ihn in der Dunkelheit ließ. Sein Atem ging stoßweise, und die Luft zwischen uns wurde mit einem elektrischen Strom aufgeladen.

„Lex …" Emerys Stimme war eine Mischung aus Erregung und Verletzlichkeit.

„Psst", flüsterte ich und fuhr mit den Fingern an seinem Kinn entlang, bevor ich auf die Knie sank. Der Duft seiner Körperpflege vermischte sich mit seiner Erregung und berauschte mich noch mehr, als ich seine Boxershorts bis zu den Knien herunterzog und ihn in meinen Mund nahm.

Die Tatsache, dass er völlig nackt war, während ich bereits angezogen war – mit Manschettenknöpfen und allem drum und dran – machte die Spannung zwischen uns noch größer.

„Hey …“ Emerys Hände fanden mein Haar, sein Griff war fest und doch ehrfürchtig. Der Klang seines verhaltenen Stöhnens war süßer als ein Lied. „O verdammt, Lex.“

Mit einem Knall zog ich mich von ihm zurück. „Wie kann ich Lex sein? Du darfst deinen Bräutigam vor der Zeremonie nicht sehen, erinnerst du dich?“

Er keuchte, als ich seinen Schwanz weiter verehrte und ihn ganz in den Mund nahm, bis mein Mundvoll war und er meinen Rachen berührte.

Mit einer Hand massierte ich die Innenseite seiner Beine, während die andere sanft an seinen Eiern zerrte. Im Handumdrehen würde er sich in meinem Mund ergießen, denn ich kannte Emerys Körper besser als meinen eigenen.

Sobald ich mit einem einzelnen Finger um seinen Mund herumfuhr, spürte ich das verräterische Zittern seines bevorstehenden Orgasmus.

„Lex, ich …“ Seine Worte brachen in einem Keuchen ab, als ich ihn an den Rand des Abgrunds brachte, sein Körper spannte sich an und suchte nach Erlösung.

Als er endlich kam, hatte er meinen Namen auf den Lippen, eine Erklärung, die in der Stille des Raumes widerhallte, während ich jeden einzelnen Tropfen seiner Essenz trank.

Vorsichtig nahm ich die Augenbinde ab, wodurch seine geröteten Wangen und die unverhüllte Bewunderung in seinen Augen zum Vorschein kamen.

Ohne ein Wort tauschte er den Platz mit mir, sein Mund lag auf meinem, und er beanspruchte mich mit einem

Hunger, der dem meinen entsprach. Als Emery den Gefallen erwiderte, verengte sich meine Welt auf das Gefühl von ihm, die Hitze und die Lust, die nur er mir bereiten konnte.

Nachdem ich gekommen war und seinen Namen mit einem heiseren Schrei herausgebracht hatte, hielten wir uns gegenseitig und staunten über die Verbindung, die wir hatten.

„Wahre Liebe vergisst nie", sagte er, so wie er es vor fast zwei Jahren getan hatte, als wir wieder zusammengekommen waren. Seine Erinnerungen könnten nie zurückkehren, aber sein Herz wusste immer, dass es zu mir gehörte.

„Wahre Liebe vergisst nie ...", wiederholte ich hinter ihm.

„Okay, Zeit, sich für Adams und Rivers großen Tag in Schale zu werfen."

Da unser Abstecher kein Chaos hinterlassen hatte, holten wir seinen Anzug und mein Jackett aus den passenden Hängetaschen und machten uns *endlich* fertig.

„Sieh uns an", meinte Emery und trat näher an uns heran, bis sich unsere Spiegelbilder vermischten. „Zwei gut aussehende Teufel, die jeden in ihren Bann ziehen werden." Seine Hände fanden ihren Weg zu meiner Krawatte, die er mit geschickten Fingern zurechtrückte, und die Intimität dieser Geste ließ mein Herz einen Schlag aussetzen.

„Nur du, Baby." Ich ergriff sein Handgelenk und führte seine Hand zu meinen Lippen für einen kurzen, zärtlichen Kuss. „Nur du kannst mir das Gefühl geben, der glücklichste Mann der Welt zu sein, indem du meine Krawatte zurechtrückst."

Sein Kichern war eine warme Liebkosung auf meiner Haut. „Und nur du konntest eine einfache Hochzeitsvorbereitung in etwas so verdammt Poetisches verwandeln. Ich dachte, Adam wäre der Wortschmied Spencer." Er strich mir eine verirrte Haarsträhne von der Stirn.

„Ich kann dir eine Zeichnung machen, wenn du willst. Es wird mich mit permanenten Herzaugen zeigen, die einen Strauß Pfingstrosen für dich halten."

„Glaubst du, dass es draußen superheiß sein wird?", fragte Emery.

Adam und River hatten beschlossen, in demselben Resort auf Maui zu heiraten, in dem wir auf seiner Hochzeitsreise gewesen waren. Ich war mir nicht sicher gewesen, ob das eine gute Idee war, aber wie Adam gesagt hatte, hatte dieser Urlaub einen neuen Anfang in seinem Leben markiert, der ihn zu River geführt hatte.

„Die Zeremonie findet drinnen statt, Baby. Wir können zurückkommen, um unsere Jacketts vor dem Strandempfang abzugeben."

Ein Klopfen an der Tür ließ uns aufschrecken, und ich machte mich auf den Weg, um zu antworten, mit einer Vorahnung, die meinen Bauch zusammenzog. Das letzte Mal, als wir ein unerwartetes Klopfen am Morgen einer Hochzeit gehört hatten, war es River gewesen, der uns mitgeteilt hatte, dass Victoria abgereist war.

Die Tür schwang auf und brachte River zum Vorschein, sein Gesicht war blass, die Augen vor Panik geweitet, und mir wurde flau im Magen.

„Die Ringe – ich kann sie nirgends finden", keuchte er.

„Warte, Adam ist nicht weg?"

Er erstarrte, seine Stimme wurde ein paar Oktaven höher. „Was? Adam ist weg?"

„Leute", meinte Emery in seiner üblichen Ruhe. „Ihr hört euch nicht zu." Dann wandte er sich an River. „Was ist das Problem?"

„Du versprichst, dass Adam nicht weg ist?"

Emery lächelte. „Versprochen."

River seufzte erleichtert auf, bevor seine Augen wieder

einen panischen Ausdruck fanden. „Ich kann unsere Eheringe nicht finden.“

„Wie? Wann hattest du sie zuletzt?“, fragte ich.

„Ich weiß es nicht“, stammelte River und fuhr sich mit den Fingern durchs Haar. Er trug bereits seinen Hochzeitsanzug und sah aus wie ein nervöser Bräutigam. „Ich hatte sie, ich schwöre. Ich meine, ich dachte, ich hätte sie in meinem Koffer, aber ich habe überall gesucht …“ Seine Stimme verstummte, verloren in der Ernsthaftigkeit dessen, was das bedeutete.

„Okay, hey, atme“, drängte ich und trat vor, um ihm eine beruhigende Hand auf die Schulter zu legen.

„Wir werden sie finden, in Ordnung?“

„Adam wird mich umbringen“, flüsterte River, dessen sonst so ruhiges Verhalten von der Last des Augenblicks zerrüttet wurde. Es tat mir weh, ihn so zu sehen, wie er ausgerechnet an seinem Hochzeitstag aus den Fugen geriet.

„Adam wird sich nicht so sehr um die Ringe scheren, wie er sich um dich schert“, mischte sich Emery ein, mit beruhigender Stimme. „Wir haben noch Zeit bis zur Zeremonie. Lass uns das durchdenken.“

„Könnten sie irgendwo herausgefallen sein?“, schlug ich vor, während meine Gedanken durch die Möglichkeiten rasten. „Vielleicht, als du dich fertig gemacht hast?“

„Vielleicht“, räumte River ein, obwohl seine Augen von Zweifeln getrübt wurden. „Ich habe mein Zimmer schon durchsucht, es auseinandergenommen, aber nichts.“

„In Ordnung“, sagte ich und brachte Zuversicht in meinen Tonfall. „Wir teilen uns auf. Durchsuchen die Orte, an denen du warst, als du sie das letzte Mal hattest. Sie müssen hier sein, River. So groß ist dieser Ort nicht, und wir haben die Anlage nicht verlassen.“

„Okay.“ River nickte, seine Atmung war jetzt ruhiger.

„Ich werde meine Schritte zurückverfolgen. Vielleicht … vielleicht habe ich sie irgendwo auf dem Weg verloren.“

„Gut.“ Ich drückte ihm beruhigend auf die Schulter. „Emery und ich werden in den Gemeinschaftsräumen nachsehen und herumfragen. Vielleicht hat ja jemand etwas gesehen.“

Rivers Blick flackerte zwischen uns hin und her, und Dankbarkeit mischte sich unter die anhaltende Angst. „Danke“, murmelte er, und die Verletzlichkeit in seiner Stimme zerrte an meinem Herzen.

„Hey, du brauchst dich nicht zu bedanken“, erwiderte Emery, sein Lächeln war sanft. „Du würdest dasselbe für uns tun.“

„Zuerst brauchen wir Verstärkung. Schnappen wir uns Noah“, schlug ich vor, denn ich wusste, dass Noah, wenn überhaupt, dazu beitragen würde, River zu beruhigen und ein wenig Humor einzubringen.

„Gute Idee“, antwortete River, und die Panik in seinen Augen begann sich zu legen.

TEIL 2

NOAH

Ich warf einen kurzen Blick auf die Uhr auf dem Nachttisch. *Es war noch viel Zeit.*

Ich lag wie eine Opfergabe auf dem Bett, die Gliedmaßen mit seidenen Fesseln, die ich in einem kitschigen Erotikladen in Lahaina gefunden hatte, an die Pfosten gefesselt. Die Fesseln bildeten einen sanften Kontrast zur Festigkeit von Liors Berührung, die mir Schauer über den Rücken jagte.

„Mehr", flüsterte ich, ohne zu betteln, als Liors Zunge die empfindliche Haut hinter meinen Knien nachzeichnete und sich mit zielstrebiger Geduld an meinen Schenkeln hocharbeitete.

„Du schmeckst köstlich, Baby", sagte er, seine Stimme war ein leises Knurren, das in mir vibrierte. „Nach Salzwasser und Sex."

Ich schloss meine Augen. „Das liegt daran, dass du mich bis heute Morgen dreimal gefickt hast, bevor ich letzte Nacht gestorben bin."

„Ich muss wohl keine gute Arbeit geleistet haben, wenn du heute Morgen, als du deine Augen geöffnet hast, um mehr gebettelt hast."

„Ganz im Gegenteil. Du bist so gut, dass ich nicht genug bekommen kann. Vielleicht solltest du versuchen, beim Sex nicht so gut zu sein." Ich jaulte auf, als ich einen Biss in meiner Arschbacke spürte. „Ich nehme es zurück. Bitte sei nie schlecht beim Sex, denn ich liebe ihn wirklich. Mit dir. Und ich liebe dich wirklich."

Er lachte. „Ich liebe es, wenn du so bettelst, Noah." Und dann, ohne weitere Vorrede, umgriff er mit seinen Händen fester meine Hüften, öffnete meine Arschbacken und tauchte ein, seine Zunge fand die Stelle, die mich völlig aus dem Konzept brachte.

Mein Atem ging stoßweise, mein Körper wölbte sich in die Empfindung hinein, während sich die Lust in mir zusammenzog. Die Welt außerhalb der vier Wände unseres Hotelzimmers verblasste zu einem Nichts. Es gab nur noch das Hier und Jetzt, den unnachgiebigen Druck seines Mundes, die süße Spannung, die mich auf den Abgrund zu trieb.

„Gott, Lior …" Dieser Name kam mir wie ein Gebet über die Lippen. Der Mann wusste genau, wie er mich in kleine Stücke brechen konnte, wie die Glasscherben aus seiner Buntglaswerkstatt.

Die zweite Entladung traf mich härter als die erste, ein Rausch von weiß glühender Intensität, der mich keuchend zurückließ, zerschmettert auf die exquisiteste Weise.

Als die Wellen der Ekstase abebbten und mich erschöpft und verletzlich zurückließen, stieß ich ein Lachen aus. „Hotelsex", brachte ich zwischen rasenden Atemzügen hervor, „ist immer noch der beste Sex der Welt."

Lior gluckste, seine Belustigung war warm auf der feuchten Haut meines Oberschenkels. „Nur das Beste für dich, Baby", meinte er und befreite mich mit sanfter Effizienz von meinen Fesseln, seine Augen hielten meine mit der Art von Liebe fest, an die ich mich erst noch gewöhnen musste.

Er schloss mich in seine Arme und zog die Bettdecke über uns.

Unser Morgen mochte von Hedonismus geprägt sein, aber es waren die ruhigen Momente, die ich in seiner Umarmung verbrachte, die mir alles bedeuteten.

„Wir sollten uns fertig machen, damit wir nicht zu spät kommen", sagte er.

„Hmm …" Das war alles, was er von mir bekam, nachdem er meine Fähigkeit zur kognitiven Aktivität zerstört hatte.

Er drückte seine Finger gegen meine Seiten und kitzelte mich.

„Verdammt noch mal. Kann ein Mann nicht einen Moment der Ruhe in den Armen seines Mannes genießen?"

Lior hakte seinen Daumen unter meinem Kinn ein, damit ich zu ihm aufsah. „Es war dein dritter Moment der Ruhe, der uns hierher gebracht hat."

Ich zuckte mit den Schultern. „Was soll ich sagen? Du machst mich geil."

Bevor Lior etwas sagen konnte, klopfte es eindringlich an die Tür. Wir sahen uns an.

„Erwartest du jemanden?", fragte er.

Ich schüttelte den Kopf und versuchte, mich an den zarten Faden des Nachglühens zu klammern, der noch an mir haftete. „Nein", antwortete ich.

Seufzend löste ich mich aus dem Bettzeug und Liors Umarmung und schlüpfte in meinen Morgenmantel, während er dasselbe tat. Der Stoff fühlte sich kühl auf meiner erhitzten Haut an, als ich die Schärpe um meine Taille band und sie endgültig verknotete.

„In Ordnung", meinte ich mit leiser Resignation im Ton,

als ich mich der Tür näherte. „Mal sehen, welche Katastrophe uns erwartet." Ich zog den Riegel zurück, und da standen Lex, Emery und ein zerfetzter River.

Sie stürmten in den Raum, ein Wirbelwind aus Sorge und Verzweiflung.

„Sie sind verloren gegangen", wiederholte River, seine Stimme einen Tick höher als sonst, „die Eheringe."

Ich lehnte mich gegen den Türrahmen und verschränkte die Arme vor der Brust.

„Was meinst du damit?", fragte ich.

„Ich kann sie nicht finden. Ich habe überall gesucht." River schritt im Zimmer hin und her. „Adam wird so wütend sein. O Gott, was, wenn er beschließt, dass er mich nicht heiraten will?" Er hielt inne und sah Lior an. „Das würde er doch nicht tun, oder?"

Lior schüttelte den Kopf. „Ich glaube nicht, dass ihn irgendetwas – außer einer Naturkatastrophe auf der Insel – davon abhalten würde, dich heute zu heiraten."

„Können wir ohne Ringe heiraten?"

„Das könnt ihr, aber ihr müsst es nicht. Die Ringe sind nicht verloren", sagte ich in einem leichten und sicheren Ton. Der Raum wurde still, drei Augenpaare starrten mich an und suchten nach einem Scherz oder einer Lüge in meinen Worten. Aber es war nichts von beidem.

„Lior hat sie." Ich konnte mir ein breites Grinsen nicht verkneifen, als ich sah, wie Liors Gesichtsausdruck von Gelassenheit zu spöttischer Verärgerung wechselte.

Adam hatte darauf bestanden, dass Lior die Ringe aufbewahrte, weil alle anderen zu unreif waren und immer wieder Dinge verloren.

„Natürlich", murmelte River, und Erleichterung überzog seine Züge so schnell, als würde sich ein Sturm verziehen. „Ich weiß nicht, wie ich das vergessen konnte." Er ließ sich auf einen Stuhl in der Nähe fallen wie ein aufgeblasener Ballon. „Es tut mir so leid, Leute. Ich wollte nicht …“

„Hey“, meinte Lex und hockte sich neben River. „Es ist dein Hochzeitstag. Da darfst du dich ruhig ein bisschen danebenbenehmen. Deshalb sind wir ja alle hier.“

River sah Lex an und nickte.

„Okay, da das Rätsel nun gelöst ist, warum geht ihr nicht alle zurück in eure Suiten, während mein Mann und ich uns anziehen.“ Ich drehte mich zu River um. „Keine Sorge, ich drücke mich nicht vor meiner Verantwortung als Trauzeuge. Gebt mir dreißig Minuten und ich bin bei der Suite.“

„Okay.“ Er stand auf, mit einem neuen Schwung im Schritt, und glitt praktisch zur Tür.

Kaum hatte sich die Tür hinter den sich zurückziehenden Gestalten von Lex, Emery und einem sichtlich beruhigten River geschlossen, drehte ich mich zu Lior um und ließ meinen Bademantel von meinem Körper auf den Teppich gleiten.

Liors Blick war wie eine heiße Liebkosung, und das unübersehbare Zelt in seiner Robe gab mir ein neues Gefühl der Dringlichkeit … oder eher der Zielstrebigkeit.

Ich packte ihn am Handgelenk und zerrte ihn in Richtung Badezimmer, wobei unsere Füße kaum den Plüschteppich berührten.

„Du hast mich gehört. Du hast eine halbe Stunde Zeit“, sagte ich.

„Wofür?“

„Duschen. Jetzt“, befahl ich mit tiefer, heiserer Stimme, die keinen Raum für Diskussionen ließ.

Lior antwortete mit einem kehligen Lachen, sein Verlangen war offensichtlich, als er sich von mir in die dampfgefüllte Kabine ziehen ließ.

Ohne ein weiteres Wort drehte ich mich mit dem Gesicht zur gekachelten Wand und flüsterte die Worte, von denen ich wusste, dass sie Lior endgültig die Kontrolle verlieren lassen würden. „Fick mich, bis ich nichts anderes mehr tun kann, als mich jedes Mal zu winden, wenn ich mich die nächsten zwölf Stunden hinsetze."

Und so fügte sich mein Mann unter dem heißen Wasserstrahl, der uns umspülte, und unsere Körper bewegten sich in einem Tempo, das er für sich selbst bestimmte.

Es war ein kleines Wunder, dass mein Körper die Energie für einen weiteren Orgasmus aufbrachte. Es war ein kleiner Orgasmus im Vergleich zu den Orgasmen der letzten Nacht, die mich jedes Mal, wenn Lior meine Prostata mit seinem Schwanz massierte, unkontrolliert erschaudern ließen.

Nachdem wir uns angezogen hatten, wollte ich ihn nicht verlassen. Insbesondere nicht, da er in seinem Anzug so umwerfend aussah. Auch jetzt, wo mein Körper mehr als gesättigt war, konnte ich meinen Mann stundenlang anstarren, weil er so gut aussah und noch besser roch.

„Geh schon", sagte er. „Geh und sei der beste Trauzeuge für River. Ich stecke dir die Ringe in die Tasche, wenn du zum Traualtar schreitest."

Ich legte meine Hände auf seine Taille und ging auf Zehenspitzen zu ihm hinauf, um seinen Mund für einen letzten Kuss zu suchen.

„Ich liebe dich so sehr, Lior."

„Ich liebe dich auch, Noah."

TEIL 3

ADAM

Meine Hände zitterten, als ich meine Krawatte vor dem Spiegel zurechtrückte, und die Knoten der Angst in meinem Magen wurden mit jeder Sekunde fester.

Mein Spiegelbild starrte mich an, ein Mann an der Schwelle zu einer der größten Lebensveränderungen, die ein Mensch machen konnte, wenn man mal von dem winzigen Detail meines späten sexuellen Erwachens absah, natürlich.

Der Raum summte mit der stillen Energie der Vorfreude, und die tropische Brise vom offenen Fenster tat wenig, um meine gerötete Haut zu kühlen.

Ich versuchte, mich auf die einfache Aufgabe, die vor mir lag, zu konzentrieren, aber mein Verstand war ein Wirbelwind von Erinnerungen, und der Geist einer alternativen Realität, in der diese Hochzeit nie zustande gekommen war, verweilte in der Peripherie meiner Gedanken.

„Ruhig", flüsterte ich und beobachtete, wie meine Lippen das Wort lautlos formten. Ich schloss für einen kurzen Moment die Augen und atmete die salzige Luft ein.

Ich konnte fast die süßen Blumendüfte schmecken, die von den Arrangements draußen herüberwehten, vermischt mit dem leisesten Hauch von Zitrusfrüchten von den Bäumen, die das Gelände des Resorts säumten.

Als ich meine Augen öffnete, war da eine Überzeugung, die vorher nicht da gewesen war. Es ging nicht nur darum, hier zu stehen und darauf zu warten, den Gang zu River hinunterzugehen. Es ging um jeden Schritt, den wir seit unserer Kindheit zusammen gemacht hatten, jedes nächtliche Gespräch und jedes gemeinsame Lachen, jeden Kuss, jede Berührung und jedes Versprechen.

Ein leises Klopfen an der Tür rüttelte mich aus meinen Gedanken.

„Herein!", rief ich und strich mein Hemd ein letztes Mal glatt.

Die Tür öffnete sich, und obwohl ich erwartet hatte, meine Mutter oder vielleicht Lex zu sehen, der mir brüderlichen Zuspruch geben oder in seine Pflichten als Trauzeuge eintreten und meine Krawatte wieder richten wollte, raubte mir der Anblick von River, der dort stand, den Atem.

Es gab eine unausgesprochene Regel, eigentlich ein Aberglaube, dass man sich vor der Zeremonie nicht sehen durfte, aber in diesem Moment spielte das alles keine Rolle.

„River", atmete ich aus und hörte die Erleichterung in meiner Stimme.

„Hey", antwortete er, und seine eigene Nervosität zeigte sich in der Enge um seine Augen. „Ich … ich musste dich einfach sehen, nur für eine Sekunde."

Und mit diesen Worten fielen alle verbleibenden Zweifel und Ungewissheiten über die Zukunft in sich zusammen. Denn ganz gleich, was die Tradition sagte, es war dies – unsere Verbindung, unsere Fähigkeit, uns in Momenten der Not an den anderen zu wenden –, was den Kern unserer Beziehung ausmachte.

„Ich liebe dich so sehr, Adam", erklärte er und streichelte meine Wange.

„Ich liebe dich auch, River. Treffen wir uns vor dem Altar?"

Er stahl mir einen kurzen Kuss und lächelte. „Darauf kannst du wetten."

Wenige Augenblicke später drang gedämpftes, aber unüberhörbares Lachen aus Rivers Nebenzimmer durch die Wände und umhüllte mich wie eine tröstliche Decke.

Die Nervosität, die sich seit dem Aufwachen in meinem Magen eingenistet hatte, beruhigte sich ein wenig bei der Erinnerung daran, dass River genauso von dem Wirbelsturm der Gefühle erfasst war wie ich.

Ein sanftes Klopfen an der Tür kündigte meinen nächsten Besucher an.

„Adam?"

„Komm rein, Mom", antwortete ich.

Die Tür öffnete sich und meine Mutter trat ein, ihr Lächeln war heiter und strahlend. Sie streckte ihre Arme aus, und ich umarmte sie auf halbem Weg zu der Art von Umarmung, die man nur von seiner Mutter bekommen konnte.

„Sieh dich an", hauchte sie, und ihre Augen glitzerten vor lauter Tränen. „Mein Sohn, der ein neues Kapitel in seinem Leben beginnen wird. Du siehst so gut aus."

„Danke, Mom." Meine Kehle schnürte sich zusammen, als ich ihren Arm nahm.

„Vergiss nicht, die Liebe ist wie ein Anker", erklärte sie, als wir aus dem Zimmer gingen, mit fester und sicherer Stimme. „Sie hält jedem Sturm stand. Und ich habe noch nie zwei Menschen gesehen, die mehr ineinander verankert waren als du und River."

Ich nickte und schluckte schwer. Ich ließ mich von ihr leiten und beruhigen, als wir den Flur entlang zu dem Raum gingen, in dem die Zeremonie stattfinden sollte.

„Wir sind fast da", flüsterte sie.

Als wir um die Ecke bogen, öffnete sich das Foyer zu einem Meer von erwartungsvollen Gesichtern, die uns alle zugewandt waren. Aber es war nicht das Meer von Gästen, das mir den Atem raubte, sondern Lex, der an der Seite stand und seine Rolle als Trauzeuge wie ein Ehrenabzeichen trug. Seine Augen trafen die meinen, und wie immer bei uns, waren keine Worte nötig. Wir waren in der Lage, die Gedanken des anderen zu lesen, seit wir laufen konnten. Es gab niemanden, den ich heute lieber an meiner Seite gehabt hätte.

Die Musik setzte ein, ich nahm die Hand meiner Mutter in die meine, und wir schritten zum Altar, bereit und aufgeregt, meinen zukünftigen Ehemann wiederzusehen und das Versprechen zu geben, das wir schon vor all den Jahren gegeben hatten, als wir noch Kinder waren.

Wir würden immer die besten Freunde füreinander sein, egal was passierte.

Dass ich es genoss, mich mit ihm nackt auszuziehen, war ein Bonus.

Als wir den Altar erreichten, küsste Mama mich auf die Wange, bevor sie das Gleiche bei Lex tat. Sie setzte sich neben Papa und Oma, holte ein kleines Taschentuch aus ihrer Tasche und tupfte sich damit die Augen ab.

Die Musik wurde wieder lauter, und durch die Flügeltüren trat River ein.

Rivers Mutter, ein Leuchtturm mütterlicher Eleganz, nahm seinen Arm, und gemeinsam traten sie in den sonnenüberfluteten Gang.

Die Zeit blieb verräterischerweise nicht stehen, sondern schien mit dem Rhythmus meines Herzschlags zu pulsieren.

Meine Augen folgten dem langsamen Fortschreiten der beiden, jeder Schritt ein gemessener Schlag. Dieser Mann, der mich so lange geduldig aus der Ferne geliebt hatte, liebte mich, wenn sich die Gelegenheit bot, noch mehr aus der Nähe.

Seine Hand ruhte sanft in der seiner Mutter, ein stilles Zeugnis der nährenden Liebe, die ihn zu dem Mann geformt hatte, der er heute war – dem Mann, den ich meinen Ehemann nennen würde.

Er bewegte sich mit der Anmut einer tief sitzenden Gewissheit, dass, was auch immer als Nächstes geschah, richtig war – es war so bestimmt. Und als er näher kam, schlug mein Herz schneller, aber nur, weil es das immer tat, wenn wir uns so nahe waren.

„River", hauchte ich seinen Namen wie ein Gebet. Ein Versprechen auf ewige Liebe.

„Adam." Seine Stimme war eine sanfte Welle, die mich umspülte.

„Hey. Ich sagte dir doch, dass ich hier sein würde."

Sein Lächeln wurde mir zum Verhängnis, und als mir eine Träne über die Wange lief, sah ich in die Tiefe seiner Augen und entdeckte unsere Zukunft.

„Bist du bereit?", fragte er, strich mir eine Träne von der Wange und wischte sie beiseite.

„Lass uns heiraten."

„Lassen Sie uns beginnen", verkündete der Zelebrant.

Und als ich Rivers Hand in die meine nahm und den vertrauten und doch berauschenden Pulsschlag seines Herzens auf meiner Haut spürte, wusste ich, dass jede Herausforderung, der wir uns gestellt hatten, jeder Zweifel, den wir überwunden hatten, uns hierhergeführt hatte – zueinander, zu diesem Moment, zu dieser Liebe, von der ich keinen Zweifel hatte, dass sie über die letzten Seiten jeder Geschichte, die wir schreiben könnten, hinaus Bestand haben würde.

Danke.

Es war eine ziemliche Reise für unsere drei Spencer Brüder, ganz besonders für Adam und River. Ich hatte viel Freude ihre Liebesgeschichte zu schreiben und hoffe, es hat dir Spaß gemacht sie zu lesen.

ANDERE BÜCHER VON ANA ASHLEY

Spencer Brüder
Lex' verschollener Verlobter
Noahs Scheinehemann
Adams Trauzeuge

Eine Spencer-Brüder Novelle
Fredericks Weihnachtsmitbewohner
Tanners zweckmäßiger Bräutigam
Drews Versprechen

ZWEITE CHANCEN
Joel
Isaac
Tiago
Dorian

ROMANTISCHE MM MÄRCHEN
Liebe vor Mitternacht

ZIMMER FÜR 3
Das Resort
Der Urlaub

CHESTER FALLS
Wie man sich einen Bücherwurm angelt
Wie man sich einen Prinzen angelt
Wie man sich einen Rivalen angelt
Wie man sich einen Bodyguard angelt
Wie man sich einen Junggesellen angelt
Wie man sich den Chef angelt
Wie man sich einen Biker angelt
Wie man sich einen Veteranen angelt
Wie man sich ein glückliches Ende angelt
Wie man sich einen Milliardär angelt

SINGLE-VÄTER VON STILLWATER
Rückkehrer
Widersacher
Neuaufbruch
Herzsaite

Weihnachten mit Bubble

ÜBER ANA

Ana Ashley wurde in Portugal geboren, lebt aber schon so lange im Vereinigten Königreich, dass selbst ihre Freunde manchmal daran zweifeln, ob sie wirklich Portugiesin ist.

Nachdem sie süchtig nach schwulen Liebesromanen geworden war, beschloss Ana, ihrem Lebenstraum zu folgen und Autorin zu werden.

Heute findet man sie vor ihrem Laptop, wo sie ihre Geschichten zum Leben erweckt, oder in der Küche, wo sie ihr Rezept für die berühmten portugiesischen Puddingtörtchen perfektioniert.

Ana Ashley schreibt süße und heiße schwule Liebesromane, die in Amerika spielen, oft in kleinen Städten, wo jeder jeden kennt.

Ihr könnt Ana auf den üblichen Social-Media-Kanälen folgen.

Um Zugang zu exklusiven Teasern, Inhalten und allgemeinen buch- und kulinarikbezogenen Neuigkeiten zu erhalten, könnt ihr jetzt Anas <u>Facebook-Gruppe Café RoMMance - Ana's Reader Group</u> beitreten

Anas VIP-Leser - bit.ly/AnaAshley

Facebook-Seite - @anawritesmm

E-Mail - ana@anaashley.com

Instagram - @anawritesmm

Bookbub - https://www.bookbub.com/authors/ana-ashley

Goodreads - https://www.goodreads.com/ana-ashley